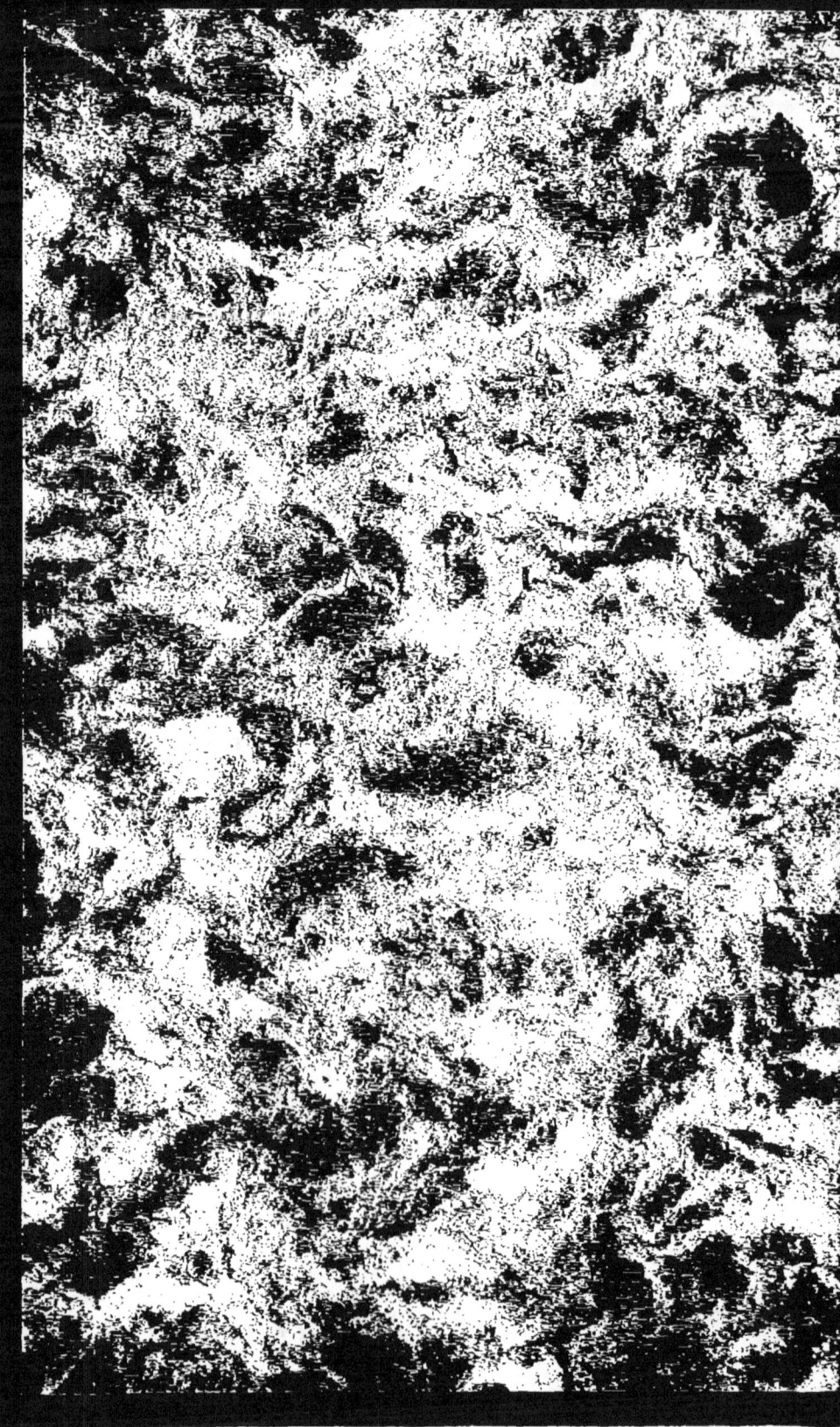

FERRET 1981

LES AMOURS

À

COUPS D'ÉPÉE

Imprimerie L. TOINON et Cie, à Saint-Germain.

LES

AMOURS

A COUPS D'ÉPÉE

PAR

GOURDON DE GENOUILLAC

PARIS

P. BRUNET, LIBRAIRE-ÉDITEUR

31, RUE BONAPARTE

—

1864

LES AMOURS

A COUPS D'ÉPÉE

LA TERREUR DE L'ANDALOUSIE

I

CE QUI ARRIVA AU SERGENT ALVARÈS DANS LA POSADA DES NOCES
DE GAMACHE.

Le touriste français qui traverse pour la première fois le
pont de la Bidassoa, éprouve malgré lui une certaine émotion
en voyant tout à coup apparaître à ses yeux ce beau pays
d'Espagne si vanté par les poëtes, par les peintres et par cette
classe nombreuse de gens qu'on appelle des rêveurs, et qui
transforment en mystérieux Eldorado cette contrée dotée de
tous les charmes que se plaît à lui prêter leur imagination.

A peine a-t-il mis le pied dans Juen, sentinelle avancée de
la frontière, dont elle est distante d'un kilomètre au plus,
qu'il est soudainement frappé par l'étrange contraste qu'of-

1

frent le costume pittoresque des indigènes, leur langage et leurs mœurs, avec ceux des habitants de la dernière ville française qu'il vient de quitter.

Alors les idées les plus folles surgissent en foule dans son esprit, et, trompé par tout ce qu'il a lu sur le pays qu'il ne connaît pas, et par tout ce qu'il voit, il s'attend à chaque instant à devenir le héros de quelque aventure extraordinaire.

Mais, de toutes les provinces de la péninsule Ibérique, celle qui séduit et charme davantage le voyageur enthousiaste est, sans contredit, l'Andalousie, le plus riche joyau du magnifique écrin qui forme la couronne d'Espagne.

Sur cette terre que les Maures ont quittée en versant des larmes de sang, et qui a tellement conservé la trace de leurs pas qu'on est tenté de croire que leur émigration date de la veille, on retrouve dans la moindre bourgade, des costumes, des vêtements et des expressions vocales particulières à ces fiers conquérants.

Aussi l'Andalous, avec la jactance qu'il doit à son origine africaine, et qui s'allie si bien à son caractère et à sa désinvolture toute méridionale, se croit-il de bonne foi appartenir au premier peuple du monde.

Si l'esprit national détermine chez lui cette illusion, il faut cependant reconnaître qu'il n'a pas tout à fait tort, en ce sens que si la nation andalouse est loin d'être assez puissante pour prétendre à ce titre, elle est du moins heureuse entre toutes, par la fertilité de son sol, la douceur de son climat et les richesses de ses productions.

C'est donc en Andalousie, terre privilégiée par excellence, que nous prions le lecteur de nous suivre.

On était en mai 1822, le temps était superbe, un splendide soleil faisait étinceler les cailloux du chemin qui sépare Cadix de Puerto-Santa-Maria; et, quoiqu'une légère brise venant de la mer rafraîchît un peu l'atmosphère pesante, c'était à peine si, vers l'heure de midi, on pouvait se soustraire au besoin du sommeil occasionné par la chaleur insupportable qu'il faisait.

Cependant, sur cette même route de Cadix à Puerto, che-

minait allégrement un homme de vingt-cinq à trente ans,
qui paraissait fort peu se soucier de l'incandescence des
rayons de lumière qui frappaient en plein sur sa personne.

Fièrement campé sur un cheval arabe aux jambes mer-
veilleusement fines, et le poing sur la hanche, il jetait un regard de profond dédain sur les jeunes filles coquettement
vêtues qu'il rencontrait sur son passage, bien que celles-ci
lui décochassent les œillades les plus charmantes ; et il répondait à peine par un léger signe de tête au sacramentel :
Dios guarda usted, señorito ! qu'elles lui adressaient selon
l'usage qui fait de cette phrase le salut obligé qu'échangent
entre eux les voyageurs espagnols.

Il est vrai que quelques-unes des paysannes, froissées de
ce manque de courtoisie, se retournaient pour considérer
l'allure du distrait rêveur, qui faisait fi d'elles ; mais il faut
croire que l'aspect du jeune homme était de nature à le faire
promptement excuser, car un concert unanime d'acclama-
tions, sur la noblesse de son maintien, sortait seules des petites bouches féminines.

Soit que notre homme ne les entendit pas, soit qu'il fût ou
voulût paraître insensible, toujours est-il qu'il se contentait
de s'amuser à suivre des yeux les bouffées de fumée bleuâtre
qu'il aspirait de son *papelito,* en fredonnant à voix basse cette
tyranna, bien connue en Andalousie :

> Senorita
> Alsa usted esa patita,
> Salte usted en ese barquillo,
> No se le pongue usted tuerto
> El bolde de ese monillo,
>   Alsa, alsa,
>   Pues ya ! pues ya !
>   Que tiene la colasa
>   Muchisima calidad !

Tandis que le voyageur se dirige vers une posada de médiocre apparence qui forme, pour ainsi dire, un trait d'union
entre les deux villes espagnoles que nous avons citées, es-

quissons son portrait en quelques mots, plus tard nous reviendrons à l'auberge, rendez-vous des arrieros, des gitanos, des morisques, et généralement de tous les individus que leurs affaires ou leurs plaisirs amènent dans son voisinage.

C'était un homme, dont l'allure franche et hardie tenait à fois du militaire et du guérillas, fortement charpenté, les épaules larges, et le geste prompt; il paraissait devoir être un valeureux compagnon.

Sa physionomie dénotait l'insouciance et la gaieté; cependant, pour un observateur, elle eût dit davantage; sous l'air de bonhomie qui y était empreint, on remarquait de temps à autre des éclairs de fermeté, d'audace et de résolution qui surprenaient.

Les muscles de son visage semblaient être soumis à la volonté de l'homme, qui les maîtrisait, bien plus qu'à la nature des impressions qu'il ressentait.

Son regard, indifférent en apparence, plongeait quelquefois dans l'espace, avec une telle sûreté d'examen et de justesse, qu'il semblait d'une puissance surnaturelle.

Certes, il y avait dans chaque coup d'œil jeté à la dérobée sur le chemin déjà parcouru, ou sur les objets qui l'environnaient, une interrogation visible; mais à peine s'était-il rendu compte de ce qu'il avait vu, que, reprenant sa tranquille bénignité, il redevenait nul comme devant.

Etait-ce un danger que courait cet homme, ou le résultat d'une préoccupation intérieure, qui retraçait à sa pensée des scènes encore présentes à son souvenir?

Personne n'eût pu le dire.

Mais ce que chacun était à même de constater, c'est que ce cavalier était vêtu d'un pur costume andalous; qu'il portait, sur ses cheveux noirs et luisants, une *montera* coquettement inclinée sur le coin de l'oreille, et que lorsqu'il souriait ou ouvrait ses lèvres, pour donner passage à un flot de blonde fumée, de belles dents blanches et rangées comme celles d'une femme, apparaissaient, en offrant un piquant contraste avec la couleur presque olivâtre de son teint.

Et, ce que les gens familiers avec l'exercice de l'équitation n'eussent pas manqué d'apercevoir, c'est qu'il était impossible de mieux monter, et, en même temps, de mieux diriger un cheval que ne le faisait ce voyageur, dont la parfaite aisance et les mouvements libres et gracieux trahissaient une grande habitude équestre et un profond savoir.

Maintenant que nous avons fait connaître au lecteur l'extérieur du personnage qui chevauchait sur la grand'route, continuons à le suivre, tout en le laissant à loisir fumer, chanter et animer sa monture.

Bientôt il ne fut plus qu'à vingt-cinq pas environ de la posada, sur laquelle, depuis longtemps, il avait les yeux fixés.

Arrivé là, il leva la tête et considéra un moment l'enseigne qui, peinte sur une plaque de fer tremblant à tous les vents, représentait deux hommes attablés devant un gigantesque festin, et au-dessous desquels étaient écrits ces mots en lettres anciennes :

AUX NOCES DE GAMACHE.

Hélas! les enseignes de ce genre sont fréquentes en Espagne; mais elles n'ont souvent pour but que de mieux faire ressortir le triste approvisionnement des posadas qu'elles désignent.

Celle-ci était-elle plus en mesure que beaucoup d'autres de justifier son prétentieux exergue, cela est possible, car, soit que le cheval connût la maison pour contenir de l'avoine fraîche ou de l'eau bien claire, ou que le jeune homme l'y conduisît tout droit, toujours est-il que l'intelligent animal se dirigea en toute hâte vers l'écurie, tandis que le voyageur se mit en devoir d'appeler bruyamment :

— Holà, hé! Pericco, Pericco! s'écria-t-il.

— Voilà, voilà! répondit une voix de l'intérieur de la maison.

Et un petit homme, rond comme une futaille, laissa voir sur le seuil de la porte sa face rubiconde et madrée.

Au traditionnel bonnet de coton qui est l'apanage de tous les hôteliers du globe, au tablier blanc qui ceignait les reins de celui qui était accouru à la voix du jeune homme, et au couteau de cuisine qu'il portait à la ceinture, il était facile de reconaître qu'il n'était autre que maître Pericco lui-même, le propriétaire de la posada des *Noces de Gamache.*

Le voyageur était probablement une pratique de connaissance, car l'aubergiste se hâta de s'approcher et de lui saisir la main pour la secouer vigoureusement.

— *Valga me Dios !* dit-il joyeusement ; soyez le bienvenu, don José. Holà ! ajouta-t-il en s'adressant à un marmiton crasseux qui était accouru passer l'inspection du voyageur, tiens l'étrier à ce bon gentilhomme, et conduis son cheval au râtelier ; veille à ce qu'il ne lui manque rien, ou gare à 'on dos !

— Oui, señor, répondit l'apprenti culinaire.

Et, saisissant l'animal par la bride, il le mena à l'écurie.

Don José avait mis pied à terre sur l'invitation du maître de la posada.

— Allons, lui dit celui-ci, un *trago d'aguardiente,* don José, cela ne se refuse pas à une vieille connaissance ; il fait chaud en diable aujourd'hui, et on a besoin de se rafraîchir de temps en temps.

La mine de l'hôtelier démontrait suffisamment que le principe qu'il avançait était souvent pratiqué par lui.

Don José, toujours indifférent, accepta.

— Volontiers, fit-il ; d'ailleurs, j'ai à vous dire quelques mots.

Et, sans plus tarder, il suivit Pericco dans la grande salle, destinée à la vente des liquides de toute espèce de crûs.

Cette pièce, semblable à toutes celles que l'on rencontre dans les auberges du monde, n'était meublée que de quelques tables boiteuses et de bancs à demi vermoulus.

Quelques mauvaises gravures, grossièrement enluminées et collées à la muraille, charmaient les yeux des buveurs amis des arts, en leur offrant les portraits de Ferdinand VII, de Notre-Dame des Douleurs, du Juif Errant et d'autres personnages représentés avec une ressemblance plus que problématique.

Pericco alla chercher une mesure d'étain pleine d'eau-de-vie et deux verres, et posant le tout sur la table devant laquelle s'était assis don José, il prit place en face de lui, et versa deux larges rasades.

Don José but une ou deux gorgées; Pericco avala d'un trait tout le contenu du verre.

— Eh bien! demanda ce dernier en reposant le verre sur la table et en fixant son interlocuteur, qu'y a-t-il de nouveau?

— Silence! se contenta de répondre don José en indiquant à l'hôtelier la porte qu'il avait fermée derrière lui.

— Qu'avez-vous? Cette porte n'est pas ouverte.

— Et c'est justement pour cela que je vous prie de l'ouvrir : règle générale, derrière une porte fermée, il se trouve toujours une oreille aux écoutes; aussi, causons donc la porte ouverte, si vous le voulez bien, mon cher Pericco.

Appréciant toute la justesse de cette observation, Pericco se leva, alla ouvrir et revint s'asseoir.

— J'écoute, fit-il.

Don José vida son verre; puis, le posant renversé sur la table pour bien faire comprendre à son hôte qu'il ne voulait plus boire, il tordit un papelito, sortit un briquet de sa poche, et, lorsqu'il eut convenablement allumé sa cigarette, il prit la parole :

— Je vais au Puerto.

— Au Puerto, interrompit Pericco, il y a donc quelque chose?

Don José regarda l'interrupteur en face et haussa légèrement les épaules.

— Il y a toujours quelque chose quand on le veut, mon cher Pericco; mais il n'était pas nécessaire de paraître aussi étonné que vous l'êtes en m'écoutant parler; il me semble que Pedro Ruiz a dû vous instruire hier au soir, en s'arrêtant ici, de la démarche que je vais faire aujourd'hui chez don Inigo Sanchez de la Ronda.

— Chez l'alcade-mayor de la ville del Puerto de Santa-Maria! s'écria l'hôtelier au comble de la stupéfaction.

— Chez lui-même; mais, encore une fois, ne le saviez-vous pas, n'avez-vous pas vu Pedro Ruiz? Voyons, répondez?

— Il s'est reposé dans ma posada hier, j'en conviens; mais il s'est contenté de boire comme une éponge, selon son habitude, sans me souffler mot de votre projet.

— En ce cas, je vous avertirai moi-même de ce que vous aurez à faire en temps et lieu. Sachez, d'abord, que tous nos hommes se réuniront ce soir, à neuf heures, à la tour Sarrazine.

— Bien, répondit Perricco; mais, ajouta-t-il avec un sourire de raillerie douteuse, prenez garde, capitaine, de ne pouvoir vous y trouver; le vieux Sanchez est un fin renard, et il pourrait bien vous tendre quelque piège.

— Ne craignez rien : le digne alcade ne saura guère qu'il recevra chez lui, tout à l'heure, don José; car, grâce à la transformation de physionomie que j'opérerai, suivant la faculté qui m'en a été donnée par ma mère, la Bohémienne, e prétends être méconnaissable à ses yeux.

— Alors, à ce soir.

— A ce soir, compère.

Et don José se leva de table, dans l'intention de se diriger vers la porte.

— Vous partez? dit Pericco.

— Il le faut.

Déjà le voyageur faisait quelques pas pour sortir, lorsqu'un bruit de chevaux se fit entendre au dehors.

C'étaient cinq ou six cavaliers qui mettaient pied à terre devant l'hôtellerie.

Bientôt des éperons et des sabres résonnèrent sur les dalles de la locanda, et une demi-douzaine de miquelets entrèrent dans la salle occupée par les deux hommes.

A cette vue, ceux-ci échangèrent un regard rapide, sans que rien cependant trahît sur leur visage la trace d'une émotion quelconque.

L'hôtelier s'était levé et attendait avec anxiété que les nouveaux venus fissent connaître le but de leur visite.

Don José, prêt à quitter la pièce où il se trouvait, se rassit

avec toute l'indifférence d'un homme qui n'a rien de mieux
à faire que de passer le temps à boire un verre d'aguardiente ou de xérès ; puis, continuant à fumer son papelito, il
allongea ses coudes snr la table et attendit.

Les miquelets étaient commandés par un sergent qui, le
premier, s'avança vers Pericco en jetant autour de lui un
coup d'œil investigateur et en frisant de la main droite les
crocs de ses moustaches rousses, outrageusement cirées,
tandis que de la gauche il relevait élégamment la pointe de
son sabre, en appuyant sur la poignée.

— Or ça, maître Pericco, est-ce ainsi que vous recevez les
personnes estimables qui vous font l'honneur de s'arrêter à
votre locanda ? dit-il en s'adressant au maître du logis avec
un accent d'insolence qui n'échappa pas à ce dernier.

— Excusez-moi, señor sergent, répondit Pericco ; mais
j'étais en affaires, et j'étais loin de m'attendre à une aussi
agréable visite que celle qui m'arrive en ce moment.

— Par Notre-Dame d'Atocha, reprit l'autre, il faut que
l'affaire dont vous parlez soit en effet bien sérieuse pour
détourner ainsi votre attention des devoirs de votre commerce.

L'hôtelier crut comprendre que le sergent lui cherchait
une querelle d'Allemand ; mais bien disposé à se tenir sur
la limite d'une extrême prudence, il se contenta de ré-
]ondre :

— Assez sérieuse en effet ; il s'agissait d'un achat de vin·

— Et, continua le sergent, toujours caressant sa moustache, qu'avez-vous de nouveau par ici?

— Rien, sergent Alvarez, sur mon âme ! Les voyageurs
deviennent de plus en plus rares, et si cela continue, je serai
bientôt forcé de fermer ma posada, et d'aller chercher fortune ailleurs. Voici huit jours que je n'ai vu le visage d'un
chrétien, et je n'aurais certes pas étrenné aujourd'hui sans
ce señor qui est arrivé un instant avant vous, et avec qui je
viens de boire un verre de moscatelle. Vous en offrirai-je
un, sergent? C'est un vrai nectar.

— Merci !... J'accepte. C'est étonnant comme il m'est entré

1.

de la poussière dans la gorge ce matin... Holà ! vous autres, fit-il en s'adressant à ses hommes, qui s'étaient respectueusement tenus à distance tout le temps qu'avait duré le colloque que nous venons de rapporter, maître Pericco vous offre de vous rafraîchir.

Ce n'était pas précisément ce qu'avait voulu dire l'hôtelier, qui ne put dissimuler une assez laide grimace quand il vit l'extension donnée à son invitation; mais il paraît qu'il avait de bonnes raisons pour tenir à honneur de rester en bons termes avec les miliciens, car sans faire la moindre observation, il atteignit sur-le-champ une bouteille de moscatelle, dont il vida le contenu dans autant de verres qu'il y avait de soldats.

Ceux-ci ne s'étaient pas fait appeler deux fois.

— Cordieu ! c'est une bonne liqueur, reprit le sergent en frappant avec force son verre sur la table, après l'avoir vidé jusqu'à la dernière goutte ; mais il ne faut pas s'endormir dans les délices de Capoue. Or donc, occupons-nous de ce qui nous amène, moi et mes hommes.

Don José, qui jusqu'alors était resté immobile, ne put réprimer un mouvement de curiosité en entendant les dernières paroles du sergent, et il glissa doucement sa main dans sa poitrine comme pour y chercher quelque chose, en ayant soin cependant de ne pas attirer l'attention sur ce geste, que lui commandait probablement la tournure prise par la conversation.

Perricco ne paraissait pas complétement rassuré ; toutefois, il fit bonne contenance.

— De ce qui vous amène ? fit-il ; eh, bon Dieu! quelle affaire peut vous amener ici autre que celle de boire un coup pour vous remettre de la fatigue de la marche et de la chaleur du jour?

Le sergent tordit sa moustache avec plus de force que jamais, dans l'espoir de trouver, pendant cette occupation, un moyen de biaiser, mais il n'y parvint pas.

— Ma foi ! s'écria-t-il au bout d'un moment, comme tôt ou tard il faudra que je vous l'apprenne, j'aime mieux ne pas vous faire languir et vous dire de suite de quoi il s'agit.

— Dites, sergent.

Le chef des miquelets prit l'air le plus sévère qu'il put composer, et se redressant avec dignité :

— Au nom de Sa Majesté Catholique Ferdinand VII, dit-il, je vous arrête comme prévenu de connivence avec la bande du brigand surnommé el Gato, dont vous êtes l'un des plus chauds partisans.

Et enchanté d'avoir si bien parlé, il laissa tomber sa main lourde et velue sur le dos du posadero ébahi, qui s'affaissa sur un banc en murmurant avec peine :

— M'arrêter! moi! mais c'est une plaisanterie! Sergent, de grâce, voyons, vous me connaissez, que diable!

— Je ne plaisante jamais dans l'exercice de mes fonctions, répliqua le miquelet, que cette supposition blessait profondément : résignez-vous, maître Pericco, toute feinte est inutile; vous êtes découvert; on sait ce que vous avez fait jusqu'à présent, et mon mandat est parfaitement en règle; aussi, croyez-moi, n'essayez pas de résister, vous voyez que je suis en force. D'ailleurs, ajouta-t-il en baissant tout à coup son ton de voix, j'aurai pour vous tous les ménagements qu'on doit avoir pour une ancienne connaissance.

Pericco paraissait peu rassuré malgré ces encourageantes paroles. Cependant, forcé d'obéir, il jeta à la dérobée un regard interrogateur sur don José, qui sembla ne pas le remarquer et ne s'occuper qu'à fumer tranquillement sa cigarette : puis il s'avança vers les soldats, qui, dans la prévision de ce qui allait se passer, avaient déjà sorti de leurs gibernes des cordes fines et déliées, avec lesquelles ils se préparaient à attacher les poignets de leur prisonnier.

Déjà le pauvre posadero présentait ses bras aux miquelets, lorsque don José se leva, et s'adressant au sergent :

— Un instant, monsieur, lui dit-il d'une voix ferme, il y a une petite formalité à remplir avant de procéder à l'arrestation de cet homme.

— Prétendriez-vous vous y opposer? répondit le sergent, surpris de la sortie intempestive de l'étranger.

— Peut-être.

— Et de quel droit?

— Du droit qu'a tout noble Espagnol de s'enquérir de la légalité d'une arrestation faite devant lui.

Le sergent n'avait rien à répliquer à l'exposé de cette prétention, justifiée par la qualité de noblesse que prenait son interlocuteur.

— Mais señor caballero, se contenta-t-il de dire, pensez-vous donc qu'elle soit illégale?

— Je ne dis pas cela, Dieu m'en garde, reprit don José, dont l'intention évidente était simplement de gagner du temps; mais maintenant que vous voilà certain que cet homme ne peut vous échapper, donnez-lui le loisir de boire à son tour un verre de moscatelle, et tandis qu'il reprendra son sang-froid, vous voudrez bien lui exciper du mandat qui vous donne le pouvoir de le priver de sa liberté.

— Je n'ai rien à objecter à cela, fit le sergent, et maître Pericco peut certainement remplir nos verres et le sien avant de se mettre en route.

— Vous me permettrez au moins d'y joindre le mien, sergent?

—Par San Christoval, mon patron, ce sera en même temps un honneur et un plaisir.

— Pericco, dit alors don José en se tournant vers l'hôtelier, et en le regardant d'une certaine façon, allez nous chercher d'autres bouteilles de moscatelle, car celles-ci sont vides, et je veux trinquer dignement avec ces braves et honnêtes soutiens du drapeau andalous.

Le sergent se redressa et lissa avec complaisance le formidable croc de sa moustache.

Pericco, qui avait compris l'intention de don José, se mit en devoir d'obéir en passant dans la salle voisine.

— Halte-là, dit le chef des miquelets en se plaçant devant lui, on ne sort pas; ceci n'est pas dans nos conventions.

— Mais je vais chercher du vin.

— Ne vous dérangez donc pas, compère, continua le sergent avec un sourire narquois; je ne souffrirai pas que vous preniez cette peine. Appelez un de vos garçons : il vous épargnera tout dérangement.

Pericco n'essaya pas d'insister; seulement il siffla d'une certaine façon, et l'on vit paraître à l'entrebâillement de la porte la mine chafouine du marmiton dont nous avons déjà parlé.

— Approche, Juanito, dit l'hôtelier.

Le jeune garçon s'avança.

Pericco lui dit quelques mots à voix basse, ce qui motiva une nouvelle interpellation du sergent; mais déjà la porte s'était refermée et Juanito était disparu pour aller chercher la moscatelle destinée à rafraîchir le gosier des braves miquelets du roi.

Pendant ce temps, leur vaillant chef avait tiré avec précaution de sa poitrine un papier plié en quatre, qu'il ouvrit lentement, et qu'il présenta à Pericco, nonchalamment appuyé contre la muraille, sans toutefois le quitter des yeux.

— Voici le mandat en vertu duquel j'agis, et vous voyez qu'il est parfaitement en règle.

Pericco prit le papier sans affectation et parut le lire des yeux.

Don José était debout à côté de lui.

Au moment où l'hôtelier s'était emparé du mandat, la porte se rouvrit, et Juanito fit son entrée dans la salle commune, portant deux bouteilles dans chaque main; mais il faut croire que le drôle était distrait ou intimidé par la présence des soldats, car à peine eut-il fait deux pas, qu'il s'embarrassa les jambes et tomba en ayant soin de lâcher les bouteilles dont les morceaux eussent pu le blesser.

— Ah! maladroit! s'écria le sergent en voyant le précieux liquide coulant à terre.

Les soldats avaient fait un mouvement de recul.

— Alerte! cria alors don José d'une voix retentissante.

Un coup de sifflet répondit.

Juanito s'était relevé, et prompt comme l'éclair, avait saisi un goulot de bouteille, dont il frappait les jambes des soldats qui masquaient le mur.

Et avant que ceux-ci fussent revenus de la stupeur où les avait plongés cette audacieuse attaque, une porte parfaitement dissimulée dans la maçonnerie s'était ouverte et refermée sur don José, Pericco et Juanito, qui s'étaient élancés en avant.

Il ne resta plus dans la salle que les miquelets.

—Malédiction! vociféra le sergent, ils nous échappent!

Et s'emparant d'un fusil, il en frappa un si violent coup contre le mur, que la crosse se brisa sans que le moindre écho eût répondu dans l'intérieur.

Jetant alors l'arme loin de lui, il essaya de découvrir la fissure de cette porte magique avec la pointe de son sabre, mais il ne trouva que la pierre.

Transporté de colère, il se retourna vers ses soldats, qui étaient restés bouche béante.

— A cheval, vous autres; ils ne peuvent être loin, et corps du Christ! il faudra bien que nous les rattrapions!

Toute la troupe se précipita hors de la posada.

Mais là, une autre surprise non moins désagréable que la première vint mettre le comble à la fureur des miquelets.

Les chevaux avaient disparu.

Aussi loin que la vue pouvait s'étendre, la route était déserte.

On fit le tour de la maison sans découvrir aucune trace de chevaux ou d'hommes.

Décidément, le plus sage était de battre en retraite, afin d'aller chercher du renfort.

C'est ce que se résolut de faire le sergent, après toutefois qu'il aurait tenté une seconde visite domiciliaire.

Voulant donc avoir le cœur net de toute négligence, il se disposait à rentrer dans l'hôtellerie, lorsque son regard tomba sur un papier qui était à terre.

Il le ramassa et le lut; il ne contenait que ces trois lignes :

« Ne cherchez pas vos chevaux; j'en ai eu besoin pour » moi et mes hommes, et je vous les ai empruntés; la pré- » sente pourra vous servir de justification.   El Gato. »

— C'était el Gato! s'écria le sergent en se frappant le front.

— El Gato! répétèrent en chœur les miquelets, qui ne revenaient pas de leur étonnement d'avoir contemplé de si près l'illustre bandit.

— Oh! continua Alvarez, à tout prix, je me vengerai!

Puis, s'adressant à ses hommes :

— Allons, dit-il, nous n'avons plus rien à faire ici; en route pour Cadix; nous verrons plus tard.

Quelques instants plus tard, l'auberge des *Noces de Gamache* était complétement déserte.

Alors la porte secrète par laquelle don José ou plutôt el Gato, puisque nos lecteurs savent maintenant que ces deux personnages n'en font qu'un, avait suivi ses complices Pericco et Juanito, s'ouvrit discrètement, et les trois hommes repassèrent l'un après l'autre, non sans avoir regardé autour d'eux avec précaution.

Juanito s'élança sur la route et revint au bout d'un moment.

— Ils sont déjà loin, capitaine, dit-il à el Gato; vous pouvez partir.

—'Bien, répondit celui-ci; amène mon cheval; quant à vous, mon cher Pericco, il faut vous hâter de quitter la place, car avant peu elle sera de nouveau attaquée, et il pourrait n'y pas faire bon. Vous avez de l'argent?

— J'en ai, dit Pericco.

— En ce cas, croyez-moi, faites diligence.

— Et où vous retrouverai-je?

— Je vous l'ai dit, ce soir, à neuf heures, à la tour Sarrazine.

— J'y serai.

El Gato sortit; son cheval, tout bridé, et tenu par Juanito, l'attendait à la porte.

— Juanito, mon garçon, tu as été intelligent et adroit; à partir de ce jour, je me charge de toi; bientôt tu sauras comment je sais récompenser ceux qui me servent. Adieu.

— Adieu, capitaine et merci.

El Gato sauta sur sa monture et prit le chemin del Puerto de Santa-Maria, réfléchissant à ce qui venait de se passer, et se demandant comment il se pouvait faire que le gouverneur de Cadix fût informé des faits et gestes de Pericco, et eût envoyé des soldats pour l'arrêter.

Le mot de trahison erra plusieurs fois sur les lèvres du voyageur, qui, tout à coup, en levant la tête, s'aperçut qu'il était devant el Puerto de Santa-Maria.

— Allons, se dit-il, je saurai la vérité! En attendant, à mes affaires!

Et il entra dans la ville.

II

OU L'ALCADE-MAYOR DON INIGO EST SUR LE POINT DE FAIRE UNE SOTTISE.

El Puerto de Santa-Maria est une charmante petite ville qui mire nonchalamment les blanches murailles de ses coquettes maisons dans les eaux bleues du fleuve qui coule à ses pieds.

Le caprice seul a présidé à la construction des fraîches villas, qui, cachées comme des nids de fauvette au milieu des bouquets de bois qui les environnent de toute part, ont formé par leur agglomération ce *pueblo*, ou plutôt quelque chose qui n'est ni ville, ni bourg, ni champ, ni cité, quelque chose enfin qui unit au charme de la vie active et bruyante celui de la retraite calme et profonde.

Ce ne sont que délicieuses *casas* et groupes odorants de tamariniers, d'orangers et de citronniers, dont les suaves émanations embaument l'air rafraîchi par les brises de la mer.

L'heure de la sieste était passée ; un vent léger voltigeait dans les branchages des arbres, en agitant doucement leurs feuilles vertes et les fleurs dont la plupart étaient chargés ; les portes de chaque habitation commençaient à s'entr'ouvrir ; enfin, la ville se réveillait peu à peu, secouant ce sommeil du milieu du jour, si lourd et si pesant en Espagne, que, grâce à lui, les quartiers les plus populeux paraissent, en plein midi, morts et abandonnés.

Deux femmes, soigneusement enveloppées dans leur mantille, et portant chacune à la main un livre de prières, venaient de sortir avec précaution d'une jolie maison située à l'angle de la rue des Merveilles et de la place de la Constitution, et se dirigeaient vers l'église de Santa-Cruz, dont la cloche retentissait pour appeler les fidèles au salut.

L'une d'elles pouvait avoir une quarantaine d'années, et sa physionomie n'offrait aucun trait saillant. L'air de bonté naturelle et de simplicité naïve qu'on y lisait ne permettait pas d'y voir autre chose qu'une complète insignifiance.

L'autre était bien la plus charmante créature qui existât sous le ciel andalous ; elle paraissait quinze ans à peine ; elle était blonde, ce qui, en Espagne, est moins rare qu'on ne pourrait le supposer : aussi, ses grands yeux noirs, frangés de longs cils soyeux, tranchaient-ils admirablement, par leur nuance veloutée, avec la teinte cendrée des longues boucles de son épaisse chevelure.

Toutes deux marchaient de ce pas lent et régulier qui dénote chez les femmes l'habitude d'un maintien réservé, et qui donne à leur allure un cachet de noblesse et d'honnêteté.

Cependant, tout en abaissant vers la terre le feu de ses regards, et en mesurant ses pas sur ceux de la personne qui l'accompagnait, la jeune fille ne pouvait s'empêcher de tourner de temps à autre la tête, de façon à regarder si, parmi les gens qui allaient et venaient, il n'était pas quelqu'un qui attendît son passage.

Et chaque fois que le coup d'œil jeté à la dérobée sur les jeunes cavaliers qui se trouvaient sur le parcours de l'église amenait un résultat négatif, un profond soupir sortait de la poitrine de l'enfant.

— A quoi songes-tu donc, Manongita ? Tu sembles bien distraite aujourd'hui, observait alors sa compagne.

— A rien, ma mère, répondait la jeune fille.

Cœur de quinze ans songe toujours à quelque chose, pourtant, et la mère de Manongita le savait bien, mais quoiqu'il ne lui eût pas été difficile de dire ce qui occupait l'esprit de sa fille, elle se contentait d'exhorter celle-ci à ne pas regarder de droite et de gauche, dans la crainte que ce mouvement ne fût remarqué et pris en mauvaise part.

Enfin, on arriva à l'église.

Et, ma foi, malgré toutes les recommandations de sa mère, Manongita n'y entra pas sans constater avec un grand serrement de cœur l'absence de celui que ses yeux paraissaient chercher dans les environs.

La mère et la fille, après avoir franchi le seuil du saint temple, allèrent s'agenouiller devant la chapelle de Notre-Dame-des-Douleurs.

Manongita priait avec ferveur, et nul doute que le ciel n'accueillît favorablement la supplication de la jeune fille, car de ses lèvres virginales, il ne pouvait sortir autre chose que de douces paroles de foi, pures comme ses pensées, et fraîches comme les croyances de son âme.

C'était une image ravissante, que celle de cette jeune fille pieusement recueillie et prosternée sur les dalles froides, en face de la statue de la Vierge. La lumière du soleil, tamisée par les riches couleurs des vitraux enchâssés de plomb, formait une douce auréole autour de sa tête inclinée, et l'eût volontiers fait prendre pour un de ces beaux anges descendus des toiles de Murillo, qui ornaient la nef.

Leur prière terminée, Manongita et sa mère se levèrent et marchèrent vers le bénitier, placé à la gauche de la porte de sortie.

Déjà la première plongeait l'extrémité de ses doigts roses dans la coquille dentelée, lorsqu'elle fit un mouvement de surprise mêlé de joie et de confusion.

Un jeune homme, drapé dans un manteau brun, et qui se tenait debout, immobile, adossé au pilier faisant face au bénitier, s'était soudain avancé, et trempant sa main dans l'eau sainte, l'avait présentée à Manongita en lui disant :

— Dieu vous garde !

Puis, après le même office et le même vœu faits à la mère de la jeune fille, il les avait saluées toutes deux et avait marché à côté d'elles jusqu'à leur sortie de l'église.

Manongita prit le bras de sa mère.

Le jeune homme se disposait à la suivre.

— Señor don José, dit la mère, voulez-vous donc encore nous accompagner sans instruire don Inigo, mon époux, des soins que vous adressez publiquement à Manongita et à moi; je vous l'ai dit déjà, je ne souffrirai désormais votre présence auprès de nous que lorsque vous vous serez franchement ouvert à don Inigo Sanchez de la Ronda sur vos intentions; cela, du reste, n'a rien qui doive vous surprendre, si, comme j'en suis convaincue, vous êtes un noble et honnête gentilhomme.

— Oh! oui, don José, de grâce, parlez à mon père. Vous le voyez, ajouta-t-elle avec une expression de regret pleine de gracieuse mutinerie, voilà deux jours que je ne vous ai vu, et si vous refusez de vous rendre à l'invitation de ma bonne mère Juana, je ne pourrai plus vous voir du tout.

— Chère Manongita, ne savez-vous pas que ne plus vous voir serait le plus cruel châtiment qu'on pût m'imposer... Ne plus vous voir ! vous qui êtes la joie de mon âme, oh ! vous n'y pensez pas !

— Mais enfin, qui vous empêche, si vous m'aimez réellement, de le confier à mon père?... N'êtes-vous pas riche, noble, indépendant?

— Riche, noble, oui! mais...

— Quoi?... demanda Juana, désireuse de terminer l'entretien.

— C'est que...

Ici le jeune homme s'arrêta en proie à une violente émotion; soudain, il parut prendre une détermination.

— Eh bien, dit-il, doña Juana, vous avez raison; jusqu'à ce jour je n'ai que trop tardé, et si vous voulez bien me permettre de vous accompagner jusqu'à votre demeure, je demanderai à don Inigo de la Ronda la permission d'aspirer à la main de la señorita Manongita.

Une double exclamation approbative s'échappa du cœur des deux femmes.

— A la bonne heure! dit Juana, voilà qui m'assure que vous aimez réellement Manongita.

— Moi aussi, ma mère, je l'aime, ajouta la jeune fille, et maintenant plus encore!

Un charmant sourire accompagna cette phrase, qui pénétra dans l'âme de don José en l'inondant de joie.

Bientôt les trois personnes reprirent le chemin de la rue des Merveilles.

Devançons-les pour un moment, et entrons dans la maison occupée par don Inigo Sanchez de la Ronda, alcade-mayor de la ville, afin de faire connaître au lecteur ce nouveau personnage.

C'était un grand vieillard sec et maigre, aux traits sévères et presque durs, et qui cachait, sous ces dehors peu sympathiques, une grande bonté de cœur, et surtout une loyauté à toute épreuve. Doué d'une profonde habileté, il apportait dans l'exercice des fonctions délicates qui lui étaient confiées une aptitude et une intégrité qui lui avaient valu l'estime de tout le monde. Ceci est son portrait comme homme public; celui de l'homme privé sera plus facile encore: de mœurs rangées et d'une conduite patriarcale, don Inigo n'avait jamais connu d'autre passion que celle du travail; il aimait sa femme comme peut aimer un alcade, et chérissait sa fille au delà de toute expression.

On le voit, don José allait donc avoir affaire à une excellente personne, et il fallait que vraiment il fût bien timide pour ne pas avoir osé jusqu'à ce jour faire sa demande à un semblable personnage.

Cependant, ce n'était pas de la timidité qu'on lisait sur le front du jeune homme!

Revenons à don Inigo.

Il était enfermé dans son cabinet avec un homme d'un aspect assez repoussant, et dont la physionomie basse et sournoise dénotait la fausseté.

L'alcade écoutait chacune des paroles qui tombaient des lèvres de son interlocuteur avec des marques non équivoques de satisfaction.

— Ainsi, disait le vertueux magistrat en se frottant les mains de plaisir, tu es bien sûr de ce que tu me dis là ?

— Je vous certifie l'exactitude des moindres détails, répondit l'autre, et je suis prêt à jurer.

— Ne jure pas, Pedro Ruiz, interrompit vivement don Inigo, qui se faisait scrupule de laisser invoquer un serment par un homme tel que celui avec lequel il conversait ; mais dis-moi plutôt comment l'affaire s'est terminée.

— Bien simplement, monseigneur ; voici le fait : Les miquelets, ne pouvant parvenir à mettre la main ni sur les fugitifs, qui leur avaient glissé si subitement des mains, ni sur leurs chevaux, se virent obligés de reprendre bien à contre-cœur la route de Cadix, où ils sont arrivés, il y a deux heures.

— C'est égal, reprit l'alcade en riant au récit du conteur, c'est un bon tour ; il faut que ce diable d'el Gato soit bien hardi.

— Rien de cela ne serait arrivé, monseigneur, si, comme je le demandais, on m'avait laissé diriger cette opération, au lieu d'en charger je ne sais qui.

— N'importe ! le bandit sera difficile à saisir, j'en conviens, mais avec de l'adresse et de la persévérance, nous en viendrons à bout, je t'en réponds.

— Je le souhaite.

— Aussi, pour hâter sa prise, j'ai fait promettre cent onces d'or à quiconque me rapporterait la tête d'el Gato.

— Cent onces ! la somme est bonne à gagner.

— Eh bien, il ne tient qu'à toi de la posséder, puisque tu connais si parfaitement le lieu et le moment où tu es sûr de pouvoir le rencontrer.

— Oui, mais cela ne suffit pas.

— Que te faut-il de plus ? demanda don Inigo, en levant

son regard franc sur la mine refrognée de Pedro Ruiz.

— La moindre des choses, monseigneur, votre signature seulement au bas d'un ordre qui me permette de mettre en réquisition les miquelets dont je puis avoir besoin.

— Qu'à cela ne tienne, fit don Inigo.

Et, saisissant vivement une feuille de papier, il écrivit quelques mots, qu'il signa, et la tendit à Pedro.

— Tu n'as pas besoin d'autre chose?

— Ceci me suffira, monseigneur, et avant quatre jours, el Gato et les siens seront tous en votre pouvoir.

— Que le ciel t'entende ! murmura l'alcade.

Pedro plia le papier en quatre, le serra soigneusement dans la poche de sa veste, et se disposa à sortir.

Au même instant, la porte s'ouvrit, et un domestique parut.

— Qu'y a-t-il? demanda don Inigo.

— Le seigneur don José Rivero demande à être introduit auprès de votre grâce.

— Don José Rivero!... qu'il entre, qu'il entre, répoondit le vieillard.

Le domestique sortit et revint. Don José se présenta.

A la vue d'un étranger, Pedro Ruiz abaissa sa montera sur ses yeux, afin de n'être pas reconnu, mais quelque vivacité qu'il eût apportée dans l'exécution de ce mouvement, il ne put cependant échapper au regard investigateur du nouveau venu.

—- C'est lui!... murmura celui-ci à voix basse ; j'en étais sûr!...

— Lui ici !... dit à son tour Pedro en pâlissant, il est grandement temps de partir.

Et, prenant immédiatement congé de l'alcade, il se hâta de sortir, en ayant soin de dérober complétement ses traits.

Don José demeura seul avec don Inigo.

— Je vous demande pardon, dit l'alcade, de vous recevoir dans ce cabinet, mais, vous le voyez, tout mon temps est pris par les devoirs de ma charge. Ah! seigneur cavalier, ce n'est pas une sinécure !

— Je suis véritablement désolé de venir vous importuner au milieu de vos graves occupations; mais le sujet de l'entretien que je sollicite est la meilleure excuse que je puisse invoquer.

— Comment donc, s'écria le vieillard avec gracieuseté. C'est à moi de vous rendre grâce de votre visite.

En face de l'accueil plein d'affabilité que lui faisait le digne magistrat, don José retrouva toute son assurance, et, enhardi par les manières charmantes du vieux gentilhomme, il augura un bon résultat de sa démarche.

Don Inigo, jaloux de montrer au jeune homme l'importance des attributions attachées à sa place, revint une seconde fois sur les soins incessants qu'il était obligé de donner aux affaires publiques.

— Tenez, lui dit-il, en lui désignant une liasse de papiers sur son bureau, voici ce qui, depuis quelques jours, absorbe tous mes instants.

— Qu'est-ce là? demanda don José.

— Les renseignements les plus exacts que j'ai pu me procurer sur la bande d'el Gato, dont vous n'êtes pas sans connaître les nombreux méfaits.

— Vraiment! fit le jeune homme avec un air d'admiration parfaitement naturel, ce doit être bien curieux.

— Oui, dit l'alcade, et surtout fort précieux, car, avec les indications que renferment ces papiers, je suis certain qu'avant trois jours el Gato lui-même, ce bandit si redouté de toute l'Andalousie, sera entre mes mains.

— En vérité!

— Mon Dieu, oui. Et, continua don Inigo en se frottant les mains, vous comprenez combien une semblable capture pourra me faire honneur auprès de M. le gouverneur général.

— Certes! mais êtes-vous bien sûr que les agents qui vous ont fourni ces notes ne se soient pas laissés induire en erreur; car j'ai ouï dire que le fameux el Gato était plus rusé qu'un renard et plus insaisissable qu'un protée.

— Je suis sans inquiétude sur ce point; je tiens les renseignements qui sont là, d'un homme qui fait lui-même partie de la bande de Gato, et s'est engagé à me remettre son valeureux chef pieds et poings liés... Hein! que dites-vous de cela, don José?...

En entendant cette révélation, le jeune homme eut besoin de toute sa volonté pour ne pas laisser voir sur son visage l'expression de tristesse et de découragement que lui causait l'action lâche et misérable de Pedro Ruiz, qui, sans nul doute, était le traître dont lui parlait l'alcade.

— Je dis, répondit-il à l'interpellation de ce dernier, qu'el Gato sera infailliblement pris, puisque la trahison est venue en aide à ceux qui ont le dessein de s'emparer de lui, à moins toutefois qu'il ne soit prévenu à temps.

— J'en suis convaincu, reprit don Inigo, sans remarquer l'intention maligne qui accompagna les dernières paroles de son interlocuteur; quant à être prévenu, croyez bien que je ne lui en laisserai pas le loisir. Mais, dit tout à coup le vieillard, en changeant de conversation, laissons el Gato et sa bande, et revenons à vous et à l'entretien que vous avez désiré avoir avec moi, entretien dont je crois d'ailleurs connaître un peu le but.

— En ce cas, monsieur, ce serait déjà me donner de l'espoir, puisque vous me permettriez de vous faire part de l'intention dans laquelle je suis de vous demander la main de votre charmante fille, la señora Manongita.

— Seigneur don José, je veux laisser ma fille complétement maîtresse de choisir l'époux qu'il lui conviendra de prendre; or, si Manongita vous aime, et que rien n'empêche ce mariage, vous me verrez tout prêt à y consentir.

Au moment où don José allait répondre pour remercier l'alcade, la porte s'ouvrit avec fracas, et un nouveau personnage fit irruption dans le cabinet en criant au domestique, qui cherchait en vain à le retenir:

— Laissez-moi donc entrer, carajo! Je vous dis qu'il faut que je parle sur l'heure à mon oncle Inigo.

C'était un jeune homme de vingt-cinq à vingt-six ans, de haute taille et de physionomie intelligente; il portait l'uniforme de capitaine du régiment provincial de Palencia, et l'habit militaire faisait ressortir encore l'air martial empreint sur ses traits.

— Vous serez donc toujours le même, Fernand ? dit l'alcade, contrarié par la présence de son neveu ; ne pouviez-vous attendre, pour me voir, que j'aie terminé avec monsieur ?

Et il montrait don José, qui avait légèrement pâli à la vue de l'officier.

— Je suis désolé de vous contredire, mon oncle, dit le jeune homme avec une feinte humilité, mais l'affaire qui m'amène est trop pressante pour souffrir aucun retard.

— Mais de quoi s'agit-il donc ? fit don Inigo.

— Du mariage que vous projetez, mon cher oncle, entre ma cousine Manongita et le señor don José, fit l'officier en appuyant avec intention sur le nom du prétendu de Manongita.

— Monsieur ! s'écria celui-ci en fronçant le sourcil, de quel droit vous permettez-vous d'intervenir de cette façon dans ce mariage ?

— Vous le saurez, monsieur ; mais d'abord, laissez-moi avant toute chose empêcher le malheur qui menace ma cousine, en priant mon oncle don Inigo de refuser une alliance indigne du nom honorable qu'il porte.

— Que voulez-vous dire, Fernand ? demanda impérieusement l'alcade.

— Que ce mariage serait une honte et une tache ineffaçable pour l'honneur de votre famille, mon oncle !

— Ah ! c'en est trop, et vous me rendrez raison d'un tel outrage ! dit don José pâle et livide.

— Vous rendre raison ! allons donc, monsieur ! Vous savez bien qu'un homme qui porte une épée ne peut la croiser contre la vôtre !

Don José, à cette nouvelle insulte, ne répondit rien, mais ses yeux lancèrent des flammes, et il fit un mouvement comme pour s'élancer sur le capitaine ; mais celui-ci soutint avec une froide fermeté le regard du jeune homme, et s'approchant de lui :

— Monsieur, lui dit-il à voix basse, je ne suis ni alguazil,

2

ni miquelet ; c'est assez vous dire que vous sortirez d'ici aussi librement que vous y êtes entré ; mais si vous ne renoncez pas à l'instant même à vos projets de mariage avec ma cousine, et si vous ne quittez cette maison pour n'y jamais revenir, je dis votre véritable nom à haute voix à mon oncle, qui est, vous le savez, alcade-mayor de cette ville ; si, au contraire, vous consentez à vous retirer, je vous donne ma parole de gentilhomme et d'officier que je garderai le secret le plus absolu sur votre nom ; maintenant, choisissez.

Don José, ou plutôt el Gato, car le lecteur a dû depuis longtemps reconnaître l'ami de Perrico dans l'amoureux de Manongita, el Gato, disons-nous, blême de rage, se mordait les lèvres jusqu'au sang sans oser répliquer.

Après s'être consulté, et avoir soutenu une lutte d'une minute contre son orgueil révolté, il se décida à répondre d'une voix sourde :

— Vous avez gagné la première partie, don Fernand ; mais j'aurai ma revanche.

Puis, se tournant vers l'alcade ébahi, qui se creusait inutilement la tête pour comprendre le mot de l'énigme qui se jouait devant lui :

— Señor don Inigo, lui dit-il, pardonnez-moi d'avoir élevé mes prétentions jusqu'à l'espoir d'entrer dans votre famille ; je reconnais qu'en effet il y aurait folie à moi d'y songer davantage.

Et sans attendre la réponse de don Inigo, il se dirigea vers la porte, que don Fernand tenait ouverte, et, suivi par ce dernier jusqu'à celle qui fermait l'entrée de la maison, il en franchit le seuil et disparut.

Puis une fois dans la rue, il longea les murs d'un jardin attenant à l'habitation, et écouta.

Bientôt le son d'une guitare retentit à son oreille.

C'était celle de Manongita qui résonnait sous les doigts effilés de la jeune fille, assise à sa place accoutumée, c'est-à-dire à l'ombre d'un tamarinier, en attendant la fin de la conversation que celui qu'elle aimait devait avoir en ce moment avec son père.

Certain de la présence de Manongita, el Gato tira des tablettes de sa poche, écrivit quelques lignes sur un papier, qu'il en déchira; puis, ramassant un caillou, il l'enveloppa du papier et jeta le tout par dessus la muraille.

Un léger cri se fit entendre, le son de la guitare cessa; sans nul doute le billet était parvenu à son adresse.

— Maintenant, dit le jeune homme, satisfait du résultat de son envoi, à la tour Sarrazine !

Et il s'enfonça avec promptitude dans le dédale inextricable des rues de Puerto-Santa-Maria.

III

CE QU'IL ADVINT D'UNE PARTIE DE COUTEAUX.

Cadix est située sur une langue de terre qui semble à chaque instant vouloir s'élancer dans la mer, tant est étroite la chaussée qui la joint au continent; comme toutes les places fortes, elle est percée de rues étroites, longues ou tortueuses, qui, de distance en distance, aboutissent à des places d'une dimension énorme, offrant un large espace aux manœuvres militaires.

Or, non loin de la place del Gobierno, se trouve une de ces ruelles boueuses, qui porte le nom de calle San Isidro, et sert de refuge aux filles de mauvaise vie, aux bohêmes et aux vagabonds de toute espèce qui pullulent dans les grandes villes espagnoles.

Cette cour des miracles andalouse est bordée de maisons mal famées et de cabarets borgnes, dont on entend sortir à toute heure du jour et de nuit des grincements de guitare, des chant bachiques et des cris de fureur.

C'est dans un de ces bouges que nous prions le lecteur de nous accompagner quelques heures, après les faits que nous avons racontés dans le chapitre précédent.

Autour d'une table, chargée de verres et de bouteilles, un groupe de buveurs, misérablement vêtus, causaient à voix basse, en langage bohémien, tout en lançant des regards de colère et de défiance à trois ou quatre miquelets, qui, assis à une table placée de l'autre coté de la salle, riaient et plaisantaient avec plusieurs jeunes filles, dont les éclats de rire vibrants témoignaient de la folle humeur.

Le maître du logis, grand et robuste vieillard aux larges épaules, était gravement assis derrière son comptoir, et râclait avec une monotonie de mouvements incroyable, une seguedilla, sur une mauvaise guitare.

— Pardieu! maître Santiago, dit un des bohémes, en frappant avec force son gobelet d'étain sur la table et en s'adressant au posadero, il faut avouer que vous avez un beau talent sur la vihuela!...

— Hum! hum! fit le cabaretier en se rengorgeant, je fais tant bien que mal ma partie sur cet instrument, mais...

— Au diable la guitare et le guitarero! s'écria tout à coup un des miquelets. Holà, Mirza l'héchicera, viens çà, ma mignonne!

Ces paroles étaient adressées à une grande et belle fille à l'œil noir et au jupon court, qui, accroupie dans le coin le plus obscur de la salle, et le menton appuyé dans la paume de la main droite, regardait obstinément la porte comme si elle eût attendue la venue de quelqu'un.

L'apostrophe du miquelet ne lui fit pas même tourner la tête.

— Ah ça! reprit celui-ci en élevant la voix, n'entends-tu pas que je t'ai appelée, bohémienne maudite?

Cette fois, la jeune fille se leva, et elle s'avança vers le soldat.

— Que désirez-vous de moi? demanda-t-elle en fixant sur le buveur un regard plein de résignation et de douceur.

— Ce que je désire, mignonne? dit le miquelet en cares-

sant sa moustache d'un air vainqueur, eh parbleu! que tu
danses une jota ou un jaleo avec toute la grâce qui te dis-
tingue, et je te donnerai cette pecetta toute neuve.

— Gardez votre pecetta, señor, car je ne puis danser.

— Tu ne peux danser! et pourquoi cela?

— Parce que je suis triste.

— Ah! santo Francisco! voilà qui est bon! ton amoureux
t'a fait des traits; et n'as-tu pas ta navaja pour le marquer
au visage et le ramener à toi!

— Je n'ai pas d'amoureux.

— Tu n'as pas d'amoureux, et tu refuses de danser avec
moi! Allons donc!... c'est de la mauvaise volonté... danse
vite et obéis.

— Je ne danserai pas, vous dis-je.

Et Mirza alla se rasseoir dans son coin.

— Ah! c'est ainsi, la belle, fit le miquelet furieux, eh
bien, nous allons voir.

Alors, se levant de table, il se dirigea vers la bohémienne,
à la grande jubilation de ses camarades, qui riaient de tout
leur cœur.

Un éclair de colère passa dans l'œil de la jeune fille; mais
elle se contint et regarda ses compatriotes, qui, cessant leur
causerie, attendaient impatiemment le résultat de cette scène.

— Je te dis que tu danseras, dit le soldat, en secouant violemment le bras de Mirza, et, qui plus est, que tu viendras,
après la danse, t'asseoir à ma table et me tenir compagnie
jusqu'à la nuit close.

Déjà, passant un bras autour de la taille de la bohémienne,
il se disposait à l'entraîner.

— Colombo! s'écria-t-elle en se débattant.

Aussitôt le Bohémien, qui avait complimenté l'hôtelier sur
son talent de guitariste, fit un bond, et se trouva auprès du
miquelet.

— On ne touche pas à Mirza, dit-il en faisant lâcher prise
à ce dernier.

Au même instant tous les soldats et les bohémiens se levèrent.

2.

Les femmes, prévoyant l'issue de la querelle, s'étaient vivement enfuies.

Cependant les deux troupes, avant d'en venir aux mains, semblaient attendre le signal des deux champions.

Quant au posadero, il continua à râcler sa guitare, sans se soucier le moins du monde de ce qui allait arriver.

— Bravo, Henrique! crièrent les miquelets en s'adressant à leur compagnon.

— Bravo, Colombo! ripostèrent les bohémiens.

Mirza avait quitté la salle; les deux hommes, campés l'un devant l'autre, se mesuraient avec colère.

La lutte paraissait devoir être bien inégale.

Henrique le miquelet était de haute taille; ses larges épaules et ses bras musculeux indiquaient une force peu commune, et ses mains épaisses et serrées semblaient pouvoir briser facilement les membres grêles de Colombo, qui, mince et fluet, faisait peine à voir auprès du colosse qu'il entreprenait de corriger.

Cependant, les bohémiens ne témoignaient aucune inquiétude.

Après avoir considéré son redoutable adversaire pendant l'espace de quelques secondes, Colombo fit un pas en arrière et tira sa navaja.

— Ah! c'est comme ça, fit Henrique.

Et il dégaina son sabre.

Soudain l'hôtelier se jeta entre eux en brandissant sa guitare.

— Un moment, s'il vous plaît, mes gentilshommes, criat-il.

— Que voulez-vous? répondirent ensemble les combattants.

— Je désire savoir si vous êtes bien résolus à jouer du couteau?

— Certes!

— Il n'y a pas moyen d'arranger l'affaire?

— Allons donc! fit, en haussant les épaules, chacun des deux hommes.

— En ce cas, messieurs, continua le posadero en se tournant vers les spectateurs, je vous prends à témoin que j'ai tout fait pour empêcher l'effusion du sang ; maintenant, donnez-moi votre parole de nobles Espagnols de laisser francjeu aux combattants, et que personne de vous ne songera à venger dans ma maison celui qui succombera, attendu que je ne me soucie pas que ma posada perde sa bonne réputation. Me jurez-vous qu'il en sera ainsi ?

— Oui ! oui ! répondirent d'un commun accord bohémiens et miquelets.

— Merci, seigneurs cavaliers ; maintenant, vous êtes libres de commencer.

Et le digne homme, parfaitement convaincu qu'il avait fait son devoir, reprit le chemin de son comptoir, pour y pincer sa guitare tout à son aise.

— Y es-tu ? dit Henrique à Colombo.

— Je t'attends, répondit l'autre.

— Recommande ton âme à Dieu.

— Recommande la tienne au diable.

Et le soldat marcha le sabre levé vers le bohémien, auquel il porta un coup terrible.

Colombo jeta son bras gauche en avant, reçut le coup dans son manteau, et se glissant comme une couleuvre sous le bras du miquelet, il lui enfonça jusqu'au manche son couteau dans le côté.

Puis, dégageant vivement son arme toute sanglante, il se retrouva en garde, en faisant un prompt mouvement de recul.

Un flot de sang jaillit de la blessure d'Henrique.

Le malheureux resta un moment debout, les traits décomposés, les yeux hagards, et battant l'air de ses bras ; puis, poussant un soupir semblable à un rugissement, il s'affaissa sur lui-même et tomba la face contre terre.

Il était mort !

— Ouf ! dit Santiago, en matière d'oraison funèbre, c'était un bel homme !

Il est impossible de dépeindre la stupeur dont furent frappés les miquelets à l'aspect d'un dénoûment si imprévu.

Le combat n'avait pas duré une minute.

Le premier mouvement de surprise passé, les soldats se levèrent tumultueusement, et se précipitèrent, sabres en main, sur les bohémiens.

Mais ceux-ci s'étaient déjà retranchés derrière leur table, tout prêts à se défendre.

— Messieurs! messieurs! s'écria le posadero en essayant de calmer l'effervescence des miquelets, et votre serment?

— Notre camarade est mort, nous voulons le venger.

— Comment, le venger... est-ce que les choses ne se sont pas passées loyalement?... d'ailleurs, il n'avait qu'à bien se défendre; son sabre était une fois plus long que la navaja du bohémien.

— Le bohémien, où est-il? crièrent les soldats; il faut qu'il meure aussi !

— Me voilà, fit tout à coup Colombo, en sautant sur la table avec l'agilité d'un chat; que me reprochez-vous? ne me suis-je pas bien battu, ou dois-je lutter avec ce couteau contre vous quatre ensemble ?

A cette sortie hardie, les miquelets ne trouvèrent rien à répondre.

Il y eut un moment de silence.

— Bas les armes! dit enfin l'un des soldats; il a raison : nous n'avons rien à dire.

Et il remit son sabre dans le fourreau; les trois autres l'imitèrent sans faire la moindre observation.

— Toi, reprit-il en s'adressant à Colombo, tu es un buen muchacho; ferme ta navaja, caraï, tu n'as plus rien à craindre.

Le bohémien, sans répondre un seul mot, essuya la lame de son couteau, le ferma, le remit dans sa poche et alla se rasseoir à sa place avec autant d'insouciance que s'il ne se fût rien passé d'extraordinaire.

Un des soldats se pencha sur le corps du mort, et, sans plus de cérémonie, se mit en devoir de lui ôter ses boucles d'oreilles et de vider ses poches.

Les assistants suivaient d'un œil de convoitise les recherches auxquelles il se livrait.

— *Valga me Dios !* dit le soldat en se relevant, Henrique a
mal fait de se laisser tuer, car il possédait de quoi mener une
joyeuse vie.

Et il fit tinter gaiement une bourse de cuir passablement
gonflée.

A cette vue, une joie universelle éclata sur tous les vi-
sages.

Les miquelets avaient grande envie de s'approprier les
dépouilles de leur camarade ; mais, d'un autre côté, le duel
ayant été régulier au point de vue des formes habituelles,
l'héritage du mort revenait de droit au vainqueur.

Santiago était inquiet, et cela avec raison ; car il suffisait
d'une prétention, soutenue avec un peu trop de persévérance
par l'un des deux camps, pour amener une nouvelle colli-
sion, beaucoup plus terrible par le nombre des combattants
que la première.

Le posadero, interrompant son harmonie criarde, se grat-
tait l'oreille en cherchant le moyen de tout concilier, lorsque
Mirza rentra dans la salle.

A la vue de celle qui avait été la cause de la lutte dans laquelle avait succombé Henrique, les miquelets froncèrent le
sourcil ; mais, en remarquant la tristesse répandue sur ses
traits et la douceur de son visage, ils eurent honte de leur
rancune, et celui d'entre eux qui tenait la bourse s'adressa à
elle.

— Mirza, lui dit-il, à qui penses-tu que doive appartenir
ce que contient cette bourse ?

La jeune fille réfléchit un moment.

— Il faut faire quatre parts de la somme qu'elle renferme,
répondit-elle, la première servira à payer des messes pour
le repos de l'âme d'Henrique.

— Bravo ! dit le soldat.

Et il mit le quart de l'argent de côté.

— La seconde sera donnée au posadero, en payement de
ce qui a été bu par vous tous chez lui, et l'indemniser de

l'embarras que pourra lui causer la mort d'un homme dans sa maison.

— Voilà pour Santiago, fit encore le soldat, tandis que l'hôtelier, ravi de la distribution, se confondait en remerciements.

— La troisième appartiendra aux bohémiens, qui la partageront entre eux, et enfin la quatrième formera votre part, ainsi que celle de vos camarades.

Un murmure d'approbation remercia Mirza de son équitable répartition, et le partage se fit immédiatement.

Après quoi, les miquelets se disposèrent à enlever le corps de leur camarade.

— Dépêchons, dit l'un d'eux, l'heure s'avance, et ce n'est pas le jour de se mettre en retard.

— Est-ce que vous avez quelque service d'extraordinaire à faire aujourd'hui? demanda Santiago d'une voix câline.

— Eh! mon Dieu! reprit le soldat, encore une expédition contre el Gato; mais je crois bien que celle-là aura plus de succès que celles tentées jusqu'à ce jour, car il paraît que les chefs ont des renseignements certains.

— Vraiment! fit Colombo. Ah! bien! je vous souhaite bonne chance; mais on dit qu'el Gato est difficile à saisir.

— C'est vrai, répondit le soldat, mais ce soir il sera bien forcé de se rendre, car toutes les brigades sont convoquées pour le cerner lui et sa bande.

— Ah! et à quel endroit pense-t-on le trouver?

— Quant à cela, je l'ignore, nous ne le saurons qu'une fois arrivés, vu que les chefs ont seuls le secret de la retraite où il se cache.

Tout en disant ces mots, le brave miquelet prêta la main à ses trois compagnons pour emporter le cadavre, et tous quatre se mirent en route pour rejoindre la caserne.

Aussitôt partis, les bohémiens se rassirent autour de la table, mais ils ne songèrent plus à boire; les dernières paroles du soldat les préoccupaient.

— Que pensez-vous de ce que vient de dire le miquelet? fit, le premier, Colombo en s'adressant aux bohémiens.

— C'est grave, dit une voix.

— Et toi, Mirza, qu'en dis-tu ? demanda un autre.

— Je dis, répondit la jeune fille, qu'el Gato est trahi par quelqu'un des siens, car pour tenter de le prendre dans la tour Sarrazine, il faut que les corrégidors soient bien sûrs de l'y trouver.

— C'est vrai, mais que faire ?

— Il faut le sauver.

— Mais comment?

— En réunissant tous les nôtres qui sont à Cadix et en marchant ce soir sur la tour Sarrazine, afin de pouvoir lui prêter main-forte en cas d'attaque.

— Bien dit, exclama Colombo ; Mirza, tu es toujours la plus sage conseillère de nous tous.

— Et toi le plus brave, riposta la jeune fille, car sans toi ce brutal Henrique eût fait de moi ce qu'il eût voulu ; tu as exposé ta vie pour moi, Colombo ; mais sois tranquille, je sais ce que c'est que se souvenir.

Et accompagnant ces paroles d'un regard plein de feu, elle tendit sa main au bohémien, qui la saisit et la pressa dans la sienne.

Un frisson de bonheur parcourut tout le corps du jeune homme.

— Tu me trouveras toujours quand tu auras besoin de moi, Mirza !

Un sourire de satisfaction intérieure passa sur les lèvres de la bohémienne.

S'adressant alors à ses autres camarades rassemblés dans la locanda, elle leur indiqua les divers endroits où ils rencontreraient leurs affiliés et les conjura de se hâter, afin de pouvoir se mettre en route avant les miquelets.

Chacun sortit, Santiago lui-même, qui, comme son confrère Pericco, propriétaire de la posada des *Noces de Ganache*, avait l'honneur de faire partie de la bande du Gato, mit sa chère guitare sur son dos et abandonna sa maison pour aller à la recherche de ses collègues.

Mirza était demeurée seule dans l'hôtellerie.

Elle entra dans une petite chambre faisant suite à la salle destinée aux buveurs, ouvrit une malle qui s'y trouvait, en tira un magnifique médaillon représentant un portrait de femme et le porta à ses lèvres.

— Patience, ma sœur, dit-elle d'une voix si basse que nul n'eût pu l'entendre, tu seras vengée, et bien vengée, je te le jure.

Puis replaçant le portrait là où elle l'avait pris, elle sortit de la malle un costume complet de cavalier andalous, quitta ses habits de femme et se revêtit en homme.

En quelques minutes, la métamorphose fut opérée, et il eût fallu un œil bien exercé pour reprendre quelque chose dans les manières aisées et la démarche assurée du jeune homme improvisé.

Après avoir passé un poignard et deux pistolets dans sa ceinture, et mis une escopette sur son épaule, elle sortit de la posada, dont elle ferma la porte avec soin, et se dirigea vers la campagne, au moment où la retraite commençait à être battue par la ville.

IV

CE QUI FIT QUE LE SERGENT ALVARÈS ET EL GATO SE RETROUVÈRENT.

Les Maures, qui furent si longtemps les souverains maîtres de l'Espagne, dont la trahison du comte Julien leur ouvrit les portes, couvrirent, pendant huit siècles que dura leur domination, le sol de cette terre qu'ils chérissaient, d'un nombre infini de palais, de mosquées et de monuments de toute espèce. Ils semblaient prendre à tâche d'embellir, à force de prodigieux efforts, le pays dans lequel ils se croyaient fixés à jamais, et qu'ils devaient cependant, un jour, abandonner sans espoir de retour.

L'Alhambra et l'Alcazar, ces merveilleux chefs-d'œuvre de l'architecture mauresque, ne sont pas les seuls témoins des beautés de cet art cultivé avec tant de succès par ce peuple. De nos jours, on voit encore, en voyageant en Espagne, de hautes tours perchées sur le sommet des montagnes, et qui, mornes et solitaires, semblent s'élever au-dessus de toute végétation, comme pour rappeler éternellement les luttes inouïes et les combats sanglants qui se sont livrés sous leurs épaisses murailles.

C'est dans une salle basse d'une de ces vieilles tours démantelées, qu'on désigne sous le nom de la tour Sarrazine, que le soir du jour où el Gato se vit si honteusement humilié dans la maison de l'alcade, une soixantaine d'hommes, bizarrement accoutrés et armés jusqu'aux dents, étaient assis autour d'un grand feu, dont la lueur se reflétait sur les canons de fusils des sentinelles placées en dehors et chargées de veiller sur la sûreté de ceux qui étaient rassemblés dans l'intérieur.

Le temps était à l'orage, l'air se raréfiait de plus en plus, de fréquents éclairs sillonnaient l'espace, et on entendait le bruit de la mer qui brisait, en mugissant, ses flots noirs et phosphorescents sur les rochers dénudés de la plage.

Tandis que tout annonçait un de ces orages terribles comme les climats méridionaux en voient seuls, orages où les éléments en fureur semblent menacer la nature d'un bouleversement général, on riait, on chantait et on buvait dans la tour.

L'orgie était à son comble, les imprécations et les cris de joie se croisaient et s'entre-choquaient, les paroles vives s'échangeaient entre les buveurs, et plus d'une navaja, tourmentée par une main convulsive, avait été sur le point de sortir de la ceinture qui la retenait, pour frapper une poitrine, malgré les exhortations paternelles d'un des convives, qui

3

faisait tous ses efforts pour maintenir la bonne harmonie parmi ses camarades.

— Voyons, mes amis, disait-il d'une voix avinée, amusons-nous comme de braves gens que nous sommes, et gardons nos couteaux pour les miquelets; d'ailleurs, le capitaine...

— Pourquoi n'est-il pas ici, le capitaine? interrompit un autre taillé en hercule, et dont la voix de stentor dominait le bruit des verres et des chansons; il nous a donné l'ordre de nous réunir ici, et il ne s'y trouve pas. Par san Juan, voilà qui est singulier!

— C'est vrai, fit un troisième.

Soudain, plusieurs qui vive! retentirent, et toutes les voix se turent comme par enchantement.

Chacun attendit en silence.

Bientôt l'apparition de deux nouveaux personnages vint rendre à l'assemblée sa physionomie animée.

— C'est Pericco! Bonsoir, Pericco! cria-t-on de toutes parts.

C'était, en effet, l'honnête aubergiste qui, suivi de son jeune marmiton Juanito, faisait son entrée dans la salle basse.

— Oui, c'est moi, mes enfants, bonsoir! bonsoir! mais pour Dieu, faites-moi une petite place auprès du feu, car je suis trempé par la pluie. Ah! quel chien de temps!

— Tiens, lui dit un grand diable qu'on appelait Lopez, et qui tenait à la main une large peau de bouc pleine de vin du val de Peñas, bois un coup; pour faire sécher l'extérieur, il faut mouiller l'intérieur : ça rétablit l'équilibre.

Pericco applaudit à cette ingénieuse proposition, et vida aux trois quarts l'outre gonflée.

Pendant ce temps, l'orage avait éclaté; les coups de tonnerre grondaient avec un bruit épouvantable, et des torrents d'eau tombaient du ciel avec une violence telle, que les sentinelles furent obligées de s'abriter sous le porche de la tour.

— Dites donc, camarades, fit Pericco après qu'il eut un peu séché ses habits à la flamme du foyer, savez-vous pourquoi nous sommes réunis?

— Non, répondirent plusieurs voix, et vous?

— Moi non plus; mais, continua l'ancien posadero des

Noces de Gamache en jetant un coup d'œil autour de lui, il faut croire que c'est pour du sérieux, car je vois tous les lieutenants.

— Excepté Pedro Ruiz, pourtant, dit Lopez, qui avait achevé de vider la peau de bouc grandement entamée par Pericco.

— C'est vrai.

— Eh ! mais, justement, le voici, reprit Lopez en désignant un homme de haute taille qui venait d'entrer.

— Ah ! bien, alors nous allons avoir des nouvelles, n'est-ce pas, lieutenant Pedro ? demanda Pericco.

— Eh ! mon Dieu ! répondit l'homme qu'on appelait Pedro Ruiz, quelles nouvelles puis-je vous donner, si ce n'est que le temps est affreux et que j'ai eu toutes les peines du monde à arriver jusqu'ici, tant les chemins sont défoncés par la pluie.

— Quoi ! fit l'hôtelier, ne savez-vous pas l'objet de la réunion de ce soir ?

— Ma foi ! non, le capitaine m'a convoqué, je suis venu, voilà tout.

Et tout en ce disant, le lieutenant Pedro Ruiz, avisant dans un coin de la salle un tas de paille fraîche, se jeta dessus, sans plus se préoccuper de ce qui se passait autour de lui.

Bientôt, à bout de conjectures, les bandits imitèrent peu à peu don Pedro, et chacun se mit en devoir de dormir quelques heures, en attendant qu'il plût à leur chef, el Gato, de venir leur donner ses ordres.

Une heure plus tard, tous ronflaient à qui mieux mieux, bercés par le bruit de l'orage qui allait toujours *crescendo*.

Ce fut alors qu'un homme entra.

Cet homme, auquel plus de trois mille bandits obéissaient sans murmures, sans observations, et avec le dévouement le plus absolu, ce brigand terrible et si redouté, que sa tête était mise à prix pour une somme qui eût fait la fortune d'un pauvre diable, qui traitait de puissance à puissance avec les grands de la terre, et avait osé donner à l'almirante de Castille un passeport signé de son nom, afin qu'il ne fût pas dévalisé sur la route de Cadix à Barcelone :

C'était El Gato.

El Gato, dont le véritable nom était José Ortez, fils du célèbre José Ortez, bien connu en Espagne pour avoir commandé une troupe de guérillas après l'invasion française de 1808 et accompli des prodiges de valeur à la tête des cent cinquante hommes qui l'avaient surnommé Pepé-Navaja (Pepé-le-Couteau), comme ils surnommèrent plus tard le fils el Gato (le Chat), en raison de son agilité et de sa finesse.

L'enfant, appelé José du nom de son père, grandit au bruit des batailles, et s'accoutuma de bonne heure à ces actes de terrible vengeance, qui sont les sanglants épisodes de la vie de partisan.

Plus tard, lorsqu'après la pacification de l'Espagne, le vieux José mourut, en ayant transformé ses guérilleros en pillards de grands chemins, ce fut lui qui le remplaça dans le commandement de la troupe, au grand mécontentement de Pedro Ruiz, qui avait espéré succéder au vieillard, et qui, tout en reconnaissant, ainsi que ses camarades, le pouvoir dont se trouvait investi le jeune homme, ne cessa, depuis cette époque, de lui jurer une haine éternelle, se promettant bien de lui en faire sentir les effets dès que cela lui serait possible.

Mais ce n'était pas chose facile : el Gato, doué de la finesse et de la ruse de l'animal dont il avait adopté le nom, avait su se créer des relations partout, en affiliant à sa bande tous les individus qui pouvaient lui être utiles dans l'occasion, et, grâce au système d'espionnage organisé qu'il avait établi, il était en mesure de déjouer toute tentative de trahison.

L'Espagne entière était enveloppée d'un réseau dont il te nait les fils. Sa troupe formait une espèce d'armée éparpillée dans les diverses provinces, et qui recevait des ordres d'un centre commun dont il était l'âme.

Cette vie de périls continuels lui plaisait par-dessus tout, et c'était avec un vif sentiment de joie intérieure qu'il entendait

raconter, dans les villes dont il fréquentait la meilleure société, l'effroi et la haine que son nom inspirait.

Il était le plus excellent narrateur de ses propres exploits,
et rien n'égalait son bonheur lorsqu'il voyait les jolies seño-
ritas auxquelles il servait de cavalier, pâlir aux récits qu'il
leur faisait touchant le terrible el Gato.

C'est en passant ainsi dans le monde tout le temps qu'il
n'employait pas en expéditions, que el Gato se tenait constamment au courant des projets formés par les corrégidors, afin
de s'emparer de lui, et apprenait les poursuites dont il était
l'objet ; aussi la façon miraculeuse dont il échappait à tous
les piéges qu'on lui tendait, excitait-elle partout un étonnement qui tenait de la stupeur.

L'activité prodigieuse de son existence si singulière ne
suffisait cependant pas pour rendre el Gato inaccessible aux
désirs du cœur, et, plus d'une fois, après un succès rem-
porté sur les troupes qui combattaient contre ses hommes,
ou la capture d'une proie chaudement défendue, le jeune
chef de bandits s'était senti triste et isolé au milieu des ·.·.·-
vrements du triomphe ; ce qui lui manquait, c'était le sourire
d'une femme aimée qui vint le récompenser de son courage
ou de son mépris de la mort, c'était enfin de savoir qu'un
cœur battait pour lui, qu'un vœu ou une prière accompagnait chacune de ses périlleuses entreprises, et que joie ou
douleur était partagée par une âme liée à la sienne.

Mais quelle femme pouvait aimer el Gato !

Il n'était guère possible qu'il pût jamais trouver d'autre
amour que celui dont se contentaient ses hommes, qui, peu
scrupuleux sur le choix des moyens, enlevaient les femmes
qui leur plaisaient ou achetaient les caresses de celles qui
faisaient métier de les vendre.

Certes, il eût été facile à el Gato de gagner le cœur de
quelque jeune niña de l'Andalousie, en lui cachant soigneusement sa terrible profession et son nom d'el Gato ; mais alors
un doute pénible l'eût sans cesse assailli et détruit son bonheur, celui de craindre d'être abandonné dès que son secret
scrait découvert.

Aussi s'était-il promis de ne jamais aimer sous le nom de José de Riveiro, nom sous lequel il se présentait dans la société.

Cependant un jour, malgré sa résolution bien arrêtée, el Gato se trouva dominé par un amour violent et irrésistible qui, prenant subitement possession de son cœur, alluma en lui l'ardent désir de le voir partagé.

Ce fut le jour où, pour la première fois, il aperçut doña Manongita.

A partir de ce moment, il n'eut plus qu'une pensée, qu'un but, celui de se faire aimer, dût-il cacher à tout jamais son identité et renoncer à la gloire d'être le bandit le plus redouté de toutes les Espagnes.

Manongita était si belle !

La jeune fille avait répondu de son mieux à l'amour de don José, en encourageant ses douces protestations de tendresse et de dévouement et en le pressant de demander sa main à son père l'alcade.

Quant à sa mère, mise dans la confidence de la sympathie qui existait entre les deux jeunes gens, elle souhaitait de tout son cœur la voir fiancée à un si charmant cavalier que paraissait l'être don José.

Cependant, malgré cette bonne volonté de la mère et de la fille, el Gato ne se pressait pas d'aborder franchement la question du mariage, et semblait vouloir toujours gagner du temps. En vain, Manongita le prévenait de l'espoir que nourrissait son cousin, don Fernand, de se faire aimer d'elle, et des dangers qu'il pouvait y avoir à attendre que ce dernier ne fît part à son père de l'intention qu'il avait de l'épouser, rien n'y faisait.

Un sentiment de violente colère paraissait sur le visage de José lorsque Manongita prononçait le nom de don Fernand, mais il ne se décidait pas plus vite pour cela.

Les deux femmes, lasses d'attendre, commençaient à soupçonner quelque motif grave dans le mutisme du jeune homme, lorsque celui-ci, poussé à bout par les remontrances de la mère et les reproches de la fille, s'était enfin décidé à tenter la démarche que nous lui avons vu faire chez l'alcade.

Maintenant que le lecteur sait quel en fut le fâcheux résultat, il doit facilement se rendre compte de l'état d'exaltation et de colère dans lequel se trouva el Gato, après avoir vu détruire d'un seul coup toutes les illusions dont il s'était complaisamment bercé jusqu'à ce jour.

Vaincu par la douleur, il ne sut d'abord que déplorer, la mort dans l'âme, la perte du bonheur qu'il avait rêvé ; mais bientôt chassant de sa pensée, par un violent effort de volonté, le découragement et le désespoir, il résolut de commencer par se venger.

Évidemment, il avait été trahi par don Ruiz : ce fut sur don Ruiz qu'il tourna sa vengeance, en attendant celle qu'il aurait à exercer contre don Fernand.

En arrivant à la tour Sarrazine, il considéra pendant quelques minutes le nombre d'hommes qui avaient répondu à son appel, et dormaient en paix, en attendant sa venue.

Son regard tomba sur Pedro Ruiz.

— Il est là, murmura el Gato en réprimant à peine un mouvement de colère ; c'est bien !

Puis, portant à ses lèvres un sifflet d'argent qu'il tenait à la main, il en tira, par deux fois de suite, un son aigu, qui retentit dans la profondeur de la tour.

En un clin d'œil, tout le monde fut sur pied.

El Gato attendit que le silence s'établit, et fit un geste pour être écouté.

— Caballeros, dit-il d'une voix ferme, je vous ai réunis, aujourd'hui, pour vous faire une importante communication ; mais comme il se pourrait faire que nous fussions dérangés pendant le cours de notre entretien, il est bon que nous prenions nos précautions. Lopez, combien sommes-nous d'hommes ici ?

— Soixante-dix, capitaine ; c'est le chiffre que vous avez fixé vous-même.

— Bien, reprit el Gato, que chacun de vous soit donc prêt à la moindre alerte.

Un assentiment général répondit à ces paroles.

— Maintenant, écoutez-moi, reprit le bandit; lorsque j'ai succédé à mon père dans le commandement de la compagnie, j'ai été librement élu par vous, n'est-ce pas?

— Oui! oui! crièrent tous les hommes; vive el Gato!

— Eh bien! je viens vous demander si, après avoir marché longtemps avec moi comme des caballeros de grand chemin, vous voulez reprendre la vie que quelques-uns d'entre vous ont menée jadis : celle de guérillas.

— Comment! demanda Pericco, est-ce que la France va de nouveau nous livrer la guerre?

— Non! répondit el Gato, ce ne sont plus les étrangers que nous avons à repousser; les ennemis qu'il nous faut combattre sont les Espagnols assez imprudents pour rêver l'anéantissement de la nationalité espagnole et la confiscation de nos chères libertés. Caballeros, un long cri d'indépendance a résonné dans toute l'Espagne; de tous côtés, les cœurs dévoués se lèvent pour venir au secours de ceux qu'une tyrannie aveugle veut opprimer. C'est à nous de reformer les anciennes bandes de francs et de loyaux guérillas, et de combattre pour la liberté et la Constitution.

— Vive l'indépendance! hurlèrent les assistants.

El Gato sourit avec un certain orgueil, en admirant l'obéissance absolue que lui témoignaient ces hommes; et, s'enquérant auprès de ses lieutenants du nombre total de ceux composant sa petite armée, il se trouva être à la tête d'un effectif de trois mille six cent soixante-dix hommes, chiffre considérable, en ce sens que, composé de gens aguerris et habitués à toute espèce de luttes et dangers, il était suffisant pour tenir en échec un corps de troupes fort du double.

— Ce n'est pas tout, reprit el Gato après ce dénombrement, il s'agit de nous préparer immédiatement à prendre la campagne, car nous avons une expédition pour cette nuit.

Ici, Pedro Ruiz ouvrit l'oreille.

— Caballeros, continua le capitaine, vous savez que, depuis un mois, un de nos plus braves camarades, Leo Torrida, est tombé entre les mains de la justice, et tous mes efforts tentés jusqu'à ce jour pour lui faciliter les moyens d'une évasion ont été infructueux.

— C'est vrai, observa Pericco, pauvre Torrida!

— Mais, ce que vous ignorez, c'est qu'il a été condamné à être garrotté et que son supplice doit avoir lieu demain, sur la place du Gobernador.

— Alors, il est perdu, fit l'un des saltéadores.

— Non! car voici ce que j'ai résolu afin de le sauver. Écoutez tous !

Les bandits se serrèrent les uns contre les autres pour mieux entendre les paroles de leur chef.

— L'exécution est fixée à six heures du matin. Nous partirons cette nuit d'ici, isolément, de manière à ce que chacun de nous entre à Cadix sans exciter de soupçon; moi et les lientenants, nous nous rendrons à la locanda de Santiago. C'est de là que partiront les ordres qui vous seront donnés pour le coup de main. Torrida est prévenu, il se tiendra prêt. Puis-je compter sur vous pour le délivrer?

— Oui! oui! soyez tranquille, nous le sauverons, répondirent tous les bandits.

— Alors occupons-nous, en attendant, de la cause principale qui m'a déterminé à vous réunir ce soir.

— Qu'y a-t-il donc encore? demanda Santiago.

— Vous allez le savoir. Lopez, dit-il en s'adressant à l'homme qui se trouvait près de lui, désarmez Pedro Ruiz.

Un murmure d'étonnement parcourut l'assemblée.

— Me désarmer! moi! s'écria Pedro, et pourquoi?

— Obéissez! commanda el Gato.

— Mais, encore une fois, reprit Pedro, pour m'enlever des armes, il faut des raisons. On m'accuse donc? et de quoi suis-je coupable?

El Gato tira un pistolet de sa ceinture, et, s'adressant à Lopez :

— Obéissez, vous dis-je, je le veux !

Pedro se mit en mesure de se défendre; mais avant qu'il eût eu le temps de faire un mouvement, Lopez, aidé de deux de ses compagnons, s'était jeté sur lui, lui avait lié les

3.

bras et lui avait retiré tout ce qui pouvait servir à sa défense.

— Lâches! s'écria Pedro en devenant pâle de rage, êtes-vous donc les instruments dociles de cet homme? Quoi! sur un signe de lui, vous faites une mortelle injure à l'un de vos plus vieux compagnons, à moi qui, depuis vingt ans, combats à vos côtés! Mais vous ne savez donc pas qu'el Gato a juré ma perte, parce que j'ai démasqué ses projets et défendu contre lui vos droits, qu'il a méconnus?

Un murmure se fit entendre parmi les bandits, qui se sentaient ébranlés dans leur confiance en leur chef.

Pedro Ruiz continua :

— Ne vous y trompez pas, mes amis, il veut se servir de vous, uniquement pour l'aider à édifier sa fortune dans la crise révolutionnaire qui vient d'éclater en Espagne, et, dès que vous ne lui serez plus nécessaires, il vous brisera comme il cherche à me briser aujourd'hui, et il livrera vos têtes au bourreau pour sauver la sienne.

Les murmures devinrent plus forts, et des exclamations en sens divers se firent entendre; les paroles de Pedro menaçaient de déterminer une explosion, et cependant el Gato, immobile devant Pedro, le laissait faire, sans chercher à l'interrompre.

— Oui, ajouta le bandit, cet homme vous trompe, et il ne cherche que l'occasion pour vous perdre tous.

— A mort, el Gato, hasardèrent quelques voix.

— Silence! dit tout à coup celui-ci en promenant sur l'assemblée un regard plein de fierté et d'indignation, que signifient ces cris? Est-ce à moi que vous osez vous en prendre, misérables!

— Qu'a fait Pedro Ruiz? demandèrent une dizaine de voix.

— Exécutez d'abord mes ordres, vous le saurez ensuite; qu'on attache cet homme de manière qu'il ne puisse faire aucun mouvement, en attendant que vous prononciez vous-même sur son sort.

El Gato n'eut pas besoin, cette fois, de répéter ce qu'il

venait de dire ; ce fut à qui se précipiterait sur Pedro.

Celui-ci rugissait en voyant qu'il lui était impossible de compter sur aucun secours.

Après que Pedro fut mis dans l'impossibilité de remuer, el Gato reprit la parole :

— En vous proposant tout à l'heure d'enlever Torrida à ses bourreaux, au péril de nos jours, vous avez vu que, lorsqu'il s'agissait de sauver un des nôtres, je n'hésitais pas ; lorsqu'il s'agit de punir un coupable, il est de mon devoir de ne pas hésiter davantage. Or, sachez-le donc, Pedro Ruiz est un traître qui a vendu ses frères ; aujourd'hui même il s'est présenté à l'alcade-mayor de Puerto Santa-Maria, et là il s'est offert à guider lui-même, moyennant salaire, les soldats qu'on doit envoyer contre nous. Voilà, camarades, ce qu'a fait Pedro Ruiz, le vieux compagnon de mon père, celui qui vous appelait à la révolte tout à l'heure.

— Je n'ai pas commis cette infamie, dit Pedro Ruiz.

— Tu mens, lâche ! s'écria el Gato d'une voix terrible ; souviens-toi de l'homme que tu as rencontré chez don Inigo l'alcade ; cet homme, c'était moi, moi qui ai su me faire donner par don Inigo lui-même les détails du honteux marché que tu venais de passer avec lui.

— Malédiction !

— Nie donc encore si tu l'oses.

— Tu espères triompher, vociféra Pedro, au comble de la fureur ; mais ne te hâte pas de te réjouir, car avant peu je serai vengé !

— Vous l'entendez, vous autres, reprit el Gato. Que pensez-vous que doive mériter celui qui vend ses frères et consent à servir de guide à leurs ennemis !

— La mort ! répondirent toutes les voix.

— Qu'on l'emmène, et qu'il soit fusillé sur-le-champ.

Plusieurs hommes s'approchèrent de Pedro Ruiz, dans l'intention de le transporter hors de la tour pour le fusiller.

Se voyant perdu, le malheureux faisait des efforts surhumains pour dégager ses membres des liens qui les garrottaient, mais c'était peine inutile, et, enlevé par quatre bras vigoureux, il allait bientôt payer cher sa trahison.

Soudain, une pensée lumineuse traversa son cerveau.

— Un moment, dit-il aux gens qui l'emportaient, vous avez le droit de me fusiller, puisque vous croyez que je vous ai trahis, mais vous n'avez pas celui de me faire mourir sans confession, je demande à faire l'aveu de toutes mes fautes avant d'être tué.

Cette demande parut faire une certaine impression sur l'esprit de quelques-uns des bandits.

El Gato s'en aperçut.

— Pas de faiblesses, dit-il, le traître ne cherche qu'à gagner du temps, il espère peut-être que les miquelets qu'il s'était chargé de conduire, sont en route pour venir nous surprendre ici, et qu'ils pourront le délivrer; n'attendez pas une minute de plus, qu'il meure à l'instant.

— Oui! oui! qu'il meure.

— Lâches! cria Pedro, je vais...

Il n'acheva pas. Une effroyable détonation se fit entendre; les murs de la tour s'ébranlèrent jusque dans leurs fondements; une dizaine d'hommes tombèrent, et Pedro Ruiz roula sur le sol, entraîné par les deux bandits qui le portaient, et qui venaient d'être frappés à mort.

Un tumulte effroyable se fit dans la salle; les saltéadores, en proie à la plus violente terreur, couraient çà et là, se jetant les uns sur les autres, et cherchant un refuge contre cette grêle de balles qui pleuvait sur eux, sans qu'ils pussent les éviter.

— Ah! le misérable, dit el Gato, voilà ce qu'il attendait.

Et, se plaçant résolûment à la tête de ses hommes :

— Aux armes! cria-t-il avec un éclat de voix terrible, aux armes! nous sommes cernés, il s'agit de vendre chèrement sa vie; ralliez-vous!

Le son de cette voix suffit pour dissiper le premier mouvement d'effroi, et, reprenant courage malgré la vue du péril qui les menaçait, les bandits résolurent d'opposer une résistance opiniâtre à l'attaque des miquelets.

Le chef comprit qu'en restant dans la tour, ils seraient tous cernés sans pouvoir se défendre ; il fallait à tout prix en sortir.

C'est ce qu'il tenta.

— Suivez-moi ! s'écria-t-il à ses hommes, qui l'entouraient.

Et, s'élançant vers les miquelets avec une audace incroyable, il franchit, suivi des siens, la grêle de balles dirigées contre sa petite troupe.

Quelques-uns des bandits tombèrent ; mais les autres se frayèrent un passage, et, animés par l'exemple d'el Gato, engagèrent une lutte effroyable contre leurs ennemis étonnés de leur héroïque témérité.

Pedro Ruiz était toujours étendu à terre.

Et il se disait que, malgré l'intervention des soldats, qui avaient retardé le moment de son supplice, il ne pourrait guère s'y soustraire.

En effet, il lui restait peu de chance de salut.

Outre qu'une balle pouvait parfaitement l'atteindre et mettre fin à ses jours, il était probable que, si ses camarades se trouvaient repoussés jusque dans l'intérieur de la tour, il serait massacré par eux ; d'un autre côté, il comprenait qu'il lui serait fort difficile de se faire reconnaître comme un ennemi d'el Gato par les miquelets. Sa position était donc loin d'être rassurante.

Cependant, mû par l'instinct de la conservation, il espérait encore.

Son premier soin fut de se débarrasser de ses liens.

A force de se rouler sur lui-même en déchirant son corps aux angles des pierres qui hérissaient le sol, il parvint à se saisir d'un caillou et à couper la corde qui retenait ses bras.

Ses mains étaient en sang, mais il pouvait en faire usage.

Bientôt il fut à même de détacher les entraves de ses jambes.

Soudain il se releva, et étira ses membres endoloris, pour rétablir la circulation du sang.

— Je suis libre ! s'écria-t-il, malheur à eux !

Et, se précipitant vers la porte, sur le seuil de laquelle étaient amoncelés plusieurs cadavres, il se retrouva dans la campagne.

Pendant ce temps, el Gato continuait à soutenir un combat dont l'issue ne pouvait pas être douteuse ; attaqué de tous les côtés à la fois par plus de quatre cents hommes, il voyait l'un après l'autre tomber autour de lui ses compagnons.

Le vaillant bandit se multipliait, mais son bras se fatiguait en vain à frapper des ennemis sans cesse renaissants, et le moment n'était pas loin où lui et les siens allaient succomber victimes de la supériorité du nombre.

Tout à coup, un sifflement aigu traversa l'espace.

Des cris, des hurlements et des blasphèmes se firent entendre, et on vit les miquelets abandonner l'abri des grands arbres qui les protégeait, et se rabattre vers la tour, au grand étonnement d'el Gato, qui les fit saluer par ses hommes d'une vigoureuse décharge à bout portant.

Une explosion terrible répondit à celle des bandits, mais elle ne provenait pas des armes des soldats, car ce furent ceux-ci qui seuls se dispersèrent dans un désordre inimaginable.

Alors un homme, bondissant comme un tigre, renversant et abattant tout sur son passage, et laissant derrière lui une large trouée sanglante, se présenta devant el Gato avec une suite d'environ deux ou trois cents bandits.

— Colombo ! cria le capitaine stupéfait.

— Oui, capitaine, c'est moi qui viens vous sauver.

Celui-ci considéra un moment, avec une satisfaction mêlée d'orgueil, son courageux auxiliaire, qui, d'une main, tenait une carabine encore fumante, et de l'autre sa redoutable navaja teinte de sang.

— Oh ! dit-il, je savais bien que la fortune ne m'abandonnerait pas !

Et, sans perdre de temps, il donna l'ordre de charger les miquelets.

Soutenus, cette fois, par l'important secours qui leur arrivait, les bandits retrouvèrent tout leur courage, et ce fut avec des cris de joie et de triomphe qu'ils se jetèrent à corps perdu sur les soldats, qui, démoralisés par la promptitude de cette attaque inattendue, ne cherchèrent plus qu'à se dérober par la fuite à la mort qui les menaçait de toutes parts.

Les salteadores, enivrés par l'odeur du sang et échauffés par le carnage, ne faisaient pas de quartier et tuaient tout ce qui leur tombait sous la main.

Quelques minutes plus tard, on avait cessé de combattre, et on n'entendait plus que de rares coups de fusil tirés de loin en loin sur de malheureux blessés qu'on achevait, ou sur des miquelets, qui, restés en arrière, servaient de cibles vivantes aux compagnons d'el Gato.

— Colombo, mon brave ami, dit celui-ci en serrant avec effusion les mains du bohémien, c'est toi qui nous as sauvés.

— Non, capitaine, ce n'est pas moi ; mais c'est Mirza, car la première elle a eu la pensée de venir à votre secours, et c'est elle qui a appelé les camarades à se réunir pour marcher à la tour Sarrazine.

— Mirza ! où est-elle ? demanda el Gato, touché du noble dévouement de la jeune fille.

— Me voici, capitaine, dit la bohémienne en s'avançant.

C'était bien Mirza, sous ses habits d'homme, mais cent fois plus belle que lorsque nous l'avons vue dans la posada de Santiago. Ses longs cheveux noirs flottaient sur ses épaules, son regard étincelait et son visage, coloré par l'animation du combat, auquel elle avait pris part avec une ardeur peu commune, rayonnait de noblesse, de fierté et de courage.

On eût dit la statue de la déesse de la guerre.

Derrière elle venaient deux hommes maintenus par une escorte de bandits qui, la navaja à la main, menaçaient de les tuer au premier mouvement qu'ils feraient pour s'échapper.

— Mirza, dit el Gato en s'adressant à la jeune fille, puisque c'est à ta courageuse résolution que nous devons de ne pas avoir succombé sous les coups des miquelets que la trahison avait guidés jusqu'ici, je te nomme Alferez de la Guerilla. Qu'en dites-vous, compagnons?

— Vive Mirza, vive l'Alferez, crièrent avec joie les bandits.

La jeune fille s'inclina devant el Gato, et, saisissant sa main, la baisa.

— Merci, José, lui dit-elle en levant sur lui ses beaux yeux si limpides et si expressifs.

— Comme elle l'aime ! murmura Colombo avec un soupir.

Le capitaine aperçut les deux prisonniers au milieu du groupe qui les entourait.

— Quels sont ces hommes, Mirza ?

— Regarde, répondit-elle en faisant un signe de la main pour qu'on les amenât.

— Pedro Ruiz et le sergent Alvarez !

— Comment ! c'est notre brave sergent ! fit Pericco riant d'un air goguenard ; décidément il n'a pas de chance.

— A mort ! à mort Pedro le traître ! vociféraient les autres.

Et les horions tombèrent sur le corps du malheureux, qui se vit sur le point d'être écharpé avant de passer par la fusillade.

La tête basse et l'air piteux, il ne répondait rien : l'insuccès de sa fuite avait éteint en lui tout désir de se soustraire au châtiment, qu'il s'avouait intérieurement avoir mérité.

Et, en effet, il avait été bien près de se sauver ; mais, malheureusement pour lui, en quittant les environs de la tour, il avait donné tête baissée au milieu de l'expédition conduite par Colombo ; et Mirza, qui se doutait de quelque méchant tour en voyant un lieutenant de la troupe du Gato s'enfuir au moment du combat, s'était hâtée de l'arrêter dans sa marche, et, malgré ses vives dénégations, Pedro s'était vu dans l'obligation de revenir chercher ce qu'il avait tant intérêt à éviter.

— Un instant, s'écria el Gato en s'adressant aux gens qui demandaient avec le plus d'acharnement la mort du coupable, cette affaire est trop grave pour ne pas me donner le désir de la connaître jusqu'au bout, il faut que j'interroge encore Pedro avant qu'il ne soit fusillé ; enfermez-le avec le sergent Alvarez, et demain matin leur supplice aura lieu.

C'est à vous que je les confie, vous m'en répondez sur votre tête. Allez!

On se prépara à les emmener.

Le sergent demanda la faveur de dire quelques mots à el Gato.

Celui-ci lui fit signe qu'il pouvait parler.

— Sans vous commander, capitaine, dit alors le sergent, est-ce que vous ne pourriez pas ordonner qu'on en terminât tout de suite avec moi?

— Que veux-tu dire?

— Je vous demande s'il ne serait pas possible de me fusiller plutôt ce soir que demain matin.

— Tu es donc pressé de mourir?

— Moi, capitaine! pas le moins du monde, je trouve la vie une chose fort agréable, et je vous avoue que j'aimerais assez à la passer tranquillement.

— Mais alors pourquoi veux-tu ne pas attendre à demain, si tu dois être fusillé?

— Ah! c'est que je m'en vais vous dire : il paraît que le particulier qu'on tient là est un traître et un lâche qui a vendu ses camarades; or, moi qui suis soldat et qui ne comprends pas comment on peut commettre une action si infâme, je ne me soucie guère de passer la nuit en semblable compagnie; un voleur passe, mais un traître, ça dégoûte; c'est pour ça que je vous prie, si la chose est faisable, d'arranger ma petite affaire tout de suite.

Et l'honnête sergent, frisant sa moustache, attendit la réponse du capitaine avec un sang-froid que rien ne démentait.

El Gato regarda en face la figure pleine de franchise du soldat, et, lui tendant la main :

— Tu as raison, mon brave, je vais à l'instant te satisfaire.

Puis, se tournant vers Colombo :

— Faites rendre à cet homme ses armes, il est libre; c'est un homme de cœur, et on ne fusille que les misérables.

Alvarez croyait rêver; cependant, profitant de la bonne disposition d'el Gato, il ne crut pas devoir refuser la grâce qui lui était si noblement offerte, et, reprenant son sabre et son fusil, il salua militairement la compagnie et prit le large, sans presser davantage le pas que s'il marchait à la tête de sa compagnie dans les rues de Cadix.

— Merci, el Gato, avait-il dit au capitaine en prenant congé de lui, vous m'avez sauvé la vie, mais soyez tranquille, le sergent Alvarez sait ce que c'est que la politesse!

— Voilà un ennemi comme j'aime à en rencontrer, dit el Gato à Mirza, brave et loyal!

— Toujours généreux, capitaine, fit Lopez, mais cette fois vous avez eu raison : Vive el Gato!

— Vive le capitaine! vive el Gato! fit le chœur.

— Merci, mes enfants... Maintenant il s'agit, avant de punir Pedro, de sauver Torrida.

— Oui! oui! répondit-on de tous côtés.

— Nous avons encore quelques heures devant nous, il est probable que les miquelets ne seront pas tentés de revenir nous chercher ici. Occupons-nous donc de relever nos camarades morts et de faire disparaître toutes les traces du combat. Lorsque cinq heures sonneront, nous nous préparerons à rentrer à Cadix, tandis que quelques-uns d'entre nous resteront à la tour, où nous nous retrouverons après l'affaire.

— Nous sommes prêts, capitaine.

— Bien; écoutez alors ce que nous aurons à faire pour arracher Torrida au bourreau.

Et il leur expliqua les détails de son plan, qui fut accueilli avec enthousiasme.

A cinq heures du matin, la troupe se mettait en route, à l'exception de cinq ou six hommes qui gardaient Pedro Ruiz, afin d'obéir à el Gato, qui voulait savoir de la bouche de ce dernier le motif qui l'avait déterminé à vendre les secrets de ses compagnons, se promettant bien ensuite de lui faire subir une mort assez terrible pour épouvanter ceux qui seraient tentés de suivre son exemple.

V

OU MIRZA L'ALFEREZ JOUE UN TOUR DE SA FAÇON.

L'orage avait cessé depuis longtemps, l'éclat d'un soleil radieux avait succédé à la sinistre lueur des éclairs, et une magnifique journée semblait devoir suivre l'affreuse nuit pendant laquelle s'étaient passés les événements que nous venons de rapporter.

Colombo, chargé de veiller à la garde de Pedro, s'était assis sur une large pierre, et, la carabine entre les jambes, la tête appuyée sur la paume de sa main, il abandonnait sa pensée au souci d'une grande préoccupation.

Soudain il tressaillit; une main venait de se poser doucement sur son épaule :

— Mirza ! s'écria-t-il en reconnaissant la jeune fille qui venait le tirer de sa rêverie.

— Qu'as-tu donc, Colombo? On dirait que ma présence te surprend.

— Non, répondit le bohémien ; mais je ne t'avais pas vue venir.

— A quoi songeais-tu donc?

— Au plaisir que tu as dû ressentir lorsque le capitaine a proclamé devant tous que tu nous avais sauvés.

— Serais-tu jaloux du titre d'Alferez qu'il m'a donné ?

— Non, fit le jeune homme avec un sourire triste, pas de cela.

— En ce cas, de quoi peux-tu l'être? demanda Mirza, jouant l'ignorance.

— Tu veux le savoir, Mirza?... Eh bien, je vais te le dire : je suis jaloux du capitaine parce que chaque fois que tu lui parles, chaque fois que ta main touche la sienne, il y a dans ton regard une expression de joie qui me fait mal, car je t'aime, moi, Mirza... je t'aime sans que jamais je te l'aie osé dire... et longtemps encore tu l'aurais ignoré si je n'avais été témoin cette nuit de l'amour que tu portes à cet homme, en voyant avec quel courage tu as affronté la mort pour le sauver... Oh! vois-tu, Mirza, il n'y a que l'amour qui puisse mettre au cœur d'une femme autant d'ardeur et de désintéressement; et cet amour, c'est une torture pour mon cœur, qui ne bat que pour toi sans espérer jamais en être récompensé.

Et le bohémien, comme s'il se repentait d'avoir laissé voir le secret de son âme, cacha son visage dans ses mains en donnant tous les signes de la plus violente agitation.

Or, tandis que le jeune homme parlait, Mirza, loin de paraître offensée de l'aveu qu'il venait de lui faire, ne pouvait cacher le plaisir que lui faisait éprouver chaque mot tombant de ses lèvres.

Un éclair de triomphe passa sur son front, et ce fut l'œil humide et la bouche souriante que de sa douce voix elle répondit :

— Mais je n'aime pas le capitaine, Colombo; tu te trompes.

— Tu ne l'aimes pas, répéta le jeune homme en cherchant à lire sur la physionomie de la bohémienne la véracité de ses paroles, tu ne l'aimes pas! Oh! répète-le-moi encore, car tu ne sais pas combien tu me rends heureux.

— Mais non je ne l'aime pas, tu t'es profondément trompé, Colombo, et si j'ai fait tous mes efforts pour l'empêcher de tomber au pouvoir des miquelets, c'est parce que je crois qu'il est du devoir de tous ceux qui font partie de la bande du Gato de voler à son secours dès que sa liberté ou sa vie est menacée, mais ce que j'ai fait pour lui, je l'aurais fait pour tout autre, et, s'il y a quelqu'un au monde qui soit pour moi plus cher qu'el Gato et tous nos camarades, ne le connais-tu pas, Colombo?

— De qui veux-tu parler? fit le bohémien, qui retrouva toute sa jalousie.

— De celui qui m'a défendue contre l'insolent miquelet qui osait me frapper dans la posada de Santiago.

— Comment !

— Oui, de toi, qui m'aimes sans me le dire, et dont je suis fière de l'amour, parce qu'il est celui d'un brave cœur ; de toi, entends-tu, Colombo, que j'aime aussi, bien que tu ne veuilles pas t'en apercevoir.

— Il se pourrait, c'est moi, et non pas José ?

— Et que m'importe José! Pourquoi me rappelles-tu encore le nom de cet homme, puisque je te dis que c'est toi seul que j'aime ?

Colombo se croyait le jouet d'un rêve, et, malgré tout ce que lui disait Mirza, il se demandait si ce qu'il entendait n'était pas le résultat d'une illusion. Il s'était laissé tomber aux pieds de la jeune fille et lui baisait les mains avec des transports de joie impossibles à décrire. Mirza souriait en répondant par de douces paroles aux protestations réitérées du jeune homme.

— Colombo, lui dit-elle au bout d'un moment, il faut que tu me donnes une preuve nouvelle de la passion que tu dis ressentir pour moi.

— Laquelle? répondit le bohémien. Parle, que veux-tu ?

— Peu de chose : me laisser pénétrer auprès de Pedro Ruiz.

— Auprès de Pedro Ruiz, et pourquoi faire ?

— C'est mon secret.

— Mais encore? Voyons, tu sais bien que le capitaine a expressément défendu qu'il communique avec qui que ce soit d'entre nous.

— Alors tu me refuses ?

— Mais, au moins, dis-moi dans quel but ?

— Je le veux bien : sache donc que cet homme m'a insultée.

— Il va bientôt mourir, répondit Colombo.

— Il doit être fusillé, je le sais ; mais ce n'est pas ainsi qu'il doit périr. D'ailleurs, si j'avais voulu qu'il le fût, ne l'avais-je pas en mon pouvoir cette nuit, puisque c'est moi qui l'ai arrêté ?

— C'est vrai.

— Non, je veux me venger personnellement de l'insulte qu'il m'a faite, et c'est de ma main seule qu'il doit recevoir le châtiment qu'il mérite; donne-moi la clef du caveau où il est renfermé.

— Oh! c'est impossible; quand le capitaine reviendra.

— Ah ! tu crains de désobéir au capitaine, c'est bon ; c'est à lui alors que je m'adresserai, et je ne crois pas qu'il me refuse, surtout si je lui dis que c'est un service que j'attends de lui.

— Assez, interrompit Colombo, je vais te remettre la clef.

Et, fouillant dans sa poche, il en tira la précieuse clef qu'il présenta à Mirza.

Celle-ci s'en empara avec promptitude.

— Merci, mon Colombo, dit-elle; maintenant, aie soin de réunir les camarades auprès de toi, afin que je ne sois pas inquiétée par personne pendant le temps que je passerai avec Pedro. Va.

— Sois tranquille, je me charge d'eux.

Les deux jeunes gens échangèrent un baiser, et Mirza se dirigea vers la partie de la tour où se trouvait la porte conduisant au caveau de Pedro Ruiz.

C'était dans un cachot humide et infect, comme il s'en trouvait plusieurs dans la vieille tour, et qui, autrefois, avaient dû servir de prison, que Pedro avait été renfermé.

D'énormes anneaux de fer, des carcans et des restes de chaines étaient rivés et pendaient après les murs lézardés et verdâtres, le long desquels suintait une eau glacée.

Tout en ce lieu, qui n'avait pas été habité depuis des siècles, inspirait l'horreur et l'effroi.

Tristement accroupi sur quelques brins de paille qu'il devait à la pitié de ses anciens camarades, le prisonnier repassait dans son esprit les événements qui avaient précédé sa captivité.

Des larmes de désespoir roulaient dans ses yeux, et, réfléchissant alors au triste rôle qu'il avait joué par l'effet de la haine qu'il portait à el Gato, il s'accusait parfois de la mort de la plupart de ses camarades décimés par le feu des miquelets.

Puis, en d'autres moments, exaspéré par la rage d'avoir vu manquer le coup qu'il avait si perfidement monté, il proférait d'horribles imprécations contre les bandits, ne souhaitant la liberté que pour pouvoir les exterminer jusqu'aux derniers.

Mais les épaisses murailles de son cachot étaient les seuls échos de ses vaines menaces, inspirées par un violent désespoir et les angoisses de la faim et de la soif, qu'il commençait à souffrir.

En effet, aucun aliment ne lui avait été donné, pas même une cruche d'eau pour rafraîchir sa gorge brûlante.

El Gato l'avait décidé ainsi.

Or, en apprenant cette décision, le malheureux ne pouvait douter de l'intention qu'avait eue le capitaine de le laisser mourir d'inanition, et un frisson mortel l'avait saisi.

Il n'avait pas peur de mourir frappé par vingt balles de carabines ; mais la pensée d'une lente agonie qui s'écoule dans des tortures inouïes le faisait pâlir, et il sentait des gouttes d'une sueur froide perler le long de ses tempes en feu.

Au moindre bruit qui venait du dehors, il tressaillait, et, prêtant une oreille attentive, il écoutait, retenant sa respiration, et espérant toujours que, mû par un sentiment d'humanité, el Gato ou quelqu'un de ses hommes, viendrait mettre un terme à sa souffrance en lui apportant un morceau de pain et un verre d'eau.

Mais le bruit s'éteignait, l'espoir disparaissait, et Pedro se retrouvait seul avec son anxiété et ses douloureuses appréhensions.

Combien d'heures mornes et silencieuses s'écoulèrent-elles ainsi, Pedro l'ignorait, car chaque minute était pour lui un siècle, et son cerveau, fatigué par un travail de supputation sans relâche, commençait à être obscurci par un fond d'hallucination avant-coureur de la folie.

Tout à coup il crut entendre prononcer son nom à travers la porte de sa prison.

Il fit un soubresaut en arrière, comme un homme éveillé par le bruit d'une détonation imprévue, et écouta.

— Pedro Ruiz, dit une seconde fois la voix.

Il n'y avait plus à douter, c'était bien son nom qu'on prononçait.

— Qui m'appelle? demanda-t-il d'une voix brisée.

— Moi!

— Qui toi? fit Pedro en cherchant à évoquer ses souvenirs.

— Mirza.

Un éclair de fureur anima les traits du prisonnier.

— Que me veux-tu encore, fille de l'enfer? est-ce pour me voir souffrir que tu viens auprès de moi! Va-t'en!

— Je viens te sauver, dit Mirza, sans prendre garde à la façon dont elle était accueillie.

— Que dis-tu?

— La vérité, je te le répète, je viens te rendre à la liberté!

— Tu me trompes. C'est un piége que tu me tends, vipère!

— Un piége! allons donc! tu oublies que tu es condamné à mort.

— Mais enfin qui te porte à venir à mon secours?

— Tu le sauras. En attendant, écoute-moi : me jures-tu sur l'âme de ta mère de faire ce que je te dirai, si je te donne le moyen de sortir vivant d'ici?

— Oh! sur l'âme de ma mère et sur le salut de la mienne, je te le jure, répondit le bandit.

— Bien! en ce cas, tu es libre.

Et Mirza, ouvrant la porte du cachot, s'approcha de Pedro, coupa les cordes qui retenaient ses bras, et, lui prenant la main, l'entraîna hors de l'affreux réduit où il était renfermé.

Après avoir parcouru plusieurs corridors dont les parois

frustes menaçaient ruine, l'homme et la jeune fille arrivèrent à une ouverture donnant sur le revers de la montagne sur laquelle la tour était édifiée et qui servait anciennement aux défenseurs de la place, pour faire des sorties, lorsque, dans le cours d'un siége, les ennemis les serraient de trop près.

Elle se trouvait à quelques pas à peine de la mer, et si bien dissimulée par les rochers, qu'il était impossible, à moins de connaître parfaitement son existence, de la distinguer du dehors.

Pedro, en revoyant la lumière du soleil, ne se sentait pas d'aise. Il aspirait l'air à pleins poumons et semblait nager dans un océan de délices.

— Ah! merci, Mirza, dit-il à la bohémienne avec une expression de joie qu'il ne chercha pas même à maîtriser, je suis donc libre!

— Oui, répondit Mirza ; mais si tu ne veux pas être repris, il faut que tu m'attendes ici.

Et elle montra au bandit une large excavation, formée naturellement dans le flanc de la montagne.

— Dans une heure, reprit-elle, je serai de retour, prends patience.

— Je t'attendrai; mais, de grâce, apporte-moi un peu d'eau, car je meurs de soif.

— Sois tranquille, je vais me hâter de te donner de quoi te remettre de ton long jeûne.

Et, tandis que Pedro Ruiz, heureux de revoir la lumière du jour, qu'il croyait être condamné à perdre pour jamais, se cachait dans la grotte, selon la recommandation de Mirza, celle-ci rejoignait ses compagnons, qu'elle trouva finissant le déjeuner.

— D'où diable viens-tu donc, Mirza ? lui dit Pericco en l'apercevant, voilà une heure que nous t'attendons.

— Ce qui ne vous a pas empêché de déjeuner sans moi, observa la bohémienne avec un sourire.

— Dame! écoute donc, nous pensions que tu avais repris la route de Cadix. Ce que j'aurais fait moi-même depuis longtemps, si le capitaine n'avait jugé à propos de me désigner, avec Santiago, Lopez, Colombo et Esteban, pour garder cet affreux coquin de Pedro Ruiz.

— Non! je m'étais tout simplement endormie, vaincue par la fatigue.

— En ce cas, dit Santiago, mets-toi vite à table et répare le temps perdu.

Et l'aubergiste, empressé, lui fit une petite place entre lui et son confrère Pericco.

— Merci, mes amis, répondit Mirza; mais je n'ai plus le temps de m'asseoir au milieu de vous, je dois retrouver le capitaine à la posada des *Armes de Grenade*, et je n'ai que le temps bien juste pour franchir la distance qui nous en sépare. Donnez-moi un peu de pain et une bouteille de vin, je mangerai en route.

— Voilà, dit Colombo. Et la clef? ajouta-t-il à voix basse, tout en aidant la jeune fille à s'apprêter pour son départ.

— La voici.

Colombo la prit et la remit à sa ceinture.

— Quand reviendras-tu? demanda-t-il encore avec inquiétude.

— Je ne reviendrai pas.

— Mais où te reverrai-je?

— Ce soir, chez Santiago; et maintenant l'heure presse, au revoir.

Et, saisissant sa carabine, elle se remit en route.

— A ce soir, murmura Colombo en soupirant.

Mirza ne l'entendait plus, elle était déjà disparue aux regards des bandits, qui continuaient à emplir et vider leurs verres, afin de passer le temps.

Quelques instants plus tard, la jeune fille était auprès de Pedro.

— Tiens, lui dit-elle en entrant dans la grotte, bois et mange : voici de quoi te réconforter.

Et elle lui présenta le pain et le vin qu'elle avait demandés à ses camarades.

Pedro se jeta dessus de façon à prouver qu'il était homme à y faire honneur.

Il but presque la moitié de ce que contenait la bouteille d'une seule gorgée.

La jeune fille le regardait faire, attendant en silence qu'il fût rassasié.

Ce fut l'affaire de quelques minutes.

Après qu'il eut bu et mangé, il tira de sa poche du papier et du tabac, fit une cigarette, la tordit, l'alluma, et commença alors à remercier Mirza avec l'expression de la plus vive reconnaissance.

— Tu sais que tu as promis, en échange de la liberté que je t'ai donnée, de m'obéir aveuglément.

— Oui, sans doute, répondit Pedro. Que faut-il faire?

— Écoute, tu vas le savoir, mais d'abord apprends qui je suis, cela t'expliquera la nature du service que je réclame de toi.

— Parle.

— M'y voici : Je suis née à Séville, d'une famille dont la noblesse est des plus pures et des meilleures. Mon père était un vieillard qui avait loyalement servi son pays et son roi ; il n'avait que deux enfants : ma sœur Carmen et moi.

Un soir, ma sœur avait alors quinze ans, et moi quatorze, nous revenions toutes deux, accompagnées de notre père, d'une longue promenade, lorsqu'en galopant gaiement pour rentrer à la ville, nos chevaux s'arrêtèrent soudain devant le corps d'un homme étendu en travers du chemin.

Nous mîmes pied à terre, et nous nous hâtâmes de prodiguer des secours à ce malheureux, qui, bientôt reprit connaissance et nous remercia avec effusion des bons soins que nous lui avions donnés.

Mais, comme il était cependant hors d'état de pouvoir continuer sa route, mon père le fit transporter dans notre maison, afin d'achever son rétablissement.

Il était blessé à la tête.

C'était son cheval, un magnifique alezan, plein de feu et d'ardeur, que nous trouvâmes à quelques pas de lui, qui l'avait jeté à terre en se cabrant.

Bien que le cavalier jurât que c'était l'affaire d'un pansement et d'un peu d'eau fraîche, la blessure pouvait être grave, et mon père ne voulait pas le laisser exposé aux dangers pouvant résulter de la fatigue.

Il entra donc sous notre toit, au lieu de continuer sa route vers Cadix, ce qu'il avait l'intention de faire.

Il y resta huit jours.

Or, pendant ces huit jours, ma sœur ne l'avait pas quitté un seul instant; attentive au moindre de ses désirs, elle s'était constituée sa servante, et prenait un vif plaisir à suivre les progrès de sa guérison, qui promettait d'être très-prochaine.

Mon père, n'attribuant cet excès de soins qu'à la bonté de cœur de Carmen, ne se sentait pas le courage de l'en blâmer; mais moi, quoique bien jeune, j'avais le pressentiment qu'une autre cause déterminait la vive sollicitude qu'elle témoignait au blessé.

L'avenir me prouva que je ne m'étais pas trompée.

La veille du jour fixé pour le départ du jeune homme, mon père, instruit par le rapport d'une domestique dévoué, se rendit à la chambre de Carmen.

Il y surprit celle-ci tendrement suspendue au cou de l'homme qu'il avait sauvé, et qui, en échange d'une hospitalité si complète et si désintéressée, l'avait lâchement payé par la séduction de sa fille.

A cette vue, le vieillard indigné se jeta sur le suborneur pour le souffleter au visage; mais celui-ci, sans honte et sans pudeur, le repoussa violemment, et mon pauvre père tomba en se fracturant la tête contre un meuble.

Ce que voyant, le misérable se hâta de fuir, ne laissant à ma pauvre sœur que la honte, la douleur et le déshonneur.

Un mois plus tard, la pauvre Carmen, sans force pour supporter une semblable douleur, allait rejoindre mon père dans la tombe, en m'apprenant à maudire un nom, et en me faisant jurer de venger sa terrible expiation.

Je me souvins du nom, et je résolus de tenir mon serment.

Mais que pouvais-je faire seule désormais sans espoir de

pouvoir jamais rencontrer le lâche qui m'avait pris mon père et ma sœur.

Un jour, une dernière infortune vint fondre sur moi : une troupe de saltéadores s'abattit sur la maison de campagne que j'habitais. Après avoir pillé tout ce qui leur parut de bonne prise, ils m'enlevèrent et me conduisirent à leur chef, dans l'espoir que ma famille me rachèterait.

Ma famille, hélas! je n'en avais plus!

Soudain, en levant les yeux sur l'homme qui commandait à ces misérables, je reconnus l'auteur de tous mes maux, l'assassin de mon père et de Carmen.

Brisée par l'émotion, je m'évanouis.

Quand je revins à moi, nous étions déjà loin de Cadix. La troupe allait exploiter toute la province de l'Estramadure, et le capitaine, me trouvant à son gré, avait décidé que je resterais au milieu de ses compagnons.

Il ne m'avait pas seulement reconnue.

Et maintenant, si tu veux savoir le nom de cet homme, de ce bandit, le fléau et la désolation de toutes les Espagnes, c'est le nom de celui que tu hais, c'est le nom de celui qui est ton ennemi et que tu dois tuer, c'est José Ortez, le sanguinaire el Gato!

— Oh! el Gato, exclama Pedro en fermant le poing avec colère.

— Oui, el Gato, avec qui je dus rester, et qui fit de moi une bohémienne, une hechicera qui danse le soir sur les places de Cadix, et qui boit, dort ou mendie le jour dans les posadas.

— Oh! comme tu dois le haïr, cet homme, dit Pedro en regardant Mirza avec une sorte d'admiration mêlée de respect.

— Oui, je le hais; mais le désir de la vengeance m'a donné la force de vaincre le sentiment d'effroi que sa vue m'inspirait; il fallait, pour l'accomplissement de mon projet, que je pusse maîtriser à ma volonté les battements de mon cœur et la pâleur de mon visage; il fallait enfin que rien ne pût faire soupçonner la sœur de Carmen dans Mirza la bohé-

.4.

mienne, et aujourd'hui que ce résultat est atteint, aujour-
d'hui que je touche au but où tendaient toutes mes pensées
outes mes actions, c'est-à-dire au moment de punir le coupable, je viens te proposer d'unir nos efforts, et je viens te
dire à toi, qui as soif de son sang et de son supplice : —
" Seconde mon plan, et bientôt tu pourras succéder au Gato,
car l'heure de son châtiment est proche. »

— Mais, pensa Pedro, puisque tu veux qu'il meure, pourquoi l'avoir délivré tantôt de l'attaque des miquelets ? il y
serait succombé sans aucun doute.

— Oui, mais je veux à mon tour lui rendre souffrance
pour souffrance et agonie pour agonie ; ii mourra, mais
après avoir appelé vingt fois la mort à son secours ; il
mourra, mais c'est moi qui seule assisterai à ses derniers
moments et en prolongerai le cours à mon gré.

— Ta haine cherche en vain à devancer la mienne, mais
puisque j'ai juré de te servir, je le ferai, dis-moi ce que je
dois faire, et, quel que soit le rôle que tu me destines, je l'ac-
complirai.

— Merci, Pedro, pénètre à Cadix et attends-moi à la place
del Gobernador : c'est tout ce que je désire de toi aujourd'hui.

— A Cadix ? mais ils y sont tous.

— Raison de plus, c'est à Cadix qu'ils espèrent triompher
c'est à Cadix qu'ils périront. Hâte-toi de t'y rendre et sépa-
rons-nous pour nous retrouver là-bas.

— C'est bien, fit Pedro Ruiz, j'obéirai.

Et ils sortirent tous deux de la grotte.

Chacun prit un chemin détourné, de manière à ne pas
être rencontré.

A peine avaient-ils tourné l'angle du rocher, qu'une
femme, pâle comme un suaire, s'avança à pas lents du fond
de la grotte où elle était restée blottie pendant le récit de
Mirza, et s'arrêta en tremblant sur le seuil.

— Mon Dieu, dit-elle en joignant les mains, tout cela
peut-il être vrai ! Oh ! s'ils ont juré ta perte, José, je te sau-
verai, moi, car j'arriverai avant eux pour t'arracher au danger
ou mourir avec toi.

Et, à son tour, elle se précipita en courant sur la route de Cadix.

Cette femme n'était autre que Manongita, la fille de l'al-cade-mayor de Puerto-Santa-Maria.

VI

OU MANONGITA PROUVE A DON FERNAND QU'ELLE NE L'AIME PAS.

Revenons à l'alcade don Inigo de Sanchez et à son neveu Fernand, que nous avons laissés ensemble.

Rien ne saurait peindre la stupéfaction du magistrat à la vue du singulier dénoûment qu'avait eu la demande en ma-riage du señor don José et cela du consentement volontaire de celui-ci.

Le bonhomme ne pouvait s'expliquer l'influence que son neveu avait exercée sur la détermination de l'épouseur et il attendait qu'il voulût bien lui apprendre enfin quel était le motif véritable qui empêchait la conclusion de l'union pro-jetée.

Mais don Fernand avait donné sa parole à el Gato de lui garder le secret, et pour rien au monde il ne l'eût violée.

Sa position, vis-à-vis de son oncle, menaçait d'être assez embarrassée ; aussi cherchait-il de son côté comment il se tirerait de cette affaire sans mécontenter don Inigo, et sans manquer à sa promesse.

Ce fut l'oncle qui, le premier, rompit le silence.

— Me diras-tu ce que tout cela signifie ? lui demanda-t-il en le regardant fixement.

— M'en voudriez-vous, mon oncle, de vous avoir empêché de commettre une action que, plus tard, vous auriez considérée comme le malheur le plus terrible qui pût fondre sur notre famille?

— Mais enfin si ce mariage était destiné à avoir des suites si funestes, c'est donc parce que don José est indigne de Manongita; tu connais cet homme? Mais alors raconte-moi bien vite ce que tu sais sur son compte? Tu ne peux me laisser ignorer plus longtemps la cause de l'étrange ascendant que tes paroles ont sur lui.

— Mon oncle?...

— Voyons, parle.

— Je ne puis rien vous dire, sinon que ce mariage était une honte, et qu'il était de mon devoir de m'y opposer.

— Comment! tu refuses de me faire savoir la cause de cette honte?

— N'insistez pas de grâce, mon oncle, c'est un secret que je ne puis révéler.

— C'est bien, je n'insiste plus, répondit Inigo d'un ton sec, mais tu trouveras bon qu'avant de te remercier du prétendu service que tu me rends, j'essaye d'en découvrir l'importance.

— Vous ferez ce qu'il vous plaira, mon oncle, et soyez certain, quoi qu'il arrive, que je n'ai agi que dans l'intérêt de l'avenir de ma cousine.

— C'est possible; mais cependant, je crois agir prudemment en ne parlant pas à ma fille de la ridicule scène dont je viens d'être témoin, avant de savoir à quoi m'en tenir à ce sujet.

— A votre aise, mon oncle.

Après ces paroles, Fernand jugea qu'il serait plus sage de se retirer que de continuer la conversation, qui prenait une tournure fâcheuse, et, prétextant de l'obligation de se rendre à Cadix, où son devoir l'appelait, son régiment devant assister le lendemain à l'exécution du brigand Leo Torrida, il prit congé de l'alcade, en lui demandant la permission d'aller présenter le bonsoir à Manongita, qui devait être au jardin.

Les adieux ne furent pas longs.

Fernand salua son oncle et s'élança vers l'endroit où il espérait rencontrer Manongita.

En arrivant au bosquet, lieu habituel de sa retraite, il trouva bien la jeune fille, mais renversée en arrière et privée de sentiment.

En proie à la plus vive inquiétude, il s'élança vers elle, appréhendant que son évanouissement ne fût l'ouvrage du bandit qu'il venait de chasser si ignominieusement.

Manongita, pâle et les lèvres décolorées, avait le visage baigné de larmes, sa guitare était tombée à côté d'elle, et, dans sa main droite, elle tenait un papier froissé qu'elle serrait convulsivement sur sa poitrine.

Soulevant dans son bras la tête de la jeune fille, et l'appelant des noms les plus doux, il parvint, peu à peu, à la faire revenir à elle.

Soudain elle ouvrit les yeux :

Don Fernand jeta un cri de joie.

— Fernand ! s'écria-t-elle en reconnaissant le jeune homme, qui épiait attentivement chacun de ses moindres mouvements.

Puis, par un geste brusque, elle rapprocha de son sein le papier qu'elle tenait à la main.

— Ne craignez pas que je cherche à surprendre vos secrets, Manongita.

— Que voulez-vous dire ! répondit la jeune fille en tressaillant.

— N'est-ce point une lettre que je vois entre vos doigts, et cette lettre n'est-elle pas la cause des larmes qui coulent sur votre visage ? répondit le jeune homme.

— De grâce, Fernand, donnez-moi votre bras et rentrons, j'ai froid.

— Le voici, ma cousine, rentrons puisque vous ne voulez pas me confier le secret de la douleur que je lis sur votre front, de grâce, dites-moi ce qu'il y a dans cette lettre.

— Vous êtes fou, Fernand, que vous importe cette lettre ?

— Vous me le demandez, Manongita, mais ne savez-vous donc pas que je vous aime, et que chacune des larmes qui

tombent de vos yeux aimés pénètrent jusqu'à mon cœur. Manongita, répondez-moi comme vous répondriez à un ami, à
un frère !

— Non ! laissez-moi.

— Alors je vais vous dire, moi, qui vous a écrit.

— Comment ?

— C'est don José, celui que vous aimez et que vous me
préférez.

— Fernand, vous vous trompez.

— Et dans cette lettre, continua le jeune homme sans s'ar-
r êter à la dénégation de sa cousine, il y a des phrases men-
 cuses comme le sont ses paroles, trompeuses comme le
sont ses promesses, hypocrites comme le sont ses ser-
ments.

—Fernand, dit tout à coup la jeune fille en relevant la tête,
si vous m'aimez comme vous le dites, je comprends que vous
soyez jaloux de l'amour d'un autre, mais vous n'avez pas le
droit de soupçonner la pureté et la loyauté de cet amour, car
alors ce ne serait plus de la jalousie, ce serait de la haine, et
de la haine injuste et cruelle.

— Manongita, si, libre de votre choix, vous aviez donné
votre cœur à un homme qui le méritât, si cet homme pouvait
être votre époux et vous rendre heureuse, sur mon honneur
je vous jure que j'aurais refoulé au fond de mon âme tout
l'amour que je ressens, et que j'aurais sacrifié sans hésiter
le bonheur de toute ma vie au vôtre; mais vous ne savez pas,
pauvre enfant, dans quel horrible piége cherche à vous entraîner celui que vous aimez.

— Que voulez-vous dire?

— Je dis... oh! tenez, en voyant votre affliction, je n'ose
ajouter une nouvelle douleur à celle qui vous accable.

— Fernand! je suis calme maintenant, et vous pouvez
sans danger m'annoncer un événement fâcheux, car Dieu,
en m'éprouvant par une grande douleur, m'a donné le courage de supporter toutes celles qu'il lui plaira de m'envoyer;
parlez, je vous écoute.

— Eh bien, puisque vous le voulez, s'écria le jeune offi-

cier, qui ne pensait pas que la promesse qu'il avait faite à
el Gato s'étendît à Manongita, apprenez donc que l'homme
que vous aimez n'est autre que...

— El Gato, la terreur de l'Andalousie ! n'est-ce pas cela
que vous vouliez dire, mon cousin ?

— Comment, vous le saviez ? mais qui donc a pu vous en
instruire ?

— Lui-même, dans cette lettre qui excitait tout à l'heure
vos désirs, et qu'il m'a remise en sortant de chez mon père.

— Et il a osé ?...

— Me dire la vérité, oui ; car il a compris qu'il ne pouvait
plus longtemps me cacher ce secret terrible ; et, au risque
de se voir repoussé et chassé par moi, qu'il aime, il s'est déterminé à me faire l'aveu qui lui coûtait tant.

— Eh bien ! ma cousine, puisque vous savez maintenant
le nom de ce misérable, vous n'avez plus qu'à vous réjouir
de n'être pas tombée en son pouvoir.

— Maintenant je pleure, parce que je prévois que je ne
pourrai être à lui et que je l'aime !

— Vous l'aimez ?

— Oui, je l'aime, et cent fois plus encore depuis que je
sais à combien de périls et de dangers il s'exposait pour moi ;
je l'aime en songeant qu'il est poursuivi, traqué comme une
bête fauve, et que nul au monde ne lui accorde une parole
d'espoir ou de consolation ; je l'aime parce que c'est un noble
cœur plein de courage et d'amour ; je l'aime enfin parce
qu'il m'aime, et que je préférerais mille fois partager ses
dangers, souffrir ses douleurs et vivre de sa vie que de consentir à devenir la femme de tout autre que lui.

— Oh ! Manongita, la passion vous égare, vous ne pouvez
parler sérieusement, répliqua Fernand, ne pouvant croire ce
qu'il entendait. Comment ! vous, la fille de l'alcade-mayor de
Cadix, vous aimeriez el Gato, le brigand qui désole cette
contrée ! Oh ! tenez, il y a là quelque mystère que je ne puis
pénétrer.

Le visage de Fernand avait pris une expression de dédain
et de froideur qui n'échappa pas à la jeune fille ; évidem-

ment la pensée de se voir préférer un bandit blessait son amour-propre en même temps que la jalousie brisait son cœur.

— Mais que vous ai-je donc fait pour me torturer ainsi? s'écria Manongita en pleurant; pourquoi chercher à me montrer ce qu'il peut y avoir d'incompréhensible dans l'amour que je ressens pour el Gato. Mon Dieu! est-ce ma faute si je l'aime, et ne suis-je pas assez punie par l'excès de cet amour même. Fernand, continua-t-elle en prenant la main du jeune homme, si vous êtes véritablement l'ami de mon enfance, et si vous désirez que je sois toujours pour vous une sœur pleine de tendresse et d'affection, vous ne songerez pas davantage à me reprocher l'amour de José; car je vous le dis, si je devais ne plus le revoir, je mourrais.

Fernand baissa la tête avec tristesse.

Il comprit qu'il ne pouvait rien espérer.

Soudain, il parut prendre une violente détermination.

— Manongita, dit-il, je prends Dieu à témoin que, pour posséder votre amour, j'aurais sacrifié avec bonheur ma fortune et ma vie; cette félicité suprême ne sera jamais mon partage, et je dois, je le comprends, me résoudre à la bannir de ma pensée. Je n'essayerai donc plus de combattre votre résolution; mais, sachez-le, il y a un homme au monde qui vous aimera quand même, qui sera heureux de mourir sur un signe de vous, et que vous trouverez toujours prêt à venir à vous et à vous défendre contre tous ceux qui vous menaceraient. Cet homme, c'est moi, qui prend ici l'engagement de ne plus chercher à être autre chose pour vous qu'un frère, tant que votre volonté n'en aura pas décidé autrement.

— Merci, Fernand! merci, mon ami, murmura la jeune fille.

— Adieu, Manongita!

Et, incapable de maîtriser plus longtemps la douleur qu'il éprouvait; l'officier dit un dernier adieu à celle qu'il aimait, sortit précipitamment du jardin et s'éloigna dans la direction de Cadix.

Manongita, restée seule, se disposa à regagner sa chambre, et fit quelques pas vers la maison.

Soudain elle s'arrêta, un bruit de voix venu de l'intérieur avait frappé son oreille, elle écouta.

—Ainsi, vous arrivez de Cadix? disait don Inigo, son père, à une personne avec laquelle il s'entretenait.

— Oui, monseigneur, à franc étrier, répondit celle-ci.

— Combien avez-vous réuni d'hommes?

— Cent cinquante.

— C'est bien peu !

— Il en arrivera autant de Puerto-Réal; il y en a ici vingt-cinq, cent soixante-dix que j'ai laissés en arrière et qui nous rejoindront dans une heure, tout cela formera un effectif de près de cinq cents hommes.

— Bien, mais el Gato, combien a-t-il de monde à la tour Sarrazine?

— Soixante hommes tout au plus.

— En ce cas, tout est pour le mieux, sergent Alvarez, vous rencontrerez à la porte de la Mer celui qui s'est offert de livrer el Gato, il vous guidera jusqu'à la tour Sarrazine, et là vous n'aurez plus qu'a faire votre devoir.

— Soyez tranquille, monseigneur, nous avons un petit compte à régler, el Gato et moi, et je vous réponds que, cette fois, le gaillard sera bien fin s'il m'échappe.

— Partez donc, dit l'alcade, et ne revenez pas sans votre capture.

— J'y compte bien, monseigneur.

Et notre ancienne connaissance, le sergent Alvarez, prit congé de don Inigo pour obéir aux instructions qu'il avait reçues.

En entendant discuter les chances probables de l'arresta-tion d'el Gato, Manongita éprouva une horrible torture; un moment, elle eut la pensée d'aller se jeter aux genoux de son père et de lui demander la grâce de celui qu'elle aimait; mais, retenue par la crainte d'un refus facile à prévoir, elle ne sut que pleurer.

Soudain, une pensée hardie jaillit en son esprit, son re-gard s'anima et ses larmes cessèrent de couler.

— Puisque je ne puis empêcher ce qu'on projette contre

5

lui, murmura-t-elle, du moins je saurai l'en prévenir.

Et elle rentra précipitamment dans la maison.

A la tombée de la nuit, une jeune fille traversait la place de la Constitution, à la suite d'une troupe de miquelets qui marchaient sous le commandement d'un sergent.

C'était doña Manongita Sanchez qui se rendait à la tour Sarrazine, espérant, à la faveur de l'obscurité, devancer la colonne sans être aperçue, et arriver la première auprès d'el Gato pour l'avertir du danger.

L'orage éclatait, et la pluie qui tombait à torrents ruisselait sur les vêtements de la jeune fille; mais, étrangère à toute autre préoccupation que celle d'accomplir sa résolution, elle continuait d'avancer.

Enfin, après trois heures d'une marche ralentie à chaque instant par les difficultés sans nombre provenant de l'orage qui rendait les chemins presque impraticables, Manongita se trouva au pied de la montagne servant de base à la tour.

Mais une fois arrivée là, elle ne put aller plus loin.

Succombant sous le poids de la fatigue qui brisait ses membres, elle tomba au pied d'un arbre, sans pouvoir se relever; bientôt un engourdissement général s'empara d'elle, et, vaincue par la lassitude, elle s'endormit d'un sommeil léthargique qui, pour quelques heures, la rendit insensible à tout sentiment et à toute souffrance.

Lorsqu'elle se réveilla, le ciel était pur, le jour commençait à poindre, et les oiseaux, perchés sur les plus hautes branches des arbres, la saluaient de leurs chants joyeux.

Elle jeta des regards étonnés autour d'elle, puis, retrouvant soudain le souvenir, elle s'écria en se tordant les mains avec désespoir. — Mon Dieu ! mon Dieu ! je suis maudite.

Et comme si elle eût eu hâte de savoir ce qui s'était passé pendant son fatal sommeil, elle s'élança en avant et gravit la montagne avec une fiévreuse rapidité.

Tout à coup, elle s'arrêta saisie d'une invincible terreur.

Elle venait d'atteindre l'endroit où s'était livré le combat des bandits et des miquelets.

A quelques pas d'elle, un homme était debout, considérant avec soin les cadavres qui jonchaient le sol, et les soulevant les uns après les autres.

C'était Juanito, le jeune garçon de l'hôtelier Perrico, qui
s'occupait de retourner les poches des morts, afin de les dé-
pouiller de l'argent qui s'y trouvait.

— Que faites-vous là ? dit Manongita en s'adressant au
jeune homme.

L'aspect de cette jeune fille, pâle et échevelée, fit tressaillir
l'enfant.

— Mais... et vous ?... répondit-il en l'interrogeant à son
tour.

— Peu t'importe, réponds ?

— Dam ! vous le voyez bien, j'obéis aux ordres du capitaine, qui m'a recommandé de voir s'il n'y avait pas quelqu'un qui respirât encore parmi tous les gens qui sont cou-
chés là.

— Quel est ton capitaine ?

— Mais !

— Parle, ne crains rien ; d'abord, ne vois-tu pas que je suis
seule et sans armes, que peux-tu avoir à redouter ?

— C'est juste, dit Juanito ; eh bien, je parle d'el Gato.

— El Gato ! il n'est pas prisonnier alors. Oh ! de grâce,
achève ?

— Prisonnier, lui ! allons donc ! fit le jeune homme avec
un geste superbe.

— En ce cas, conduis-moi vite vers lui ; il faut que je le
voie.

— Ah ! pour ce qui est de ça, non !

— Tu hésites ! Tiens, prends cette bourse, et va dire à el
Gato que c'est Manongita qui le demande.

— Manongita ! Ah ! c'est un nom qu'il prononce souvent,
le capitaine, dit Juanito en prenant l'argent que la jeune fille
lui présentait, et je m'empresserais de vous conduire à la
tour, si el Gato n'était, en ce moment, sur la route de
Cadix.

— Toujours trop tard ! exclama Manongita. Dis-moi, ne

peux-tu me donner le moyen de le rejoindre? Je te payerai
amplement tout ce que tu feras pour y réussir.

Juanito parut réfléchir. Après avoir remarqué l'intérêt
que la jeune fille semblait porter au capitaine, il parut se
décider.

— Je dois aller rejoindre le capitaine tout à l'heure. Si vous
le voulez, je vous donnerai un cheval, et vous m'accompa-
gnerez; mais, d'abord, il faut changer de costume, car celui
que vous portez ne vous permettrait pas d'arriver jusqu'à lui.
Si vous voulez endosser ceux d'un cavalier?

— Je ferai tout ce qu'il faudra. Parle, je t'écoute.

— Bien! venez avec moi.

Ce fut alors que Juanito conduisit Manongita à la grotte se
trouvant au bord de la mer, en lui recommandant de l'attendre, tandis qu'il irait chercher les chevaux et les vêtements
qu'il était indispensable qu'elle mit par dessus les siens, c'est-
à-dire un manteau, un sombrero et des grosses bottes.

Manongita entra dans la grotte et Juanito sortit.

A peine y était-elle, qu'elle n'eut que le temps de se réfugier au fond; deux personnes y venaient chercher un abri.

C'étaient Pedro Ruiz et Mirza.

Ce fut après avoir entendu la conversation de ces derniers,
que la jeune fille se précipita en dehors pour les suivre.

Juanito arrivait avec des habits d'homme.

— Oh! s'écria Manongita, c'est maintenant qu'il faut nous
hâter. Où sont les chevaux?

— Ici près.

— Bien.

— Et voilà de quoi vous donner les forces de faire la route,
reprit Juanito en présentant à la jeune fille une gourde pleine
d'eau-de-vie.

— Merci, dit-elle en la refusant, voilà tout ce qu'il me
faut.

Et elle lui montra un morceau de pain que Pedro Ruiz,
rassasié, avait laissé à terre; elle le prit et le porta à sa
bouche.

— Vous avez tort, répondit flegmatiquement Juanito.

Et pour joindre l'exemple au précepte, il avala une copieuse gorgée d'eau-de-vie.

Tout en parlant, Manongita s'était habillée.

— Partons, fit-elle au bout d'un moment.

— Partons, répéta Juanito.

Et tous deux se dirigèrent vers les chevaux.

La jeune fille avait cru devoir taire à Juanito la conversation qu'elle avait entendue.

Bientôt ils galopèrent vers la ville.

VII

COMMENT IL SE FIT QUE LEO TORRIDA SAUVA SA TÊTE.

Huit heures sonnaient à toutes les horloges de Cadix en même temps que les cloches de toutes les églises lançaient dans les airs les vibrants éclats de leurs plus étourdissants carillons, et une multitude d'hommes, de femmes et d'enfants, vêtus de leurs habits de fête, se répandaient dans les petites rues qui aboutissent à la place d'el Gobernador, qui, toute immense qu'elle est, ne tarda pas à être littéralement encombrée par une foule toujours croissante.

Au milieu de cette place, s'élevait un échafaud recouvert de drap noir, surmonté d'un poteau auquel était adaptée une traverse servant de siége, et un large carcan en fer.

Sur cet échafaud, un homme devait monter pour subir le supplice du garrot.

Or, comme l'homme n'était autre que Leo Torrida, l'un des plus braves lieutenants du Gato, il n'était pas une seule personne de Cadix qui ne désirât assister à l'exécution du brigand dont la réputation était grande.

Voilà pourquoi tant de gens s'aggloméraient sur la place d'el Gobernador, tandis que les baïonnettes des soldats du régiment provincial de Palencia formaient une ceinture de fer, qui, en se rétrécissant, allait se perdre dans la rue de la Puerta Nueva, pour laisser le passage libre au condamné et à son lugubre cortége.

L'heure du spectacle était arrivée, et une impatience fébrile agitait tout ce peuple, avide de satisfaire sa curiosité.

Tous les regards se portaient vers la rue par laquelle devaient déboucher les acteurs du terrible drame qui se préparait.

Soudain, un frémissement électrique parcourut la foule.

Un silence solennel y succéda.

On venait de voir s'avancer quatre alguazils revêtus de longues robes de serge noire, couverts de perruques blanches, et portant leur masse d'argent.

C'était l'avant-garde du défilé.

Derrière eux marchait une compagnie de miquelets.

Puis quatre autres alguazils, costumés comme les premiers.

Immédiatement après, s'avançait le condamné, monté à revers sur un âne, c'est-à-dire le visage tourné du côté de la queue.

Leo Torrida avait les mains attachées derrière le dos et le col de sa chemise rabattu sur les épaules, afin de laisser le cou complétement nu.

Il paraissait fort calme et jetait de temps à autre sur la foule un regard affectant une complète indifférence, ne prétant qu'une attention fort médiocre aux exhortations pieuses des deux confesseurs marchant à ses côtés.

La confrérie des pénitents noirs suivait le condamné, et portait le cercueil dans lequel il devait être placé après son exécution.

Tous étaient revêtus de la cagoule percée à la hauteur des yeux.

Le cortége était fermé par une compagnie de miquelets, et escorté par une longue file de moines encapuchonnés, psalmodiant le *De Profundis* d'une voix caverneuse.

Soudain, tous les assistants tombèrent à genoux, les têtes se découvrirent, et les fronts s'inclinèrent.

Les alguazils arrivaient à l'échafaud.

A ce moment, Leo Torrida, qui, jusqu'alors, était resté impassible, parut en proie à une certaine inquiétude, qu'il cherchait cependant à dissimuler ; son regard plongea au milieu de la foule, et sembla interroger sa physionomie.

Bientôt un sourire imperceptible se dessina sur ses lèvres.

Il reprit sa tranquillité.

Cependant les massiers étaient parvenus au pied de l'échafaud, et les miquelets se rangeaient à sa droite et à sa gauche.

Le condamné fut descendu de son âne, et, soutenu par ses deux confesseurs, il commença à gravir les marches de la plate-forme.

Il mit le pied sur la dernière.

Alors un coup de sifflet aigu traversa l'espace, et une immense clameur lui répondit.

Une métamorphose inouïe venait de s'opérer.

La plupart des moines qui escortaient le condamné avaient jeté au loin cagoules et capuchons, et, armés jusqu'aux dents, s'étaient précipités vers Leo Torrida, qui, en un clin d'œil, fut débarrassé de ses liens, et, une navaja à la main, s'élança en avant.

Puis, de tous les points de la place, accoururent vers l'échafaud un nombre considérable d'hommes, conduits par les lieutenants d'el Gato, qui se ruèrent au milieu de la foule, assommant ou poignardant pour se livrer passage.

Enfin, pour ajouter au tumulte et à l'effroi épouvantable qui régnaient, tout à coup, plusieurs maisons prirent feu.

El Gato était devant l'estrade.

Des cris, des gémissements et d'horribles imprécations traversaient l'air.

Les soldats, revenus de leur premier moment de stupeur, fondirent sur les bandits.

El Gato les mit dans l'impossibilité de faire usage de leurs armes.

— Passage! s'écria-t-il d'une voix de tonnerre.

Soudain tous ses hommes, par un mouvement habile, coupèrent la foule, et, poussant ceux qui se trouvaient devant eux, forcèrent les spectateurs inoffensifs de cette scène étrange à rompre eux-mêmes la ligne de soldats qui les empêchaient de se joindre à el Gato.

Une fois en présence, les deux troupes s'arrêtèrent.

— Rendez-vous, cria don Fernand, le neveu de l'alcade Sanchez, en s'adressant aux bandits.

— Passage! répondit le Gato. Ah! ah! mon bel officier, c'est ma revanche aujourd'hui, à nous deux!

— A moi! à moi! fit-il en s'adressant à ses compagnons. En avant, feu partout.

Une décharge fut tirée à bout portant sur les miquelets.

Chacun des bandits, vêtu en moine, portait une carabine sous sa robe.

Les miquelets ripostèrent.

Des cris de douleur y répondirent.

Deux ou trois brigands étaient tombés; une centaine de curieux avaient été atteints.

Alors ce ne fut plus une lutte, ce fut un massacre.

Bandits, soldats, peuple, tout se battit pêle-mêle, enivrés, ahuris par les clameurs, le bruit des cloches et les lueurs de l'incendie.

Toujours frappant et toujours avançant, la troupe d'el Gato parvint à gagner le large, emmenant Léo Torrida.

Encore une fois, ils étaient vainqueurs.

Sortis du théâtre principal de la mêlée, ils s'élancèrent au pas de course et franchirent la porte de la Mer.

El Gato était resté en arrière avec quatre des siens pour soutenir la retraite de ses compagnons.

Au moment de passer à son tour par la porte de la Mer, une compagnie de soldats commandés par don Fernand, qui, les habits en lambeaux, tenait à la main son épée brisée, lui barra le passage.

— Rendez-vous! s'écria celui-ci.

— A toi? répondit el Gato, jamais!

Et il tenta de se précipiter sur Fernand pour le frapper de sa navaja, en exhortant ses quatre hommes à ce combat.

— Tenez bon, leur dit-il, les camarades ne tarderont pas à venir à notre secours.

Déjà il levait le bras, lorsqu'un homme, se glissant derrière le pilastre de pierre qui masquait le côté droit de la porte s'élança vers lui, le saisit dans ses bras nerveux et chercha à le renverser, ce qu'il parvint à faire, malgré les efforts héroïques d'el Gato.

Celui-ci tomba à terre, en s'écriant avec désespoir :

— Vaincu ! vaincu !

— Et par moi, fit l'homme.

— Trahison ! murmura el Gato.

Il venait de reconnaître Pedro Ruiz.

Don Fernand commanda à deux soldats de garrotter le bandit, et fit retirer Pedro en louant sa vigueur.

Les soldats reçurent avec joie cet ordre et se disposèrent à l'exécuter. El Gato ne pouvait faire résistance.

Cependant, connaissant la valeur de leur ennemi, ils n'approchaient qu'avec prudence.

Tout à coup, une femme se précipita à travers les soldats et vint se jeter aux genoux de l'officier.

— Fernand, s'écria-t-elle, grâce pour lui, grâce.

Le jeune homme semblait frappé de la foudre.

La présence de sa cousine bouleversait son esprit.

— Manongita ! vous ici ! dit-il en reculant de surprise.

— Oui, pour vous demander grâce pour lui.

— Malheureuse ! vous voulez-donc nous perdre tous ?

— Grâce !

— Retirez-vous, Manongita, au nom du ciel, retirez-vous, je vous l'ordonne.

— Alors, tuez-moi donc aussi !

El Gato n'avait pas été moins surpris que don Fernand en voyant apparaître la jeune fille ; ce court répit suffit pour ranimer son espoir.

Profitant du moment où les soldats attendaient pour agir que leur chef eût répondu à la demande de grâce qui lui

5.

était faite, il opéra un mouvement sur lui-même, ramassa sa carabine, et, se relevant avec promptitude, il s'élança avec la rapidité d'un éclair dans la campagne, suivi de ses compagnons, qui avaient abattu quelques soldats pour se débarrasser de leur agression.

— Merci, Manongita ! merci ! cria le bandit.

— Il nous échappe ! exclama Fernand.

Soudain, dix hommes s'élancèrent à sa poursuite.

Mais, à quelques pas de la porte, était un cheval tout sellé et tenu en bride par Juanito.

El Gato sauta dessus.

Une grêle de balle furent dirigées contre lui.

Il était déjà hors de leur portée.

Manongita gisait à terre, renversée par les soldats qui s'étaient hâtés de courir après el Gato.

Fernand, fou de colère, de rage et de compassion, releva sa cousine évanouie, et, la tenant dans ses bras, il se dirigea vers la demeure de sa mère, oubliant el Gato, ses soldats, et ne voyant que le danger que courait Manongita.

Juanito, qui n'avait perdu aucun détail de cette scène, le suivit de loin.

Après avoir vu l'officier et la jeune fille entrer dans la maison de l'alcade, il revint tout doucement sur ses pas, en sifflant une seguedille, et s'en fut tranquillement rejoindre son cheval, qui l'attendait dans les environs.

Quelques minutes plus tard, il partait au galop pour rejoindre ses compagnons, les bandits.

Pedro Ruiz, que les soldats avaient forcé de se mettre à l'écart, songeait mélancoliquement à la fuite d'el Gato, lorsqu'une main se posa délicatement sur son épaule.

C'était Mirza.

— Eh bien ! c'est à recommencer, dit-elle avec dépit.

— Oh ! si ces maudits soldats m'avaient laisé faire, je le tenais sous mon genou et je pouvais le tuer.

— Oublies-tu donc que tu m'as promis de ne pas attenter à sa vie, reprit Mirza ; ne sais-tu pas qu'elle m'appartient !

— Mais enfin il nous échappe encore.

— Nous le rattraperons, sois-en sûr.

— Mais par quel moyen?

— Ceci me regarde. J'ai découvert l'endroit sensible.

— Comment?

— El Gato est amoureux; or, rien de plus facile que de tendre un piège à un homme qui aime.

— Amoureux, mais de qui?

— De Manongita Sanchez, la fille de l'alcade-mayor. Maintenant, laisse-moi faire; d'ici peu, nous serons vengés; en attendant, il ne faut pas qu'on nous voie ensemble, reste à Cadix, moi, je retourne à la tour Sarrazine; demain soir, à six heures, nous nous retrouverons ici.

— C'est convenu. Songe que je compte sur toi.

— Sois tranquille, tu sauras bientôt de quoi est capable Mirza la Bohémienne, comme ils m'appellent!

Et tous deux se séparèrent, Pedro pour aller chercher un gîte dans quelque posada de sa connaissance, et Mirza pour retourner auprès du capitaine, et aviser au plus court moyen à employer pour se venger de lui.

Revenons à Fernand et à Manongita, qui, laissée aux soins empressés de la mère du jeune homme, était revenue complétement à elle, et devait, sous la conduite de cette dernière, repartir au plus vite pour Puerto de Santa-Maria, afin de rassurer ses parents, plongés dans le désespoir par suite de sa disparition.

Fernand, après avoir rejoint sa compagnie, certain qu'il était que Manongita était en sûreté, s'était remis à parcourir la ville, pour offrir son secours et celui de ses hommes aux blessés et aux incendiés.

Toute la journée avait été employée à cette occupation; aussi, quand vint le soir, une fatigue véritable s'était-elle emparée de lui, et c'était avec peine qu'il marchait pour regagner la demeure de sa mère, quoiqu'un vif désir d'avoir des nouvelles de sa cousine le portât à presser le pas.

En arrivant, il trouva la jeune fille en pleurs.

— Pardonnez-moi, Fernand, dit-elle en apercevant son

cousin, j'ai peut-être été la cause de la mort de plusieurs hommes, mais je voulais le sauver, lui!

— Laissons cela, Manongita; j'espère que bientôt vous reviendrez à des sentiments différents et que vous chasserez de votre cœur un amour indigne ; mais le plus pressé est de retourner chez votre père, qui pleure probablement en ce moment votre absence, et de consoler votre mère, dont le chagrin doit être si profond.

— Oh ! vous avez raison, Fernand, partons, partons... Mais, dites-moi d'abord, oh ! mon Dieu! ajouta-t-elle en baissant la tête et en s'interrompant, me pardonnerez-vous de tant abuser de votre bonté pour moi?

— Que voulez-vous savoir? demanda Fernand; parlez.

— Si el Gato est libre ou s'il est en votre pouvoir, répondit-elle d'une voix tremblante.

L'officier tressaillit; l'ingratitude de Manongita, qui ne vivait plus que pour el Gato, lui faisait mal; cependant il se contint.

— Il est sauvé et libre, dit-il brièvement.

— Oh ! merci !

Un silence succéda à ces paroles.

On ne s'occupa plus que du départ.

Un muletier fut appelé.

Celui qui se présenta était un jeune homme de pauvre apparence, qui, de l'air le plus gauche, répondit de la docilité des animaux qu'il menait.

En jetant les yeux sur lui, Manongita fut sur le point de crier; mais un regard du muletier lui imposa silence.

C'était Juanito.

Un quart d'heure plus tard, il conduisait don Fernand et sa cousine à Puerto-Santa-Maria.

Juanito sifflait une seguedille.

Manongita, enveloppée dans sa mante, regardait à tous moments autour d'elle, en donnant les marques de la plus vive inquiétude et se demandant comment il se faisait que Juanito, qu'elle croyait auprès d'el Gato, se trouvât métamorphosé en muletier.

Évidemment, ce ne pouvait être qu'un moyen de se rapprocher d'elle, mais dans quel but ?

Elle cherchait en vain à se l'expliquer.

Quant à don Fernand, soit qu'il songeât aux événements
survenus depuis deux jours, soit qu'une pensée étrangère
occupât son esprit, il cheminait silencieusement, abîmé dans
ses réflexions.

Soudain, le muletier s'arrêta.

Il venait de s'apercevoir qu'un des sabots de la monture
de la jeune fille était détaché.

Heureusement qu'on se trouvait en face de la posada des
Noces de Gamache, et que le muletier n'avait qu'à prier la
señorita de vouloir bien changer de mule, la posada en renfermant d'autres toutes prêtes.

— Mais, drôle, s'écria Fernand, tu aurais dû t'assurer de
l'état dans lequel se trouvaient les sabots de tes mules avant
de te mettre en route.

— Señor officier, répondit Juanito, le sabot s'est détaché
en marchant; mais, au reste, ajouta-t-il, vous n'attendrez
pas, car la señorita n'a qu'à descendre de sa mule pour
monter sur l'autre.

— En ce cas, dépéchons, fit don Fernand.

— M'y voici.

Et Juanito, s'emparant de la bride de la mule de Manongita, se dirigea vers la posada.

Fernand le suivit.

Mais à peine avait-il franchi le seuil de la màison, que
quatre hommes qui y étaient cachés se jetèrent à l'improviste
sur lui et le terrassèrent, tandis que deux autres aidèrent
Juanito à placer Manongita sur une mule toute préparée.

— Misérables ! s'écria don Fernand, vous me payerez cher
votre lâcheté.

— Silence! señor caballero, lui répondit Juanito; il ne
vous sera fait aucun mal, pourvu toutefois que vous consen-
tiez à rester tranquille.

— Que voulez-vous donc faire de moi? dit à son tour Manongita qui tremblait de tous ses membres.

— Rassurez-vous, señorita, j'ai l'ordre de vous conduire auprès d'el Gato.

— D'el Gato! dites-vous? oh! alors je vous suivrai; mais, je vous en prie, grâce pour mon cousin, grâce pour don Fernand.

— Assez, Manongita, interrompit celui-ci, ne descendez pas jusqu'à supplier ces coquins, que mes soldats sauront tout à l'heure châtier comme ils le méritent.

— Señorita, reprit Juanito, sans se soucier en aucune façon des menaces de l'officier, je vous le répète, le señor Fernand n'a rien à craindre. Nous n'avons d'autre but que celui de vous mener au capitaine; et maintenant que vous voilà prête à partir, monsieur votre cousin est parfaitement libre de se retirer et d'aller retrouver ses soldats.

Et, avant que Fernand eût eu le temps de répondre, Juanito s'était élancé sur une mule, et, cinglant celle qui portait Manongita, il la força à quitter la posada de compagnie avec lui, laissant là ses compagnons, qui, au bout d'un quart d'heure, abandonnèrent don Fernand et profitèrent de l'obscurité pour sortir à leur tour de la locanda et prendre la route du Caracol.

VIII

DE LA RENCONTRE FACHEUSE QUE FIT MIRZA L'ALFEREZ ET DE CE QUI EN RÉSULTA.

El Gato, miraculeusement sauvé par l'intervention de Manongita, se dirigeait à toute vitesse au-devant de ses compagnons, qui, s'étant aperçus du retard que mettait leur chef à les rejoindre, revenaient vers la ville dans le but de s'enquérir de lui et de lui porter secours.

— Mes amis, leur cria-t-il du plus loin qu'il les aperçut, dispersez-vous ; voici les miquelets et les soldats qui se mettent à notre poursuite ; en rase campagne, ils auraient trop bon marché de nous, il ne faut pas les attendre ; réunissez chacun le plus de vivres et de munitions que vous pourrez, et rendez-vous au Caracol : dans deux heures, je vous y aurai rejoint.

Les bandits, exécutant aussitôt l'ordre qui leur était donné, s'éparpillèrent dans toutes les directions, comme les grains d'un chapelet rompu.

El Gato, suivi de Juanito, se dirigea vers la tour Sarrazine.

Colombo et ses camarades étaient toujours là, fidèles observateurs de la consigne qui leur avait été donnée.

Grande fut leur surprise, lorsqu'ils virent leur chef arriver seul, les vêtements en désordre, couvert de sang et de boue, le visage trempé de sueur, les traits décomposés et les yeux étincelants de colère.

Il marcha droit à Colombo.

— Misérable bohème ! s'écria-t-il d'une voix vibrante ; qu'as-tu fait de Pedro Ruiz ? où est-il ?

— Pedro Ruiz ? répondit le jeune homme, il est dans le cachot où je l'ai enfermé moi-même.

— Tu mens, traître ! tu l'as fait évader.

— Moi ! fit l'autre au comble de l'étonnement.

Et, sans ajouter un mot, il se précipita dans l'intérieur de la tour pour s'assurer de la vérité du fait dont on l'accusait.

Le cachot était vide.

— Capitaine, dit le bohème en revenant de constater l'évasion du prisonnier, vous avez raison, Pedro Ruiz n'est plus là, brûlez-moi la cervelle, non pour l'avoir aidé à fuir, mais pour n'avoir pas su empêcher son évasion.

El Gato considéra attentivement Colombo, et acquit la conviction qu'il était de bonne foi.

— Non, ce n'est pas toi que je punirai, dit-il au bohémien ; mais puisque je suis entouré de traîtres, malheur à ceux que je tiendrai à la portée de ces pistolets.

Et, tout en parlant, le bandit prenait avec colère la crosse des armes qui garnissaient sa ceinture.

Un silence complet répondit à ces paroles; mais il était aisé de voir sur le visage de tous les saltéadores l'indignation qu'ils ressentaient en apprenant que, parmi eux, il existait encore un traître.

— Oh! je découvrirai celui qui a fait le coup! s'écria Colombo.

— Camarades, reprit el Gato en s'adressant à ses hommes, justice sera faite, soyez-en sûrs; en attendant, d'autres soins nous réclament impérieusement. Toute la garnison de Cadix est à nos trousses, et bientôt cette tour sera investie; il faut donc nous occuper sans retard de nous mettre en sûreté. Combien avons-nous de mules de charge ici ?

— Douze, répondit Colombo.

— Vous allez les charger de toutes les munitions de guerre et de tous les vivres qui sont ici; nous partons pour le Caracol.

Les bandits se mirent à l'œuvre, en apportant la plus grande célérité dans l'exécution de ces ordres.

El Gato avait fait son devoir comme chef des hommes qu'il commandait, il pouvait maintenant s'occuper de ses affaires personnelles.

Soudain il appela Juanito et lui demanda l'explication de sa présence près de la porte Neuve avec un cheval tout sellé, au moment où Manongita s'était si vaillamment précipitée entre lui el Gato et l'officier commandant les soldats, qui étaient sur le point de s'emparer de lui.

Le jeune garçon se hâta de satisfaire la curiosité de son chef, en lui racontant, avec les moindres détails, sa rencontre avec Manongita dans les environs de la tour Sarrazine et son départ pour Cadix, à l'effet d'y accompagner celle-ci, empressée de se rendre auprès d'el Gato pour le sauver ou mourir avec lui.

En écoutant ce récit, le capitaine ne pouvait maîtriser l'émotion délicieuse qu'il éprouvait en apprenant jusqu'à quel point il était aimé.

Alors, dominé par le désir impétueux de remercier Manongita de ce qu'elle avait fait pour lui, et de la revoir, non plus avec la timidité du faux don José, mais avec toute la fougueuse ardeur dont le cœur d'el Gato était pétri, il comprit qu'il ne pouvait désormais renoncer à elle, et qu'il n'avait qu'un moyen à employer pour tenter d'être plus heureux qu'homme au monde, celui de proposer à Manongita de partager son existence aventureuse et son sort.

Mais d'abord, il fallait savoir ce qu'elle était devenue à la suite de sa hardie tentative.

Juanito l'avait bien vue entrer dans une maison de la ville portée par l'officier qu'elle avait imploré, mais là s'arrêtaient les renseignements qu'il put fournir.

El Gato ne pouvait rester plus longtemps sans nouvelles de celle qu'il aimait; il résolut de charger Juanito de s'en enquérir.

— Prends six hommes avec toi, lui dit-il, et retourne sur l'heure à Cadix.

— Oui, capitaine.

— Tu t'informeras adroitement de ce qui se passe dans la maison où tu as vu entrer l'officier et la jeune fille, et tu feras en sorte de savoir si je puis sans danger m'y introduire.

— Mais si elle n'y est plus?

— Alors, tu verras ce que tu auras à faire; je te donne six hommes, c'est à toi de les employer convenablement; je veux voir cette jeune fille, je te laisse libre d'agir à ta fantaisie. Va, et ne reviens pas sans résultat. Vous nous rejoindrez au Caracol; je ne crois pas que les miquelets nous inquiètent avant minuit; d'ici là, tu as le temps d'aller à Cadix, d'y accomplir ta mission, et d'être revenu au Caracol avant l'heure de la lutte.

— Comptez sur moi, capitaine.

— Un moment! prends encore cette bourse; tu peux avoir besoin de ce qu'elle contient.

Et, après avoir recommandé de nouveau au jeune homme de faire diligence, il revint vers ses compagnons en surveillant les apprêts du départ.

Mais l'esprit d'el Gato était ailleurs : il ne pensait et ne voyait que Manongita, et se demandait s'il la reverrait.

Alors, pour la première fois de sa vie, il eut peur de mourir dans le prochain combat qu'il allait avoir à soutenir; sûr d'être aimé, tout un horizon de bonheur s'ouvrait devant lui, et il se sentait avide du plaisir de vivre avec la femme dont le cœur était si plein de dévouement et de tendresse pour lui.

Cependant, forcé de songer à sa troupe, il s'efforça de bannir de son cerveau toute autre préoccupation, et donna le signal du départ.

Dix minutes plus tard, les bandits abandonnaient la tour.

On marcha une couple d'heures, pendant lesquelles d'autres détachements de saltéadores, amplement pourvus de vivres et de munitions et ayant tout l'air d'honnêtes voyageurs cheminant de compagnie, se joignirent à la troupe du chef.

On pouvait être alors environ deux cents hommes.

Soudain, el Gato fit faire une halte.

C'était en rase campagne, à une lieue environ de la mer, dans un endroit jonché de ruines et de débris de masures.

Les bandits se demandaient comment, en cas d'attaque, ils pourraient se défendre dans une semblable position; cependant, habitués à obéir passivement, ils s'arrêtèrent.

Léo Torrida, si récemment sauvé de l'échafaud, commandait une vingtaine d'hommes.

El Gato lui fit signe d'approcher, et lui dit quelques mots à voix basse.

— Allumez les torches, dit alors Léo Torrida aux hommes de son détachement.

Les torches furent allumées.

Alors, el Gato et Torrida se baissèrent et semblèrent chercher un instant à terre parmi les herbes et les ruines. Soudain le premier appuya la main avec force sur un objet que nul ne put distinguer. Au même moment, un bloc de pierre se déplaça lentement en tournant sur lui-même, et laissa apercevoir aux yeux étonnés des brigands l'entrée d'un souterrain qui semblait aller se perdre dans les entrailles de la terre.

Le capitaine saisit une torche, fit signe aux hommes qui conduisaient les mules de le suivre, et il entra résolûment dans cette cavité noire et profonde, qui venait d'apparaître comme par enchantement.

Après que cette première partie de la troupe eut pénétré à la suite d'el Gato dans le souterrain, celui-ci en ressortit pour guider tous ceux qui restaient au dehors.

Dix minutes plus tard, tout le monde était en sûreté.

Mû par un ressort intérieur, le passage se referma derrière eux.

Il était temps, car à peine avaient-ils disparu de la façon que nous venons de raconter, qu'un fort détachement de miquelets arriva sur le lieu même où leur engloutissement volontaire s'était opéré.

On devine le désappointement des soldats en ne trouvant que la solitude là où ils avaient vu toute une troupe de gens armés.

Cette fois, ils crurent avoir affaire au diable.

— Décidément, exclama le sergent Alvarez qui commandait les miquelets, je suis voué à être perpétuellement le jouet d'el Gato, mais il faut réellement qu'il ait fait uu pacte avec le démon.

— C'est vrai, répondirent les miquelets en se signant.

Et le sergent, après avoir minutieusement exploré le terrain sans rien découvrir, se décida à rebrousser chemin.

Pendant ce temps, les bandits s'avançaient avec précaution, guidés par el Gato, qui avait repris la tête de la colonne.

Au bout d'une centaine de pas, le terrain, au lieu de continuer à descendre, s'élevait peu à peu, et la montée, sans être difficile, se faisait plus rude d'instants en instants.

Après une marche d'une demi-heure environ, les bandits entendirent le bruit sourd et monotone de la mer déferlant avec violence contre les parois granitiques des galeries qu'ils parcouraient; en divers endroits même, l'eau filtrait à travers des fissures imperceptibles et retombait sur eux en forme de rosée.

Enfin ils arrivèrent à une grande salle, de forme ronde, dans laquelle le capitaine donna l'ordre de s'arrêter et de décharger les mules.

— Mes enfants, s'écria-t-il, nous sommes au Caracol, rangez avec soin les munitions de guerre et les provisions de bouche ; ici, nous n'avons rien à craindre, vous pouvez rire et chanter tout à votre aise. Cependant, comme il est toujours bon de se tenir sur ses gardes, Lopez placera des sentinelles tout le long des galeries.

Les bandits se regardaient entre eux, ne sachant pas comment interpréter les paroles de leur chef, qui leur annonçait être au Caracol, c'est-à-dire sur un énorme rocher planant à deux cent cinquante pieds au-dessus de la mer, qui mine sa base depuis des siècles, alors qu'ils se trouvaient dans un souterrain obscur.

El Gato sourit en remarquant leur étonnement.

— Ceux qui veulent revoir le soleil et la couleur du ciel, n'ont qu'à me suivre, dit-il en s'engageant dans une des étroites galeries.

Un grand nombre de bandits, poussés par la curiosité, se pressèrent derrière lui.

La galerie aboutissait à une ouverture obstruée par des ronces et des broussailles.

Coupées et écartées avec les navajas, elles laissèrent bientôt le passage libre, et, après quelques détours sinueux, on déboucha sur le sommet du Caracol.

Une impression indéfinissable de surprise se peignit sur le visage des bandits, qui contemplèrent avec une vive satisfaction la magnifique position qu'ils occupaient.

Nous allons compléter en deux mots la physionomie de ce rocher de granit, en disant qu'au premier aspect il paraît à peu près impossible de gravir jusqu'à la cime, constamment enveloppée de brume, et qui, recouvert d'une légère couche de terre végétale, ne produit qu'une herbe rare et flétrie.

Mais lorsqu'on approche de sa base, on découvre un petit

sentier, dont la marée montante efface chaque jour la trace, qui tourne tout autour du rocher, et parvient, après mille et mille sinuosités, jusqu'au haut. Ce sentier, qui, dans certains endroits, a tout au plus un pied de large, côtoie dans son parcours d'effroyables précipices, capables de donner le vertige à l'homme le plus résolu ; aussi le pied agile des montagnards ou des bandits ose-t-il seul s'y hasarder.

Le nom du Caracol, qui en espagnol, veut dire escargot, lui vient de sa forme de colimaçon.

C'était donc sur le Caracol que la troupe d'el Gato allait planter son camp.

Le souterrain, dont l'existence n'était connue que du chef et de quelques-uns des anciens de la bande, devait servir de retraite, en cas d'échec, et, en toutes circonstances, un moyen de n'être pas cernés.

La fin de la journée arriva sans alerte.

Vers la tombée de la nuit, Mirza gravit le rocher : elle arrivait de Cadix.

— Quoi de nouveau? lui demanda el Gato dès qu'il l'eut aperçue.

— Trois mille hommes se dirigent vers le Caracol, répondit-elle, et ils ont l'intention de vous prendre par la famine, en coupant toute communication.

— En ce cas nous n'avons rien à craindre, se contenta de dire el Gato.

Mirza ne comprenait pas la tranquillité que laissait voir le capitaine.

— Mais que comptes-tu donc faire?

— Et parbleu! nous défendre, s'écria Santiago.

Une complète sécurité régnait parmi tous les bandits, Mirza ne savait plus ce que cela voulait dire.

— Contre trois mille hommes? objecta-t-elle.

— Écoute, lui dit el Gato, j'ai besoin de quelqu'un de sûr pour une mission difficile, puis-je compter sur toi?

— En doutes-tu ? fit la jeune fille en enveloppant le capitaine d'un regard plein d'hypocrite expression.

— Non, voici ce dont il s'agit, tu vois cette lettre ?

— Et il montra à Mirza un large pli cacheté qu'il tira de sa poitrine.

— Oui, dit Mirza.

Eh bien. il faut qu'elle parvienne sans retard au général Riego ; elle lui apprendra qu'il peut lever l'étendard de la liberté, que moi et les miens nous lui viendrons en aide, et qu'avant huit jours toute la province de l'Andalousie sera soulevée.

— Mais, pour cela, il faudrait que je retournasse à Cadix, et le Caracol doit être maintenant cerné.

— As-tu donc peur ? dit el Gato à la jeune fille.

— Je suis prête à me faire tuer, mais n'as-tu pas dit qu'il fallait que la lettre parvînt ? Or, si je meurs, qui la portera ?

— Viens, je vais te donner le moyen de braver tous les soldats et les miquelets de l'Espagne, en t'indiquant un chemin beaucoup plus sûr et infiniment plus court que le sentier.

— Comment ! s'écria Mirza, dont le visage prit une singulière expression, que veux-tu dire ?

— Suis-moi.

Et il conduisit la bohémienne à l'entrée du souterrain.

Celle-ci croyait rêver.

— Lopez, dit el Gato en s'adressant à un de ses compagnons, conduis Mirza.

— Oui, capitaine.

— Et maintenant, reprit el Gato, souviens-toi qu'il n'y a que la mort seule qui doive t'empêcher d'accomplir ton message.

— Je le remplirai ou je mourrai.

— Bien !

Et le capitaine remonta sur la plate-forme, tandis que la bohémienne, guidée par Torrida, suivait les sinuosités des galeries souterraines.

Arrivés sous la trappe, Torrida fit jouer le ressort, et une bouffée d'air frais vint caresser le visage de la jeune fille.

— Adieu et bonne chance ! dit le bandit.

— **Merci, répondit-elle en se précipitant au dehors.**

La trappe se referma.

— Oh! oh! dit-elle lorsqu'elle fut seule, c'est bien joué; mais, par Notre-Dame-del-Carmen, ce souterrain sera ton tombeau.

Et la bohémienne se retourna pour mieux remarquer l'endroit par lequel elle était sortie.

Le passage s'était refermé sans laisser aucune trace.

— Malédiction! s'écria-t-elle.

Puis, tirant sa navaja de sa poche, elle se mit à fouiller le terrain, mais ce fut en vain, elle ne put rien découvrir. Changeant alors de tactique, elle entailla légèrement l'écorce des arbres qui se trouvaient dans un rayon de vingt pas.

— De cette façon, dit-elle, dût-on retourner toutes les ruines, il faudra bien que la trappe maudite reparaisse.

Satisfaite de la précaution qu'elle avait prise, Mirza ne songea plus qu'à se diriger en toute hâte vers les soldats qui cernaient le Caracol.

— Holà! compagnon, où courons-nous si vite, cria tout à coup une voix à son oreille.

La jeune fille venait de donner, sans s'en apercevoir, au milieu d'une patrouille.

— Que vous importe? répondit-elle sans hésiter.

— Oh! oh! reprit la voix qui n'était autre que celle du sergent Alvarez, le perpétuel traqueur d'el Gato, voilà qui est parler! mais si vous ne me répondez différemment, je serai forcé de vous inviter à marcher de compagnie avec nous.

— Je ne demande pas mieux, sergent, car j'allais trouver vos chefs afin de leur donner le moyen de s'emparer d'el Gato et de sa bande.

— Vraiment! fit Alvarez en relevant sa moustache à la hauteur de l'œil, et quel est ce fameux moyen?

— C'est à votre commandant seul que je puis le dire.

— En ce cas, c'est une autre affaire, dit Alvarez. Caporal! appela-t-il en élevant la voix.

— Présent, sergent! répondit le caporal en s'avançant.

Alvarez fit tourner sa main d'une certaine façon et désigna Mirza.

Celle-ci attendait impatiemment que le sergent la laissât libre ou consentît à la conduire auprès des officiers qui commandaient l'expédition.

Soudain elle se sentit saisie par les épaules, ses bras furent violemment tirés en arrière et attachés avant même qu'elle eût eu le temps de se rendre compte de cette subite agression.

— Arrêtez! lâchez-moi! s'écria-t-elle.

— Allez toujours, fit l'impassible sergent.

Bientôt elle se trouva dans l'impossibilté de remuer.

— Maintenant, mon garçon, tu vas nous dire qui tu es, dit Alvarez.

— Je suis un des hommes du Gato, et, je vous le répète, j'allais donner aux soldats le moyen de s'emparer de lui.

— Alors, tu es un traître, et tu mérites d'être pendu. Or, comme je soupçonne fort que ton moyen est tout simplement celui de te sauver de nos mains, je vais te faire pendre. Si tu as dit vrai, ce sera une dette que je payerai au Gato, qui m'a sauvé la vie; si, comme je le suppose, tu mens, ce sera toujours un ennemi de moins.

Et joignant l'action à la parole, Alvarez fit un mouvement pour indiquer, aux hommes qu'il commandait, l'arbre auquel l'exécution devait avoir lieu.

Déjà une corde était lancée à l'une des branches d'un magnifique tamarinier; Mirza comprit qu'elle était réellement en péril.

— Mais je suis une femme! s'écria-t-elle tout à coup.

— Une femme! répéta Alvarez. Diable! ceci mérite réflexion.

— Oui, je suis une femme, et vous me connaissez.

— Moi!... Au fait, c'est bien possible! fit le sergent avec fatuité. Comment te nommes-tu?

— Mirza la bohémienne.

— Mirza! ah! parbleu! oui, je te reconnais. C'est toi qui as fait assassiner mon brave ami le miquelet Henrique; ah! tu es Mirza! Eh bien! ma fille, je ne te ferai pas attendre longtemps. Allez, vous autres, dit-il aux soldats, dépêchez.

— Grâce!... grâce!... je vous livrerai el Gato... écoutez... laissez-moi...

Quatre hommes soulevèrent la jeune fille, et un cinquième lui passa lestement autour du cou la corde qui se balançait à la branche du tamarinier.

Un tremblement nerveux agita son corps, qui ondula pendant quelques instants dans l'espace et finit par demeurer immobile.

Elle était morte.

— Coupez la corde, dit alors le sergent.

Un homme monta sur l'arbre et la coupa avec son sabre.

Le cadavre tomba lourdement à terre.

Le sergent se pencha sur lui et fouilla dans la poche du vêtement qui le recouvrait.

— Une lettre adressée au général Riego! s'écria-t-il; qu'est-ce que cela signifie ?

Et il glissa le pli sous son uniforme.

— Caporal, commandez la marche, dit-il, je vous rejoins.

Le caporal prit le commandement de la patrouille, qui s'éloigna, laissant le sergent se recueillir à l'effet de savoir ce qu'il était bon de faire de la lettre trouvée sur Mirza.

Une fois seul, il la tira de son uniforme et la considéra, se demandant s'il en prendrait ou non connaissance.

A peine la tenait-il à la main, qu'un homme s'avançant en rampant au milieu des ruines, se précipita sur le sergent et lui enfonça sa navaja entre les deux épaules.

— A moi la lettre! s'écria-t-il en l'arrachant brusquement des mains d'Alvarez, qui roula sur le sol, et à nous deux, mon capitaine!

C'était Pedro Ruiz.

IX

OU LA FIN COURONNE L'ŒUVRE.

El Gato, après avoir donné à Torrida l'ordre de conduire Mirza jusqu'à l'entrée du souterrain, avait été averti que sa présence était utile sur la plate-forme.

C'était Juanito et ses compagnons, qui venaient d'arriver par le sentier, amenant un étranger avec eux.

Un tremblement nerveux agita José.

Quel pouvait être cet étranger?

Il accourut à la rencontre de Juanito.

— Eh bien, lui cria-t-il du plus loin qu'il l'aperçut, qu'as-tu fait?

— Jugez-en, capitaine, répondit le jeune homme.

Et poussant devant lui la personne que ses camarades entouraient, il enleva le manteau qui lui cachait le visage.

— Manongita! s'écria el Gato; comment! ici! tu l'as donc enlevée, malheureux? continua-t-il en s'adressant à Juanito.

— Dam! capitaine, vous m'aviez dit que vous vouliez la voir; il me semble que c'était le meilleur moyen.

— Ne blâmez pas ce garçon, dit alors la jeune fille avec un accent plein de douceur dans la voix, car il n'a fait qu'obéir à mon vœu le plus cher : celui de me rapprocher de vous.

— Il se pourrait!

— Oui! reprit Manongita, ne savez-vous plus que je vous aime?

El Gato croyait rêver.

— Qu'on me laisse seul, dit-il en s'adressant à ses compagnons.

Ceux-ci s'écartèrent et rentrèrent dans le souterrain, à
l'exception de Juanito, qui alla grossir le nombre des sentinelles veillant tout à l'entour de la plate-forme.

— Quoi! Manongita, dit el Gato à la jeune fille dès qu'ils
furent sans témoins, vous savez qui je suis, et vous êtes venue?

— Qui vous êtes! Mais n'êtes vous pas celui qui, il y a deux
jours, me disait qu'il m'aimait?

— Oh! vous êtes un ange!

— Non! José, je ne suis qu'une femme qui a juré de n'appartenir qu'à vous, et qui veut tenir son serment.

— Mais savez-vous aussi que je suis un maudit, que chacun en ce monde me hait et me redoute, que le premier misérable venu a le droit de tirer sur moi comme sur une bête
fauve?

— Oh! taisez-vous, murmura Manongita.

— Non, car je ne veux pas t'entraîner avec moi dans l'a-
bîme, pauvre enfant. Crois-moi, il en est temps encore, fuis
ce lieu. Je te donnerai le moyen de regagner Cadix saine et
sauve. Quant à moi, je mourrai heureux en sachant que j'ai
été aimé; la vie, maintenant, me semblerait trop lourde à
supporter!

— Oui, tu as raison, José, il faut mourir, mais nous mour-
rons ensemble: la place de l'épouse est aux côtés de l'époux,
et puisque je t'ai rejoint, la mort seule nous séparera.

— Mais je suis indigne de tant d'amour, exclama el Gato,
profondément ému par les marques de passion que lui donnait
la jeune fille.

— L'amour élève et purifie, José, car c'est de Dieu qu'il
vient.

Dominé par le ton d'inspiration de Manongita qui, calme
et souriante, fixait sur lui ses beaux yeux enamourés, le
bandit avait ressenti en lui quelque chose comme une honte
de lui-même; pour la première fois peut-être de sa vie, en
songeant au métier qu'il faisait, il se trouva infâme; le re-
mords s'était tout à coup dressé devant lui, sombre et mena-

çant, et ce fut avec une altération visible dans la voix qu'il reprit :

— Oh ! Manongita, pourquoi ne puis-je recommencer ma vie pour me rendre digne de vous ?

— L'avenir est à toi, José.

Et les deux jeunes gens, plongés dans un ineffable ravissement, oubliaient toutes les choses de ce monde pour ne songer qu'à leur amour.

Une révolution s'était faite dans l'âme du bandit ; il avait compris que, pour mériter Manongita, il fallait qu'il rompît avec l'existence qu'il menait, et n'eût été le soin de la vie des hommes qu'il commandait, il se fût enfui à l'instant du Caracol, pour aller avec Manongita s'ouvrir une nouvelle carrière dans quelque coin du monde.

La jeune fille se sentait si heureuse, qu'elle disait vrai en avançant qu'elle aimait mieux mourir que de quitter el Gato, et certes, elle l'eût fait.

Soudain, un incident nouveau vint les tirer de leur extase.

— Capitaine, un parlementaire ! cria tout à coup la voix aigre de Juanito.

— Hein, que dis-tu ? demanda le capitaine, rappelé à lui par le son de cette voix qui traversa l'espace.

— C'est un officier qui s'engage dans le sentier, suivi de deux soldats, et portant à la main un signe de parlementaire.

— Laissez-le monter. Quant à vous, chère Manongita, il ne faut pas qu'on vous voie ici. Vous allez descendre avec Juanito, qui vous gardera dans le souterrain.

— Oh ! je vous prie, José, laissez-moi demeurer auprès de vous.

— Mais on peut vous reconnaître.

— Eh bien ! tenez, je vais me cacher derrière ceci, dit-elle en désignant un morceau de roc, de cette façon je ne vous quitterai pas.

— Faites donc, puisque vous le désirez ; il me semblera que c'est mon bon ange qui veille sur moi.

Manongita disparut derrière le bloc de rocher. Au même instant, le parlementaire parut.

— Vous êtes José el Gato, dit celui-ci en marchant droit au bandit.

— Don Fernand! s'écria le bandit en reconnaissant l'officier. Que venez-vous donc faire en ces lieux, monsieur? il faut que vous soyez bien hardi pour venir me trouver jusqu'ici.

— Je viens, monsieur, comme porteur d'instructions du commandant en chef de l'expédition dirigée contre vous.

— En ce cas, monsieur, je vous écoute : parlez, mais soyez bref.

— C'est ce que je vais faire ; ensuite j'aurai à vous demander compte du rapt de ma cousine Manongita Sanchez, que vous avez fait enlever il y a quelques heures et qui est ici.

— Que voulez-vous dire?

— Il est inutile de nier, vous dis-je, elle est ici.

— En ce cas, monsieur, vous devriez comprendre que si la femme que j'aime est en mon pouvoir, nul ne pourra me l'arracher.

— C'est ce que nous verrons.

— Il est inutile de menacer, mon cousin, dit tout à coup Manongita en sortant de sa cachette, je suis ici volontairement, parce que j'aime el Gato et que j'ai juré d'être à lui.

L'apparition de la jeune fille rendit muets les deux personnages principaux de cette scène.

Ils semblaient tous deux être terrassés par l'énergique résolution qu'elle osait prendre en avouant ainsi hautement l'amour qu'elle portait au Gato.

Celui-ci ne put retenir un mouvement d'orgueil, de joie et presque de crainte.

— Manongita, vous vous perdez, s'écria-t-il.

— Don Fernand est gentilhomme, répondit-elle, et il ne saurait violenter la volonté d'une femme.

Le jeune officier ne savait plus que dire ; il comprenait que tout espoir de sauver Manongita était perdu.

Soudain, une entière réaction se fit en lui, et ce fut avec

6.

un véritable sentiment de bonne foi qu'il tendit la main au
bandit.

— José, lui dit-il, pour que ma cousine vous aime à ce
point d'oublier pour vous parents et amis, et l'honneur de
son nom, il faut que vous soyez autre chose qu'un bandit
vulgaire; vous devez être un homme de cœur; eh bien, dites-
moi franchement et loyalement que vous aussi vous aimez
Manongita, que votre dessein n'est pas d'abuser de sa naïve
passion et de la tendresse de son cœur pour la flétrir et l'a-
bandonner lâchement ensuite; prouvez-moi que vous êtes
prêt à faire d'elle votre femme, c'est-à-dire la compagne de
votre vie, la joie de votre existence, et je vous déclare, sur
mon honneur d'officier et de gentilhomme, que, loin de contrarier vos projets, je ferai tout ce qui sera en mon pouvoir
pour obtenir des parents de Manongita le même pardon que
je suis prêt à vous accorder.

— Oh! merci, don Fernand, dit la jeune fille en jetant sur
son cousin un long regard de reconnaissance.

— Et que faut-il faire pour vous prouver cela? demanda
el Gato.

— Renoncer à votre indigne profession, répondit don Fernand.

— Je le voudrais, car depuis le jour où mon cœur a battu
pour Manongita, j'ai compris quelle incommensurable distance me séparait d'elle, et j'aurais voulu qu'elle n'eût pas
à rougir de son amour; mais il n'y aucun moyen pour moi
de sortir du cercle dans lequel je suis destiné à vivre et
mourir.

— Peut-être !

— Lequel?

— Écoutez!

Manongita, frémissante, s'était rapproché des deux hommes, épiant le moindre mouvement que trahissait leur physionomie.

Don Fernand continua :

— J'aimais ma cousine avec passion, car elle était mon
premier et sera mon dernier amour en ce monde.

El Gato fit un geste.

— Oh! laissez-moi vous dire cela, monsieur, puisque j'ajoute que c'est cet amour qui me donne la force d'accomplir la résolution que j'ai prise de renoncer à sa main ; oui, d'y renoncer, puisqu'en m'épousant elle ne pourrait que me donner un cœur qui ne lui appartient plus. Oh! moi aussi j'avais juré de la rendre heureuse, et c'est parce qu'elle ne le serait pas en acceptant ma main, que je vous dis : Epousez-la, monsieur, et donnez-lui tout le bonheur dont elle est digne et que je croyais pouvoir lui faire partager.

— Mon cousin, bon Fernand! dit Manongita les yeux humides.

— Epousez-la et reprenez dans la société la place que vous pouvez y occuper. Une carrière nouvelle peut s'ouvrir devant vous, carrière réservée aux grandes intelligences, celle de la défense de la liberté de son pays. L'heure de l'émancipation de l'Espagne est venue; enrôlez-vous dans les rangs de ceux qui combattent pour son indépendance, et vous laverez votre passé de toutes les actions qui en ont terni la pureté.

— Quoi! c'est vous qui me proposez!...

— Oui, moi, qui ai mis mon épée au service de la jeune Espagne, moi qui marche sous la bannière du général Riego, et qui veux avoir la gloire d'apporter une pierre au grand édifice social que construisent les libéraux.

— Oh! s'il en est ainsi, vous avez eu raison de parler de la sorte; oui, je vous promets de vouer désormais mon existence à la cause de la liberté; l'œuvre est déjà commencée; j'ai fait partir ce soir un exprès, porteur d'une lettre adressée au général, dans laquelle je lui offrais mon concours et celui des hommes que je commande.

— Quel est celui que vous avez chargé de cette commission?

— Une jeune fille, une bohémienne qui m'est dévouée.

— Mirza?

— Comment, vous le savez!... Mais qui a pu vous dire?...

— Ceux qui l'ont tuée.

— On a tué Mirza. Fatalité! s'écria el Gato en se frappant le front.

— Ne la regrettez pas; cette fille vous trompait; un détachement de miquelets l'a surprise au moment où elle se rendait, non à Cadix, mais au camp des soldats qui vous cernent, afin, disait-elle, de donner le moyen de s'emparer de vous.

— C'est impossible!

— Ce sont les soldats eux-mêmes qui m'en ont instruit; le sergent qui les commandait ayant été assassiné au même instant par un homme qui se tenait caché dans les environs de l'endroit où Mirza la Bohémienne a été pendue, et qui a su se dérober à la poursuite des troupes, qui l'avaient reconnu pour un de vos lieutenants; il se nomme Pedro Ruiz!

— Pedro Ruiz! le misérable! Mirza et lui étaient d'accord. Malédiction!

— Tout peut se réparer; je connais le souterrain qui vous met à l'abri de l'attaque des troupes.

— Vous! dit el Gato au comble de l'étonnement.

— Oui! ne vous ai-je pas dit que Pedro Ruiz et Mirza vous trahissaient?

— Oh! fit el Gato désespéré.

Manongita regardait son cousin avec une sorte d'admiration. Jamais le jeune homme ne lui était apparu semblable à ce qu'il était en ce moment.

— A minuit, reprit Fernand, les troupes doivent vous attaquer des deux côtés à la fois : la moitié des soldats tentera l'escalade, l'autre s'introduira sans bruit par le souterrain qu'on soupçonne vous servir de retraite.

— Mais alors nous sommes perdus!

— Vous êtes sauvés! C'est le général Riego qui commande l'expédition, et c'est lui qui m'envoie vous proposer d'être des nôtres, promettant de vous laisser tout le temps nécessaire pour opérer votre retraite avant de donner l'attaque.

— Oh! merci cent fois, monsieur, non-seulement pour moi, mais pour tous mes pauvres compagnons que vous sauvez.

— Ainsi, vous acceptez?

— Si j'accepte! ne m'avez-vous pas dit, d'ailleurs, qu'à ce prix, Manongita m'appartiendrait?

— Hâtez-vous donc! car il n'y a pas un instant à perdre. Ma cousine, ajouta Fernand en s'adressant à Manongita, qui, pendant toute cette scène, en avait suivi les péripéties avec un intérêt toujours croissant, êtes-vous contente de moi?

— O Fernand! répondit celle-ci, je vous savais bon et généreux; mais, votre conduite est si belle, que ma bouche est impuissante à dire ce qui se qui se passe en mon cœur. Fernand! vous êtes le seul homme au monde que j'aimerais, si je pouvais en aimer un autre que José!

Un pâle sourire, sourire de tristesse et d'amertume, passa sur les yeux du jeune officier.

El Gato s'était élancé vers la retraite où ses compagnons étaient réunis; il promena ses regards autour de lui.

Les bandits étaient calmes; la plupart étaient nonchalamment étendus à terre.

— Mes enfants! leur cria le chef, debout!

Tout le monde se leva.

— Chargez à l'instant les mules et préparez-vous à quitter ce lieu; il faut que, dans dix minutes, il n'y ait plus personne ici.

— Ah bah! dirent quelques-uns avec un léger signe d'étonnement.

Ce fut tout, on se mit à l'œuvre.

— Lopez conduira la troupe à la Cueva Negra, où vous attendrez mes ordres, et retenez bien ceci: ce n'est plus à des bandits que je commande. mais à des partisans de la liberté, à des soldats de la jeune Espagne. Que pas un homme ne s'écarte pour piller ou marauder, sous peine de mort. Allez!

— Restez-vous donc ici, capitaine? demanda Lopez.

— Peut-être; en tous cas, souvenez-vous que je dois vous rejoindre à la Cueva Negra.

— C'est entendu, capitaine, répondit Lopez.

Les préparatifs de départ furent vite faits.

El Gato, après avoir jeté un regard autour de lui pour

s'assurer que tout était en ordre et que rien n'avait été oublié, donna le signal du départ; alors la colonne s'ébranla et
reprit silencieusement, à travers les galeries, la route qu'elle
avait suivie quelques heures plus tôt pour venir.

Lorsqu'on fut arrivé à la trappe, le capitaine tira deux pistolets de sa ceinture, et faisant à sa troupe un signe pour
lui commander de s'arrêter et de garder le silence, il appuya
la main sur le ressort qui ouvrait le passage; le terrain se
déplaça lentement.

Alors il sortit; puis, regardant de tous côtés avec précaution, il fit quelques pas au dehors.

— En avant! s'écria-t-il.

A peine avait-il prononcé ces mots, qu'une double détonation retentit, et qu'une balle vint le frapper en pleine poitrine.

Il poussa un long gémissement et tomba.

Manongita jeta un cri terrible et s'élança vers lui.

Les bandits s'étaient précipités en avant.

Devant eux fuyait un homme que personne n'avait aperçu,
caché qu'il était par la pierre qui bouchait l'entrée du souterrain.

En une seconde, il fut atteint, et vingt couteaux s'éle-
vèrent sur sa tête.

— A moi! s'écria-t-il.

— C'est Pedro Ruiz! hurlèrent les saltéadores. A mort! à
mort!

Et il tomba percé de coups.

Tous ceux qui entouraient le Gato se mirent en devoir de
lui porter secours; mais Manongita, folle de douleur, étrei-
gnait convulsivement son corps, et, déchirant ses vêtements,
elle essayait en vain d'étancher le sang qui coulait de sa
blessure.

Fernand aida à le transporter dans le souterrain, tout en
essayant de calmer sa cousine, dont les cris de désespoir allaient se perdre dans l'espace.

Soudain, el Gato rouvrit les yeux.

— De l'eau, de l'eau! murmura-t-il; j'étouffe.

—José! s'écria Manongita en se précipitant vers lui; José! tu ne mourras pas... Dieu te sauvera!

Le bandit voulut parler, mais ses lèvres demeurèrent sans voix.

Juanito apporta de l'eau, à laquelle il mêla quelques gouttes de rhum, et, soulevant sa tête, il lui en fit avaler quelques gorgées.

La fraîcheur du cordial parut le ranimer.

Son premier regard fut pour Manongita et pour Fernand.

— Oh! dit-il, j'étais trop heureux, je ne méritais pas un tel bonheur; Dieu m'a puni, je meurs!

— José, reprit Manongita fondant en larmes, toi mourir! mais ce n'est pas possible! le ciel ne nous a pas réunis pour nous séparer déjà! José, je t'aime et je serai ta femme! José, je ne veux pas que tu meures!

El Gato saisit la main de la jeune fille et la pressa dans les siennes avec effort.

— Pourquoi nous abuser, dit-il, je le sens, la mort approche... je la vois... elle a hâte de saisir sa proie... Oh Pedro Ruiz a bien visé, mes instant sont comptés... mais je meurs heureux, puisque c'est toi, ma bien-aimée, qui me fermera les yeux... Adieu, toi pour qui j'aurais voulu vivre... Dieu ne l'a pas permis, que sa volonté soit faite!... Il n'a pas voulu que l'ange pur unît son sort à celui d'un homme souillé de crimes et de forfaits!... C'est justice, et cependant c'en était fait de ma vie honteuse et sans frein... grâce à toi, Manongita, grâce à vous aussi, don Fernand, j'allais essayer de rentrer dans la voie que je n'aurais jamais dû quitter...

— Espérez, José; tout n'est pas fini, dit don Fernand.

— José, le baiser de mes lèvres ranimera les tiennes... José, vis pour moi, pour moi qui mourrai si tu meurs.

— Ton baiser, Manongita, c'est la flamme qui purifiera mon âme; ton baiser, c'est celui de nos fiançailles. Merci, Manongita, merci, et que Dieu te rende le bonheur que tu me donnes... Juanito!... Tu pleures aussi, toi! Fernand... et vous tous, mes amis... mes... Manongita, prie pour moi... Manongita, je t'aime... je... Ah!

Une convulsion l'empêcha d'achever.

Un flot de sang monta à ses lèvres.

Son regard devint fixe.

Et poussant un cri d'agonie, il essaya de se soulever, puis retomba immobile.

El Gato n'était plus!

Manongita, privée de sentiment, gisait à ses côtés.

Tous les bandits étaient tombés à genoux.

— Mes amis, leur dit don Fernand, vous avez perdu votre chef. Mais tous ceux d'entre vous qui voudront s'enrôler sous la bannière du général Riego seront les bienvenus, et si vous le voulez, c'est moi qui guiderai vos coups, non contre des voyageurs et des gens sans défense, mais contre les ennemis de notre belle Andalousie.

— Oui, répondirent les saltéadores, el Gato est mort; la bande d'el Gato ne peut plus devenir qu'une troupe de guérillas!

— En ce cas, amis, que ce souterrain serve de sépulture à celui qui n'est plus, et que, dans une heure, les soldats du général Riego ne trouvent en vous que de vigoureux défenseurs de notre liberté commune. Mais d'abord, continua-t-il en s'apercevant de l'évanouissement de sa cousine, aidez-moi à rendre cette jeune fille à la vie, et veillez sur elle, car elle a bien aimé celui qui fut votre chef.

— Oh! dit Juanito, je le sais, moi!

Et, de concert avec don Fernand, ils firent revenir à elle Manongita, qui ne sortit de son état d'anéantissement que pour pleurer de nouveau.

Soudain elle essuya ses larmes et courut vers le cadavre d'el Gato que les saltéadores venaient de couvrir d'un manteau.

— Qu'allez-vous faire, Manongita? s'écria don Fernand.

— Je vais prier pour lui, répondit-elle en s'agenouillant.

. . . .

Ainsi que l'avait prévu don Fernand, tous les bandits qui avaient formé la petite armée d'el Gato se rangèrent sous les ordres du général Riego, et devinrent ces célèbres guérillas que les troupes espagnoles eurent tant de peine à combattre et qui opposaient à la supériorité du nombre l'audace et l'agilité qu'ils avaient conquises dans leurs exploits de grand' route.

Quant à Manongita, ramenée dans sa famille éplorée, par les soins de son cousin, elle tomba sérieusement malade, et dès qu'elle eut recouvré la santé, il lui sembla qu'un bandeau se détachait soudain de ses yeux.

Elle comprit toute l'étrangeté de sa conduite et la première fois qu'elle revint à l'église, appuyée sur le bras de son cousin, ce fut d'une voix toute tremblante d'émotion qu'elle lui dit :

— Fernand, me pardonnerez-vous jamais d'avoir méconnu votre amour !

— Manongita, c'est à moi de vous demander pardon, car j'avais juré d'étouffer cet amour, et je n'ai pu y parvenir.

La jeune fille ne répondit pas, mais deux mois après elle récompensait par le don de sa main la persévérance de son cousin.

LA CHEVALIÈRE D'ARMENSON

I

LA BERLINE DU VICOMTE.

Le mois de décembre 1652 fut le mois le plus froid de l'année ; la Seine couverte de larges blocs de glace qui chaque jour s'étendaient davantage, menaçait bientôt d'offrir une surface assez solide pour qu'on pût la traverser à pied sans danger.

Le lundi avant la Noël, la neige, fine et serrée qui tombait depuis le matin, se forma vers le milieu du jour en flocons si épais, que, lorsque le soir arriva, le sol, ainsi que les toitures des maisons de Paris, semblaient être couverts d'un immense tapis d'hermine.

Certes, par un temps pareil, il eût fallu avoir un pressant besoin de courir la ville pour ne pas rester bien tranquillement chez soi, au coin de son feu, et c'est ce que pensaient probablement les bons bourgeois et les marchands; car, de bonne heure, les boutiques se fermèrent, et les lumières devinrent rares derrière les vitres des croisées hermétiquement fermées.

Or, ce même soir, entre huit et neuf heures environ, un jeune homme d'à peu près vingt-six ans qui se trouvait dans une petite chambre de l'hôtel du Plat-d'or, rue Thibault-aux-Dez, se leva de dessus la chaise sur laquelle il était assis, comme s'il eût été mis en mouvement par un ressort invisible, puis il se prit à marcher de long en large, en faisant résonner sur le carreau les éperons de ses bottes et en donnant les marques de la plus vive agitation.

Il était de haute taille; son visage pâle était empreint d'une distinction qui s'harmonisait parfaitement avec l'air de noblesse répandu sur toute sa personne; sa chevelure noire, qu'il portait longue, suivant la coutume de l'époque, et sa moustache relevée fièrement aux extrémités, contribuaient encore à donner à sa physionomie l'expression d'énergie et de fermeté que décelait en outre la courbe légèrement dédaigneuse de ses lèvres fines, sur lesquelles se dessinait vaguement un sourire nerveux, plein de sarcasme et de colère.

Il n'y avait pas de feu dans la pièce qu'il occupait : cependant son front brûlait, et une ardeur fiévreuse courait dans ses veines; il était facile de voir qu'il était en proie à quelque grande émotion, le dominant entièrement; ses yeux lançaient une lueur qui témoignait de son irritation toujours croissante, et tout en lui se ressentait de cette disposition d'esprit.

Soudain, le jeune homme s'arrêta dans sa marche précipitée, et frappant avec force sur une petite table placée devant lui, il s'écria en donnant cours à l'explosion de colère qui fermentait en lui :

— Enfin! ils l'ont voulu!... Le sort en est jeté maintenant; il n'y a plus à hésiter... Comte, vous allez apprendre à connaître Maurice de Fresnay... mais, sur mon âme, ce sera à vos dépens!

Après avoir prononcé ces paroles, il s'empara d'une épée suspendue à un clou, la mit à son côté, et s'approchant d'un petit meuble en chêne lui servant à la fois de commode et d'armoire, il en tira un des tiroirs dans lequel se trouvait une boîte en bois de citronnier qu'il ouvrit.

Maurice de Fresnay, puisque maintenant nous connaissons son nom, sortit de cette boîte une lettre qu'il baisa avec transport; puis, revenant s'asseoir devant la table, il déplia le papier, et lut lentement comme s'il eût voulu graver éternellement dans sa mémoire ces quelques mots qui en formaient le contenu :

« Venez!... je suis prête!... Ce soir, à dix heures, je vous attendrai. »

Après être demeuré pendant un moment absorbé par la lecture de cette lettre, Maurice approcha la feuille de papier d'une chandelle de cire qui éclairait la chambre, et la fit mordre par la flamme qui la réduisit en cendres ; puis, comme si cette action eût rompu le lien qui entraînait sa pensée, il sembla plus calme, choisit patiemment d'autres papiers parmi ceux qui se trouvaient dans le tiroir, et les plaça sous son pourpoint.

Ce soin accompli, il vida dans ses poches le contenu d'une bourse pleine de louis, à l'exception de trois qu'il laissa sur la table, accompagnés d'un billet qu'il écrivit au maître de l'hôtel du Plat-d'Or, par lequel il l'informait que, appelé au dehors pour terminer une affaire, il se pouvait faire qu'il n'en revînt pas, et qu'en conséquence, il lui laissait de quoi se payer de ce qu'il croyait lui devoir.

Certain de n'avoir rien omis dans ces divers préparatifs, Maurice se leva, se coiffa d'un large chapeau de feutre noir, ombragé d'une magnifique plume de même couleur, puis jetant un manteau sur ses épaules, il éteignit la lumière, descendit avec précaution l'escalier de l'hôtel, de manière à n'être pas vu, ouvrit la porte extérieure, et s'élança dans la direction de la rue Saint-Honoré.

Tout était calme, et si notre homme désirait ne rencontrer personne dans le parcours du chemin qu'il avait à faire, il pouvait être sans inquiétude à ce sujet. Les rues étaient complétement désertes, et le silence n'était troublé que par le bruit du vent qui soufflait avec violence en s'engouffrant dans les ruelles étroites, où, de temps à autre, il amenait la chute de quelques vieux tuyaux de cheminées lézardées, tout en précipitant le balancement des enseignes de cuivre, au-dessus des boutiques des barbiers et des cabaretiers.

La neige qui tourbillonnait dans l'espace aveuglait Maurice, mais celui-ci ne songeait guère au temps qu'il faisait; enroulé dans son manteau, et son feutre rabattu sur son front, il continuait d'avancer en remontant la rue Saint-Honoré, jusqu'à ce qu'arrivé à la fontaine du Trahoir, il s'arrêta.

D'un regard prompt il embrassa les alentours de la fontaine, et, n'y trouvant personne, une expression d'impatience contracta son visage.

— Ne viendraient-ils pas, murmura-t-il avec dépit. Sang-Dieu! les étourdis m'auraient-ils manqué de parole!

Il interrompit son monologue à la vue de deux personnages, qui, côtoyant les murs, s'avançaient en toute hâte dans la direction de la fontaine. En cherchant à distinguer si c'étaient bien ceux qu'il attendait, il remarqua, lorsqu'ils ne furent qu'à une faible distance, qu'ils étaient accompagnés d'un troisième individu marchant derrière eux et réglant son pas sur les leurs.

Quelques secondes plus tard, les inconnus s'approchèrent de Maurice qui les salua, et leur dit en désignant l'homme qui était resté un peu à l'écart:

— Qu'est-ce que cela?

— Rassurez-vous, Maurice, répondit le plus jeune des deux, c'est Breton, mon valet; l'affaire peut être chaude, et j'ai pensé qu'un bras de plus pouvait être utile dans l'action.

— Mais êtes-vous sûr de cet homme, Rochefeuille?

— Comme de moi-même, répondit le jeune homme; demandez plutôt à Charolles?

— Breton est un garçon de courage, dit celui qu'on appelait de Charolles ; maintenant, continua-t-il, cher Maurice, excusez-nous de nous être fait attendre, et si vous êtes toujours décidé à tenter l'aventure, nous voici complétement à vos ordres.

— Merci, messieurs, fit Maurice en tendant la main à cha-cun des deux jeunes gens qui la pressèrent, et avec votre aide, je réussirai, j'en suis sûr. Vous êtes armés ?

— Sans doute, répliquèrent les deux hommes.

— En ce cas, marchons ! vous, Charolles, à côté de moi ; Rochefeuille, si vous m'en croyez, vous vous tiendrez à quelques pas de nous avec votre valet.

Chacun prit la place assignée par Maurice.

— Maintenant, en route et pas un mot ! recommanda ce dernier.

La petite troupe se mit en marche dans la direction du Marais.

Le personnage qui marchait à la droite de Maurice, et que nous avons entendu nommer de Charolles, pouvait avoir trente ans ; c'était un gentilhomme de haute mine, qui servait sous les ordres de M. de Condé, pour qui il professait la plus sincère admiration.

Compatriote de Maurice, c'est-à-dire originaire du Dauphiné, il avait offert au jeune homme, dès son arrivée à Paris, son amitié et son épée en cas de besoin ; jusqu'alors Maurice n'avait accepté que l'amitié, en échange de laquelle il avait mis au service de Charolles sa bourse amplement garnie.

Or, comme celui-ci y puisait souvent pour parer aux pertes qu'il éprouvait au jeu, sa passion dominante, considérait-il Maurice de Fresnay comme le gentilhomme le plus magnifique de France et de Navarre, et lorsqu'il vint solliciter son aide pour l'affaire dont il va être question, s'était-il empressé de se mettre à sa disposition.

L'autre personne, le chevalier de Rochefeuille, était un gentilhomme de famille puissante, que Maurice avait un jour tiré d'un mauvais pas, en se battant à ses côtés contre deux mousquetaires gris qui lui avaient cherché une querelle d'allemand. A partir de ce jour, le chevalier avait voué une vive affection à Maurice, dont il était devenu l'obligé; il n'attendait qu'une occasion de lui prouver qu'il était homme à reconnaître un service rendu.

Cette occasion ne tarda pas à se rencontrer : un matin, Maurice arriva chez lui pour lui demander s'il pouvait obtenir son concours dans une affaire périlleuse; il s'agissait de soustraire une femme qu'il aimait, à l'amour d'un rival.

Rochefeuille était jeune et plein de bravoure; il ne voulut pas en entendre davantage, et promit de le seconder de tout son pouvoir.

Maurice l'avait chaleureusement remercié, et lui avait donné rendez-vous pour le lundi suivant, le prévenant que de Charolles serait de la partie.

Comme on l'a vu, le rendez-vous avait été complet, et chacun avait tenu parole.

Tout en cheminant, Maurice réfléchissait aux mesures à prendre pour conduire son entreprise à bonne fin.

— Messieurs, dit-il en faisant une halte au moment de s'engager dans la rue Sainte-Avoie, il est temps que vous sachiez quel est le but de notre promenade par les rues de Paris : nous allons à l'hôtel d'Armenson.

— A l'hôtel d'Armenson, soit; dit de Charolles.

— A l'hôtel d'Armenson! répéta de Rochefeuille, avec une intonation de voix toute différente, et qui témoignait d'une profonde surprise; et qu'allons-nous faire à l'hôtel d'Armenson?

— Vous allez le savoir, reprit Maurice. En ce moment, on fête à l'hôtel, les fiançailles de Blanche d'Armenson, que j'aime et dont je suis aimé, avec un homme qu'elle abhorre et qui lui est imposé comme époux, par la volonté de son père, le comte d'Armenson. Décidée à résister à cet ordre barbare, Blanche a conçu le projet de se soustraire par la fuite à la persécution dont elle est l'objet, et, ce soir, dès que tout le monde dormira à l'hôtel, Blanche en sortira par la petite porte du jardin qui donne dans la rue de Braque.

— Un enlèvement! s'écrièrent à la fois Rochefeuille et de Charolles.

— Dites un sauvetage, messieurs, et vous aurez raison; au reste, si vos scrupules vous commandent de renoncer à me seconder, libre à vous; il en est temps encore. Seulement, apprenez le nom de l'homme qui lui est destiné...! Si, après cela, vous voulez vous retirer, je resterai seul pour accomplir le dessein que j'ai formé. — Cet homme, c'est...

Ici Maurice fit une pause.

— C'est? demandèrent les jeunes gens.

— C'est le vicomte de la Bérengeais, répondit Maurice, dont les yeux brillèrent d'un éclair de colère.

Le nom de la Bérengeais avait sans doute une grande puissance, car il ne fut pas plutôt prononcé, que les compagnons de Maurice sentirent naître en eux le plus grand désir de lui prêter main-forte.

— La Bérengeais! ah! le traître! s'écria de Charolles; quel plaisir j'aurais à me venger de son arrogance!

— Je donnerais ma terre de Saint-Martin-les-Hlliers pour le gratifier d'un bon coup d'épée! dit de Rochefeuille.

— Messieurs, reprit Maurice, en m'aidant à lui enlever la femme qu'il croyait épouser, nous nous vengeons tous trois, et vous me rendez un trésor que j'étais sur le point de perdre.

— C'en est assez, Maurice! répliqua de Charolles. Que faut-il faire? Rochefeuille et moi, nous sommes à vos ordres. N'est-il pas vrai, Rochefeuille? continua-t-il en s'adressant à son compagnon.

Celui-ci fit un geste d'assentiment.

— Écoutez bien ceci, reprit Maurice. Quand dix heures sonneront, une voiture tournera le coin de la rue des Quatre-Fils, et ira se placer à vingt pas du mur de l'hôtel; dès qu'une lumière brillera à la fenêtre du pavillon du jardin, la voiture s'avancera jusqu'à ce qu'elle se trouve près de la porte par laquelle doit sortir la jeune fille que j'attends, de façon qu'elle puisse y monter aussitôt.

— Êtes-vous sûr du cocher qui devra vous mener? demanda de Charolles.

7.

— Peu m'importe !

— Mais il me semble qu'il importe beaucoup, reprit de Charolles.

— Et nous, que faisons-nous dans tout ceci ? interrogea à son tour de Rochefeuille.

— Vive Dieu! messieurs, vous êtes trop prompts, répondit Maurice; attendez donc que j'aie fini de vous exposer mon plan pour le discuter.

— Nous ne soufflerons plus mot; parlez, dit de Charolles.

— Eh bien, sachez donc qu'il est convenu avec ce cocher que, lorsque la jeune fille sera montée dans la voiture et que j'aurai pris place à côté d'elle, il s'éloignera, et cédera la place à l'un de vous qui conduira, tandis que l'autre montera avec nous, jusqu'à ce que, arrivé au lieu de la retraite que j'ai choisie, nous renvoyions la voiture.

— Est-ce loin que vous pensez aller ainsi ? demanda encore Charolles, qui était devenu soucieux en écoutant le récit de son compagnon.

— A douze lieues de Paris environ.

— C'est bien, marchons ! fut la réponse de Charolles, qui, par son silence, semblait ne rien devoir objecter; mais, quiconque eût pu lire dans sa pensée, eût facilement reconnu qu'il n'approuvait pas les détails du projet.

On continua, néanmoins, d'avancer jusqu'à l'encoignure de la rue du Chaume; une fois là, Maurice, qui marchait quelques pas en avant de ses compagnons, plongea son regard dans la rue calme et déserte; une voiture stationnait devant la porte de l'hôtel d'Armenson ; c'était une grande berline de voyage, peinte en jaune, et attelée de deux vigoureux chevaux.

— Est-ce cela, votre voiture, Maurice ? demanda de Charolles.

— Non, répondit Maurice; c'est la voiture de la Bérengeais, je la reconnais. Il doit être en ce moment dans le salon du comte ; il nous faudra attendre qu'il soit parti pour agir.

— Tant pis, grommela de Charolles, j'eusse mieux aimé celle-là.

Maurice n'entendit pas ; il fixait du regard la croisée du pavillon où devait apparaître la lumière.

— Elle ne va pas tarder à descendre, se dit-il à lui-même ; puis s'adressant aux trois hommes qui l'accompagnaient.

— Messieurs, dit-il, voici l'heure qui arrive, dispersez-vous chacun à trente pas de distance environ, et lorsque la voiture que j'attends sera là, revenez tous vers la porte du jardin, de manière à empêcher qui que soit d'approcher.

Au même moment dix heures sonnèrent.

— Déjà, s'écria Maurice ! pourvu que la Bérengeais ne sorte pas en ce moment !

— Eh bien, et la voiture ? demanda Rochefeuille à Charolles.

— En effet, reprit Maurice, en pâlissant, il est dix heures, elle devrait être là.

— Mais elle n'y est pas !

— Elle va probablement arriver, reprit Rochefeuille ; au reste, je vais remonter la rue, et peut-être la rencontre-rai-je.

— Et moi je vais me placer sous l'auvent de cette vieille masure, dit Charolles, en désignant une maison dont le toit s'avançait démesurément sur l'alignement.

— Et moi, messieurs ? demanda le valet de Rochefeuille, qui jusqu'alors s'était contenté de suivre pas à pas son maître, en réglant sa marche sur la sienne, sans se préoccuper en aucune façon de l'affaire qui les amenait rue de Braque.

— Toi, dit de Charolles, viens avec moi.

— Attendez, messieurs, fit tout à coup Maurice, ne voyez-vous pas derrière la seconde fenêtre de ce pavillon une lumière qu'on vient d'y poser.

— Oui, certes.

— C'est elle !... elle va venir !... et la voiture qui n'est pas là !... Charolles... Rochefeuille... courez... non, restez plutôt, que faire !... Oh ! maudite voiture, si elle ne vient pas tout est perdu !... Écoutez, n'entendez-vous pas le bruit des roues ?

Chacun prêta l'oreille, mais la rue continuait à demeurer

dans le silence le plus profond, et on n'entendait que le piaf-
fement des chevaux de la berline qui s'ennuyaient probablement de la longueur de leur station à la porte de l'hôtel.

— Maurice ! exclama de Charolles, une idée ! puisque votre
damnée voiture vous a manqué de parole, pourquoi ne vous
serviriez-vous pas de celle qui est là?

— Comment? dit Maurice; de grâce expliquez-vous !

— Rien n'est plus facile; tandis que vous allez attendre
que la porte s'ouvre, Rochefeuille et Breton vont m'aider à
mettre le cocher de cette berline dans l'impossibilité de crier,
et cela fait, Breton prendra sa place, nous la ferons reculer
jusqu'ici, de manière que vous n'aurez plus qu'à monter dedans.

— Cela est impossible, répondit Maurice, le bruit ne man-
quera pas de révolutionner toute la maison, nous serons découverts.

— Soyez tranquille, je me charge de tout, et, une fois sur
le siége, malheur à qui s'opposera à notre départ.

— Il a raison, dit Rochefeuille, il n'y a que ce seul moyen
de sortir d'embarras, il faut en user; ma foi, continua-t-il,
je serai enchanté de jouer ce beau tour à la Bérengeais. Ah !
ah ! lui enlever sa femme dans sa propre voiture, cela est ra-
vissant ! sur mon honneur.

— Silence, cria Maurice, écoutez !

Et appuyant son oreille contre la serrure de la porte du
jardin, il entendit le bruit des pas d'une personne qui marchait dans le jardin; la neige craquait sous ses pieds.

— C'est elle, dit le jeune homme, dont le cœur battait avec
violence, la voici.

— Nous n'avons pas de temps à perdre, reprit de Charolles ; à nous la voiture ! Rochefeuille, venez avec nous; toi
aussi, Breton, viens, mon garçon; il s'agit de nous emparer
vivement de cette large cage jaune, et il vaut mieux l'attaquer tous ensemble.

Les trois hommes s'avancèrent vers la lourde voiture confiée à la garde d'un cocher qui tremblotait sur son siége, tandis qu'un domestique se tenait debout devant un des chevaux.

— Attention, dit Charolles à voix basse ; Rochefeuille à vous le valet, je me charge du cocher ; toi, Breton, sais-tu conduire ?

— J'ai été quinze mois cocher chez le duc de Saint-Germain.

— A merveille ! Eh bien, écoutez ; dès que nous serons près de la voiture, saute prestement sur le siége, et ne t'occupe pas du reste : prends les guides en main et tiens-toi prêt à conduire à l'endroit qu'on t'indiquera.

— C'est convenu, répondit Breton.

— Bien ! en avant.

Et joignant l'action à la parole, de Charolles s'élança sur le cocher et lui jeta son manteau sur la tête, tandis que Rochefeuille, surmontant la répugnance qu'il éprouvait à se battre contre un valet, saisissait celui-ci par le cou, et le maintenant d'une main ferme, l'empêchait de crier.

Pendant ce temps, Breton, suivant l'ordre qui lui en avait été donné par de Charolles, grimpait sur le siége et saisissant les guides, faisait reculer la berline jusqu'à la petite porte du jardin qui, depuis un moment, s'était ouverte, et devant laquelle se tenait une jeune fille enroulée dans une large pelisse, et dont la frayeur se traduisait par une pâleur livide.

Regardant avec terreur la berline conduite par Breton, elle allait demander une explication ; mais Maurice lui prenant la main, la fit monter précipitamment dans le carrosse et, s'asseyant auprès d'elle, cria à Breton : — Route de Saint-Germain.

Une seconde après, la voiture roulait à toute vitesse.

Une fois les fugitifs disparus, Charolles et Rochefeuille rendirent la liberté au cocher et à son camarade après les avoir fait pirouetter sur eux-mêmes, de façon à les étourdir et les empêcher de chercher à s'opposer à leur fuite ; puis ils s'esquivèrent, pensant, avec raison, qu'il valait mieux laisser partir Maurice sous la conduite de Breton, et rester à Paris afin de veiller aux événements que devait susciter la disparition de la jeune fille.

Soudain la porte de l'hôtel d'Armenson s'ouvrit, et le vicomte de la Bérengeais parut sur le seuil.

— Maroufles ! cria-t-il avec impétuosité, pourquoi la voiture n'est-elle pas là ?

Et comme les laquais ne répondaient pas...

— M'entendez-vous, drôles ! cria le vicomte en frappant du pied.

— Monseigneur, grâce, dit enfin le cocher avec un violent effort, de hardis voleurs viennent de s'en emparer sous nos yeux, après nous avoir roués de coups.

— Misérable, reprit le vicomte, le visage empourpré par la colère, que signifie cette fable ?

La mine piteuse des pauvres hères confirmait si bien la vérité des paroles de l'un d'eux que le vicomte ne jugea pas à propos d'aller plus loin dans son interrogatoire ; rentrant dans la maison, au milieu des serviteurs du comte d'Armenson qui se tenaient immobiles, un flambeau à la main, dans le vestibule, il remonta en toute hâte l'escalier qui conduisait au salon qu'il venait de quitter, tandis que le cocher et le valet de pied entraient, l'oreille basse, à l'office, en attendant les ordres de leur maître.

Laissons pour quelque temps le futur gendre et le beau-père se lamenter ensemble sur cette audacieuse entreprise, dont ils ne pouvaient se rendre compte, et suivons les deux jeunes gens dans leur fuite aventureuse, qu'ils considéraient comme une action toute simple et toute naturelle.

II

LE PREMIER RELAI

La voiture roulait avec rapidité, et Blanche, muette de terreur, n'avait pas encore proféré une parole.

Blottie dans l'un des angles de la voiture, elle n'osait faire un mouvement, et ses mains demeuraient glacées dans celles de Maurice qui, assis auprès d'elle, faisait tous ses efforts pour la garantir du froid, et ramener un peu de calme en son cœur.

La jeune fille avait besoin de faire appel à toute l'énergie de son amour, pour ne pas mourir de peur, en se voyant seule, au milieu de la nuit, avec un homme qui venait de l'arracher de la maison paternelle, en l'exposant aux dangers d'une poursuite immédiate.

Certes, lorsque Blanche avait accepté la proposition que lui avait faite Maurice, de se dérober par la fuite à l'hymen qui se préparait pour elle, elle avait dû songer aux suites qui pourraient résulter de son départ ; mais, ne connaissant d'autre horizon que celui qu'elle apercevait chaque matin, à son réveil, de la fenêtre de sa petite chambre de l'hôtel d'Armenson, elle n'avait pu se rendre compte de ce qu'était un voyage à deux, entrepris en bravant les lois de l'honneur et de la morale, et n'avait vu qu'un acte de mutinerie, là où il y avait une faute grave.

Mais lorsque son pied avait franchi le seuil de cette chambre, où elle laissait toutes ses illusions et ses croyances virginales pour s'élancer dans l'inconnu, elle avait senti des larmes rouler dans ses yeux, et maintenant que le sacrifice était consommé et qu'il n'était plus possible de rebrousser chemin, une frayeur mortelle s'était emparée d'elle, et elle se demandait si cette fuite nocturne était un rêve ou une réalité.

La voix de Maurice était impuissante à faire cesser son inquiétude, et cependant c'était celle de l'homme qu'elle aimait assez pour lui faire le sacrifice de sa réputation.

—Blanche, lui disait-il, Blanche, ne craignez rien ; nous avons franchi les limites de Paris, nous sommes libres maintenant, libres ! Comprenez-vous, Blanche, libres ! Oh ! Blanche ! mon bonheur est si grand que j'ai peine à le croire !... mais vous tremblez... vos mains sont froides, souffrez-vous ?

— Non, Maurice, mais j'ai peur.

— Rassurez-vous, avant qu'on soupçonne votre départ, nous serons déjà loin.

— Oh! Maurice! c'est bien mal d'abandonner ainsi sa famille et ceux à qui on doit respect et obéissance pour celui qu'on aime.

— Chère âme, n'ayez pas de regrets et laissez-moi, maintenant que je comprends combien je suis aimé, vous remercier de cet amour qui fait toute ma joie.

Les larmes avaient jailli des yeux de Blanche, qui ne pouvait maîtriser son émotion; mais les paroles du jeune homme et les protestations d'un amour inaltérable parvinrent à dissiper peu à peu ses craintes; confiante dans la loyauté et l'honneur de l'homme que son cœur avait choisi, elle s'abandonna sans réserve aux riantes espérances que lui exposait Maurice, qui voyait l'avenir à travers un voile d'or.

Malgré qu'on fût en plein hiver, les chevaux, aiguillonnés par le fouet de Breton, étaient couverts d'écume, et les arbres de la route semblaient fuir avec une incroyable rapidité; certes, il fallait que Breton connût à fond son métier de cocher, pour conduire ainsi, sur une route encombrée de neige, un semblable équipage, et n'eût été l'adresse qu'il déploya, la voiture eût culbuté vingt fois pour une.

Le point important était d'arriver à Saint-Germain; une fois là, nul doute qu'on ne trouvât des chevaux pour continuer la route qui restait à suivre, avant de gagner la retraite qui devait abriter les deux fugitifs.

Breton connaissait la ville; après avoir dépassé les premières maisons, il s'arrêta devant un hôtel de modeste apparence.

Les volets étaient fermés, et l'absence de toute lumière faisait supposer que tout le monde était couché depuis longtemps à l'auberge de l'*Ange d'argent*; mais à peine Breton, lestement descendu du siége, eût-il frappé à la porte, au-dessus de laquelle se balançait une enseigne en fer-blanc, représentant un gros ange bouffi s'enlevant dans un ciel d'azur, que les aboiements d'un chien se firent entendre et que peu d'instants après, un homme, coiffé d'un gigantesque bonnet de coton, se montra à l'une des fenêtres de l'hôtel.

Voyant de quoi il s'agissait, il se hâta de refermer la fenêtre et de descendre ouvrir la grande porte, afin de donner passage aux voyageurs. Et, tandis que les chevaux, attirés par l'odeur de l'écurie, se hâtaient d'entrer, l'aubergiste éveillait d'une voix sonore le garçon d'écurie et la servante, plongés tous deux dans les douceurs du premier sommeil.

Voyant tous ces préparatifs, Maurice dit à l'aubergiste, qui se tenait immobile devant lui en attendant ses ordres :

— Nous partons dans une heure, servez-nous promptement à souper et faites allumer du feu.

— Quoi! mon gentilhomme, répondit l'hôtelier, vous voulez vous mettre en route au milieu de la nuit? On voit bien que vous ne connaissez pas l'hôtel de l'*Ange d'argent;* si vous saviez combien les lits sont...

— Silence, bavard, et conduisez-nous.

L'aubergiste ne se fit pas répéter l'injonction, et il introduisit les deux jeunes gens dans une grande pièce éclairée par une seule chandelle; au même instant, la servante, encore à demi endormie, emplissait de bois l'âtre de la cheminée; bientôt un feu ardent permit à Blanche de réchauffer ses membres glacés.

— Ce n'est pas tout, reprit Maurice, en arrêtant l'hôtelier qui se disposait à aller préparer le souper, il me faut des chevaux.

— Ah! Jésus, fit celui-ci en levant piteusement les mains au ciel, il ne m'en reste pas un seul.

— Oh! mon Dieu, comment allons-nous faire? murmura Blanche.

Soudain, Maurice reprit la parole.

— En ce cas, faites donner double ration aux miens; d'ailleurs une heure de repos leur suffira, allez.

Et, congédiant l'aubergiste, le jeune homme se mit en devoir de raisonner sa compagne.

— Ne tremblez pas ainsi, Blanche, dans quelques heures nous serons à l'abri de toute poursuite, et les chevaux du vicomte pourront facilement nous conduire au lieu de notre retraite.

Au bout de dix minutes la porte se rouvrit, et l'hôtelier reparut chargé de vivres.

— Je crains que vous ne fassiez un maigre repas, mon gentilhomme, car il ne me reste que ce poulet, et, foi de Beauvais ! qui est mon nom, j'ai honte d'offrir si peu de chose.

— C'est plus qu'il n'en faut, mon brave, servez-nous, et veillez à ce que dans une heure nous puissions repartir.

Tout en se demandant comment il se pouvait faire qu'on préférât voyager la nuit plutôt que de se reposer à l'hôtel de l'*Ange d'argent*, Beauvais disposa le tout sur la table et se retira, laissant les deux jeunes gens seuls.

Tandis qu'avec l'insouciance de leur âge, ils font honneur au talent culinaire de maître Beauvais, en oubliant qu'ils étaient probablement poursuivis, — expliquons en quelques mots ce qui avait amené Blanche à fuir en compagnie de Maurice.

Blanche avait dix-huit ans.

Depuis un an elle avait perdu sa mère, la comtesse d'Armenson, qui l'aimait à l'adoration. Trop jeune pour demeurer confiée aux soins du comte, son père, dont la charge à la cour absorbait tous les instants, elle fut envoyée au couvent du Sacré-Cœur-de-Marie, où elle devait rester jusqu'à ce qu'elle eût atteint l'âge d'être mariée.

La supérieure du couvent, l'abbesse de Clermont-Vanel, cousine germaine du comte d'Armenson, avait promis de veiller sur elle avec toute la sollicitude d'une mère, et Blanche n'avait pas tardé à venir grossir le nombre des jeunes filles confiées à la garde de la digne abbesse, et qui appartenaient pour la plupart aux meilleures familles de France.

Mais on avait compté sans le caractère de Blanche; habituée à commander à l'hôtel d'Armenson, sous l'œil de sa mère qui l'aimait trop pour la contredire, elle éprouva, dès son entrée au cloître, une telle répugnance à se prêter à la discipline intérieure du couvent et une si profonde aversion pour les devoirs qu'elle avait à y remplir que, sur-le-champ, elle déclara à l'abbesse qu'elle ne se résoudrait jamais à vivre sous le toit hospitalier de la maison de Dieu.

Madame de Clermont-Vanel, en femme d'expérience, ne chercha pas à combattre de front la volonté de la jeune fille; elle lui déclara donc qu'elle n'avait nulle envie de violenter ses inclinations, mais que, cependant, désireuse de conserver chez elle sa parente, elle l'affranchirait très-volontiers de toutes les règles dont la sévérité lui paraîtrait trop rigoureuse, et elle termina en lui faisant comprendre, qu'en raison des concessions qui lui étaient faites, elle ne pouvait se dispenser d'y répondre par une certaine apparence de soumission.

Blanche comprit cela, mais, tout en assurant la supérieure de son respect pour ses ordres et de son désir de lui être agréable, en essayant de se plier aux exigeances de la vie religieuse, elle ne manqua pas de la prévenir que ce serait peine perdue, et qu'avant peu il lui faudrait retourner chez son père.

Or, Blanche n'ignorait pas que le comte d'Armenson n'avait consenti à se séparer de sa fille qu'à la condition que celle-ci n'y mettrait pas d'obstacles, n'entendant pas la renfermer malgré elle, et bien décidé à l'en retirer si elle en manifestait le désir.

Cette certitude de pouvoir, d'un instant à l'autre, reprendre sa liberté, fut la seule raison qui empêcha Blanche de s'opposer aux vœux de son père; elle entra donc au couvent, mais nous avons dit qu'elle se montra peu satisfaite de le connaître; aussi, six mois plus tard, le quittait-elle malgré les efforts constants de la supérieure, qui n'avait négligé aucun moyen de la faire revenir sur sa résolution.

Pendant ces six mois, un changement s'était opéré à l'hôtel d'Armenson : un nouvel hôte avait pris la place de Blanche après son départ : c'était Maurice de Fresnay, cousin de la jeune fille, que le comte avait accueilli chez lui, en attendant qu'il obtînt la casaque de mousquetaire.

Maurice était un gentilhomme de bonne mine ; Blanche ne manqua pas de le remarquer et de prendre plaisir à se trouver avec lui. Le comte, qui n'était plus dans l'âge des passions, avait oublié comment elles se manifestent au cœur des jeunes gens, et il ne s'apercevait, en aucune façon, de l'existence de celle qui commençait à s'allumer sous son toit ; bref, Maurice devint amoureux de Blanche, et celle-ci n'eut plus qu'une pensée dans la tête, qu'une image au cœur, celle de Maurice.

Cependant, ce n'était pas sans combat et sans hésitation que Maurice s'était laissé aller à donner tout ce que son âme possédait de tendresse et d'affection à Blanche ; il n'ignorait pas combien la pensée d'épouser la jeune fille devait rencontrer d'obstacles de la part du comte ; mais, malgré tous les bons raisonnements qu'il se faisait à ce sujet, l'amour avait été le plus fort, et il s'était livré tout entier au sentiment exquis qui avait pris possession de tout son être, tout en reconnaissant l'impossibilité de mener à bonne fin une passion que le comte n'excuserait pas.

Peu à peu, et au fur et à mesure que cet amour prenait racine en son cœur, il s'habitua à regarder Blanche comme sa fiancée, et le jour où il entendit parler, dans l'hôtel d'Armenson, du mariage de sa cousine avec le vicomte de la Bérengeais, il demeura anéanti sous le coup de la fatale nouvelle qui lui ordonnait de renoncer à tout espoir.

Bientôt le mariage fut chose arrêtée, et on s'occupa d'en fixer le jour.

C'était à peine si Blanche avait entrevu la figure du vicomte ; son père l'avait fait appeler un beau jour, et lui avait annoncé, sans aucun préambule, l'intention où il se trouvait de lui faire épouser M. de la Bérengeais.

Le lendemain, ce dernier était venu lui faire visite en présence de son père, et la chose avait été conclue.

Supplications, prières, tout fut inutile ; en vain Blanche manifesta le désir de retourner au couvent plutôt que d'épouser M. de la Bérengeais ; le comte d'Armenson demeura inébranlable dans sa résolution.

Il ne restait plus à la jeune fille qu'à obéir.

Un motif impérieux forçait Blanche à ne pas se soumettre : elle avait juré à Maurice de lui appartenir, elle ne pouvait accepter un autre époux.

Il fallait frapper un grand coup.

Après avoir averti Maurice de sa résolution d'instruire son père de l'amour qu'elle lui portait, Blanche, surexcitée par la gravité de la situation, proposa au jeune homme d'abandonner la maison paternelle et de se réfugier non au couvent du Sacré-Cœur-de-Marie, dont la supérieure était, nous l'avons dit, sa parente, mais chez les Dames Récollettes de Saint-Michel.

Maurice entendant la jeune fille lui parler de fuite, sentit tout à coup une idée subite traverser son cerveau.

Il la repoussa soudain, mais elle revint si pleine de tentation, qu'il en fit part à Blanche, en comprimant à peine les battements de son cœur.

Au lieu d'aller chercher un abri contre le mariage, derrière les murs du couvent des Dames Récollettes, pourquoi ne pas faire plus, une fois hors de l'hôtel d'Armenson?

Pourquoi ne pas partir en compagnie de Maurice, quitter la France avec lui, et devenir sa femme, malgré la volonté d'un père intraitable?

Aux premiers mots que Maurice prononça, Blanche y répondit par un cri d'effroi ; la hardiesse de la proposition lui sembla impossible, mais il lui montra tant de véritable attachement, et peignit en traits si éloquents l'horreur d'une séparation, que ne trouvant plus d'arguments à opposer à ceux qu'il invoquait, Blanche finit par consentir à suivre le jeune homme.

Avant de se résoudre à ce parti extrême. elle alla trouver son père, et lui fit part de la volonté de n'avoir d'autre époux que Maurice.

— Blanche, avait répondu le vieillard, j'ai accueilli sous mon toit non un ami, mais un voleur qui s'y est introduit dans le but de me voler mon trésor; or, pour qu'il ne puisse mettre son projet à exécution, il quittera ma maison dès au-

jourd'hui ; et quant à vous, dans huit jours vous serez vicom-
tesse de la Bérengeais.

Puis, sans vouloir même entendre Maurice qui essaya
de protester de l'ardeur de son amour pour Blanche, le
comte congédia le jeune homme en lui reprochant l'infamie
de son action.

— Je vous quitte, Blanche, dit Maurice à la jeune fille, en
la rejoignant au moment où, pour obéir aux ordres de son
père, elle rentrait dans sa chambre, qu'elle ne devait quitter
que pour marcher à l'autel avec la Bérengeais, mais j'emporte
votre promesse. Quelles que soient les suites de l'action que
je vais commettre, je m'y résigne ; je vais tout disposer pour
notre fuite ; demain matin, à l'heure de votre lever, si vous
consentez à me suivre, écrivez-moi l'heure à laquelle je de-
vrai vous attendre à la porte du jardin ; vous jetterez la lettre
au mendiant que vous verrez assis sur la borne que vous
apercevez de votre fenêtre.

— Maurice, dit Blanche, si demain mon père veut me forcer à épouser M. de la Bérengeais, je vous jure que vous
pourrez disposer de moi.

Le lendemain il fut annoncé à Blanche que l'on signerait
le contrat le même soir, à neuf heures.

Blanche n'hésita plus, elle écrivit la lettre que nous avons
vue au commencement de ce récit, entre les mains de Maurice, et jeta les yeux sur la borne.

Un homme misérablement vêtu et paraissant grelotter de
froid y était assis, tenant à la main un chapeau de feutre, dans
le but apparent de solliciter la charité des passants.

Blanche prit une pièce de monnaie, l'enroula dans la lettre,
et lança le tout par la fenêtre.

Argent et papier tombèrent dans le chapeau du mendiant
qui, comme s'il n'eût attendu que cela pour partir, mit le
contenu du chapeau dans sa poche, se leva et s'éloigna
vivement, songeant à peine à cacher sous les plis d'un
manteau en guenilles, le brillant ajustement qu'il portait en
dessous.

Ce mendiant, qui n'était autre que Maurice, jeta dans une

ruelle obscure, ses haillons, et, après avoir lu la lettre, se dirigea vivement vers les demeures de Rochefeuille et de Charolles, afin de les prier de l'aider dans son entreprise.

Le lecteur sait comment elle s'exécuta ; nous allons donc
retourner à Saint-Germain, auprès de Maurice et de Blanche,
que nous avons laissés à table à l'hôtel de l'*Ange d'argent*.

Le repas terminé, Maurice appela l'hôtelier.

— Maître Beauvais, dit le jeune homme, les chevaux sont-
ils prêts ?

— Oui, mon gentilhomme, vous pouvez descendre quand
il vous plaira.

— En ce cas, nous partons.

Et, jetant de l'or à l'aubergiste, Maurice, précédé de Blanche, se hâta de se diriger dans la cour de l'hôtel, au milieu
de laquelle se tenait Breton qui achevait de vérifier l'état des
ressorts de la berline du vicomte.

— Connais-tu la route qui mène à Meulan ? demanda-t-il à
ce dernier, de façon à n'être entendu que de lui.

— Oui, monsieur, répondit Breton.

— Bien ! en ce cas, conduis jusqu'à Meulan, et une fois
arrivés là, je t'indiquerai le chemin qui mène au château
d'Henricourt. En disant ces mots, le jeune homme fit monter
Blanche dans la voiture et se plaça auprès d'elle.

Breton s'élança sur le siége, fit claquer son fouet, et les
chevaux, quoique à regret, se décidèrent à obéir à leur con-
ducteur.

La lourde porte charretière se referma derrière l'équipage,
et bientôt les jeunes gens traversèrent Saint-Germain pour
gagner la grand'route.

III

LES INFORTUNES DE M. DE LA BÉRENGEAIS.

Le château d'Henricourt appartenait à la baronne de ce nom; c'était une femme de cinquante ans, alliée à la famille des Fresnay par le mariage de l'une de ses sœurs avec le frère de Philippe de Fresnay, père de Maurice, et qui avait pour ce dernier une tendresse toute maternelle, quoique le jeune homme eût refusé d'accepter l'offre qu'elle lui avait faite, de pourvoir à tous ses besoins et de lui assurer toute sa fortune après sa mort, à la seule condition de venir habiter avec elle le château d'Henricourt.

Maurice avait peu de goût pour la vie calme et tranquille du gentilhomme campagnard; aussi avait-il préféré venir chercher à Paris la protection de son oncle le comte d'Armenson, afin d'entrer dans la compagnie des mousquetaires du roi.

La baronne d'Henricourt ne connaissait le comte que de nom, et encore était-ce parce que Maurice, dès son arrivée à Paris, lui avait écrit les espérances qu'il nourrissait, et qu'il espérait voir se réaliser, grâce à l'appui de M. d'Armenson.

La baronne avait été bien peinée en voyant le projet qu'elle avait conçu, en faveur de son cher neveu, détruit par le fait de ce celui-ci; mais l'amitié qu'elle lui portait avait fait taire en elle tout autre sentiment, aussi se contenta-t-elle de lui reprocher sa folie, en l'informant que, si pareil à l'enfant prodigue, il se repentait un jour d'avoir mal compris son intérêt, il n'avait qu'à revenir au château pour y être reçu à bras ouverts.

Il est probable que longtemps encore Maurice serait resté sourd à la voix qui l'appelait loin de Paris, si lorsque, disposé à enlever Blanche, il chercha un asile où il pût cacher pendant quelques jours, aux yeux de tous, celle qu'il aimait, la pensée ne lui était venue de se réfugier avec elle au château d'Henricourt.

La bonne dame n'avait-elle pas toujours excusé ses faiblesses?

Evidemment, il était impossible de désirer un lieu de retraite plus approprié à la circonstance ; les gens du château étaient tous de vieux serviteurs, attachés depuis nombre d'années à leur maîtresse, et qui lui étaient dévoués ; la crainte d'un mauvais accueil était inadmissible.

D'ailleurs, sans révéler *ex abrupto* à la baronne le nom et la qualité de Blanche, Maurice ne pouvait-il pas bâtir quelque histoire de rencontre sur la route, de chaise brisée, qui expliquerait tout d'abord la présence de la jeune fille, sauf, plus tard, à avouer la vérité?

Ce fut à ce dernier parti que Maurice s'arrêta, et il se résolut à présenter Blanche d'Armenson à la baronne comme une jeune fille qu'il avait eu le bonheur de tirer de l'embarras dans lequel elle s'était trouvée, par suite du bris de sa voiture, en lui offrant l'hospitalité au château d'Henricourt, où lui, Maurice, se rendait pour embrasser sa vieille tante, et passer quelques jours avec elle.

Au fur et à mesure qu'on approchait du château, Blanche sentait l'inquiétude envahir son cœur, et bien que Maurice cherchât à la rassurer en lui promettant un accueil des plus empressés de la part de la baronne d'Henricourt, elle ne pouvait se défendre d'une certaine appréhension en considérant le rôle qu'elle allait être forcée de jouer, et la crainte d'être blâmée par la vieille dame lorsque celle-ci apprendrait la vérité, n'entrait pas pour peu dans la préoccupation qui absorbait sa pensée.

Après avoir dépassé Issou, la voiture quitta la grand'route, et, tournant à droite, s'engagea sur une magnifique avenue de tilleuls, dont les branches entrelacées, et couvertes de

8

neige, formaient une voûte cristallisée, sur laquelle se jouaient en miroitant les rayons de la lune qui brillait d'un éclat splendide.

A l'extrémité de l'avenue qui longeait le parc, se trouvait la place sur laquelle donnait la grille du château, à travers laquelle on apercevait les fenêtres hermétiquement fermées et veuves de toute lumière.

Il y avait longtemps que chacun dormait dans le vieux domaine. On était arrivé. Breton mit pied à terre et chercha le fil de la sonnette ; dès qu'il l'eût rencontré, il l'agita violemment et attendit.

Rien ne troublait le silence de la nuit dans l'intérieur des bâtiments.

— Ces gens-là ont le sommeil dur, s'écria Breton, en recommençant à carillonner avec énergie.

Bientôt les aboiements d'un chien se firent entendre, et une lumière brilla dans un petit pavillon attenant à la grille.

Quelques moments plus tard, un homme apparut, une chandelle à la main.

— C'est moi, mon vieux Laurent, cria Maurice ; ouvre-moi bien vite, et va prévenir ma tante de mon arrivée !

— Comment ! c'est vous, monseigneur? dit le bonhomme tout ébahi, à cette heure-ci, et sans nous avoir prévenus! Oh ! par exemple !

Et sans plus tarder il se mit en devoir de donner passage à la voiture qui alla stationner devant le péristyle du principal corps de logis.

Tout le monde fut sur pied, et un quart d'heure ne s'était pas écoulé, que Maurice était devant la baronne et lui présentait Blanche d'Armenson comme une victime de la maladresse de postillons inexpérimentés, qui avaient brisé sa voiture contre la borne d'un chemin de traverse.

Réveillée en sursaut par l'arrivée de son cher neveu, la baronne d'Henricourt accabla ce dernier de caresses, et, sans plus demander d'explications sur l'aventure soi-disant survenue à la jeune fille, elle approuva Maurice d'être venu à son aide, et de s'être montré, en cette occasion, ce qu'il était réellement, un homme courtois et serviable.

Blanche demanda la permission de se retirer dans la chambre que la baronne avait fait préparer dès son entrée. La fatigue du voyage et les émotions de la journée occasionnaient en elle le besoin de repos et le désir de rester seule avec elle-même, afin de se rendre compte de la situation dans laquelle elle se trouvait placée.

Maurice lui souhaita une bonne nuit en renouvelant l'expression de son respect et de son dévouement, et, après avoir embrassé la baronne, il gagna l'appartement qu'il avait habité tout le temps de son précédent séjour au château, en remettant au lendemain l'explication nécessaire à la relation véridique du but de son voyage à Henricourt.

Deux heures après l'arrivée des nouveaux hôtes au château, tout le monde dormait et la voiture du vicomte de la Bérengeais était remisée dans les communs.

Voyons maintenant ce qui se passait à Paris, depuis le départ de Blanche de la maison de son père.

A la vue de sa voiture disparue, le vicomte de la Bérengeais était remonté au salon dans lequel étaient rassemblés les amis du comte d'Armenson, et avait instruit ce dernier de l'embarras dans lequel il se trouvait.

Le comte avait offert à M. de la Bérengeais de passer la nuit à l'hôtel, mais celui-ci, transporté de colère, n'accepta qu'à la condition qu'il irait d'abord, et sur l'heure, chez M. le lieutenant de police, dont il était particulièrement connu, afin de l'instruire du mauvais tour dont il venait d'être victime.

Le comte fit mettre sa chaise à sa disposition, et bientôt la Bérengeais s'y installa.

Le cocher qui avait si maladroitement laissé enlever la voiture restée à sa garde et son camarade, le valet de pied, la portèrent, après toutefois que leur maître les eut avertis qu'il leur casserait sa canne sur les reins s'ils se permettaient de se plaindre et de le cahoter en route.

Il était dit que ce soir-là serait un soir d'infortune pour les serviteurs du vicomte de la Bérengeais.

A peine se furent-ils engagés dans la rue Sainte-Avoie, que l'un d'eux, trébuchant, fit un faux pas qui imprima une telle secousse à la chaise, que le vicomte se cogna avec force la tête contre la glace.

— Drôles, pendards! cria-t-il, en gesticulant, arrêtez, que je vous brise les os.

Les porteurs se gardèrent bien d'obéir à cet ordre, et continuèrent leur route sans prendre garde que deux hommes les suivaient silencieusement depuis leur [départ de l'hôtel d'Armenson.

En entendant la voix du vicomte de la Bérengeais, les deux hommes s'étaient rapprochés de la chaise, et bientôt la dépassèrent en la heurtant au moment où elle tournait le coin de la rue.

— Butors! cria l'un des deux hommes, qui n'était autre que Rochefeuille, ne pouvez-vous prendre garde aux gens qui marchent auprès de vous ; par la morbleu !... je ne sais ce qui me retient de vous châtier d'importance.

— Qu'est cela ? demanda le vicomte, en ouvrant la portière de la chaise; arrière, vous autres, continua-t-il en s'adressant à Rochefeuille et à son ami de Charolles.

— Vive Dieu! monsieur, baissez le ton ou je vous fais déguerpir de votre niche, en vous piquant un peu de la pointe de mon épée, répondit de Charolles.

Et le jeune homme, mettant sa main sur la chaise, la forçait de poser à terre.

— Manants! s'écria le vicomte, je vais vous bâtonner.

Et s'élançant vivement hors de la chaise, il se trouva devant les deux jeunes gens qui avaient rabattu leurs chapeaux sur leur visage.

— Tout doux, mon gentilhomme, ne savez-vous tenir une épée, que votre arme soit un bâton, demanda de Charolles.

— Une épée! qui donc êtes-vous?

— Gentilhomme comme vous, vicomte de la Bérengeais,

et quand mon épée vous aura couché par terre, je vous dirai
mon nom.

— Puisque vous savez mon nom, vous devez savoir aussi
que je ne puis faire l'honneur à un inconnu de croiser le fer
avec lui.

— A votre aise, vicomte ; seulement, en ce cas, je vous
préviens que je vais être forcé de vous tuer !

— C'en est trop ! en garde ! c'est vous qui l'aurez voulu.

Les laquais, muets de terreur, s'élançaient vers les deux
interlocuteurs, Rochefeuille les arrêta d'un geste, et, se reculant de deux pas en arrière, laissa le champ libre aux
combattants.

La rue, au milieu de laquelle se passait cette scène, était
plongée dans une obscurité que ne parvenait guère à dissiper la lumière douteuse de deux ou trois réverbères placés à
cent pas les uns des autres ; n'eut été la neige dont la blancheur réflétait ce peu de lumière, les ténèbres eussent été
complètes.

Cependant le vicomte et de Charolles avaient mis l'épée à
la main, et se chargeaient impétueusement à la lueur d'une
lanterne qui se balançait à la porte d'un tripot.

Bientôt le vicomte chancela, et, laissant tomber son arme,
il s'appuya contre la borne placée devant la maison.

— Secourez votre maître, dit Charolles aux laquais, il
n'ira pas ce soir à l'hôtel de M. le lieutenant de police. Partons, fit-il, en s'adressant à Rochefeuille.

— Nous nous retrouverons, monsieur, dit le vicomte, en
faisant un violent effort pour maîtriser la douleur qu'il ressentait.

— Alors, répliqua de Charolles, à notre prochaine rencontre je vous dirai mon nom !

Et, prenant le bras de Rochefeuille, Charolles disparut avec
lui.

— Maurice a toute cette nuit d'avance, dit-il à ce dernier,
lorsqu'ils furent à cinquante pas du vicomte, il a le temps de
gagner du chemin ; d'ailleurs, ajouta-t-il, je crois que le cher
vicomte aurait de la peine à courir après lui.

8.

— Oui, répondit Rochefeuille, vous avez eu la chance de tenir cet homme au bout de votre épée; maintenant c'est à mon tour, et plaise à Dieu que l'occasion s'en présente.

— Elle se présentera, soyez-en sûr... En attendant, rentrons, vous à votre hôtel et moi dans le mien, gardez le plus grand silence sur les aventures de cette nuit, et dès que vous saurez quelques nouvelles pouvant intéresser l'affaire de Maurice, venez m'en faire part, afin d'aviser ensemble.

— C'est convenu, à bientôt.

— A bientôt.

Et les deux hommes se séparant, prirent chacun la direction de leur demeure respective.

Pendant ce temps, le vicomte de la Bérengeais, le bras enveloppé, avait été replacé, par les soins de ses laquais, dans la chaise, et ceux-ci rebroussant chemin, se hâtèrent de retourner à l'hôtel d'Armenson, tout en marchant avec précaution afin d'éviter des secousses au vicomte qui, à chaque instant, criait qu'on l'assassinait, tant la fatigue du transport enflammait la blessure que lui avait faite l'épée de Charolles.

Disons en deux mots quelles étaient les raisons qui déterminaient l'inimitié qui régnaient entre celui-ci et le vicomte, inimitié que semblait partager si vivement Rochefeuille.

Le vicomte était gouverneur de la Saintonge; en cette qualité, il avait le commandement des troupes formant la garnison de Saintes.

Or, de Charolles qui était capitaine d'une compagnie de l'armée de Condé, avait été pendant six mois sous les ordres du vicomte, qui l'avait, un jour, gravement insulté, en lui reprochant devant une partie des officiers du régiment, la mauvaise tenue de ses hommes et l'incapacité qu'il montrait dans l'exercice de son commandement.

De Charolles, piqué au vif, avait dévoré l'affront; mais ayant, peu de temps après, donné sa démission de capitaine, pour entrer dans les gardes de la porte, il jura de faire payer cher au vicomte son offense.

En blessant assez gravement celui-ci, il venait d'acquitter

une partie de la dette qu'il prétendait avoir contractée envers lui.

Il espérait s'en libérer complément.

En attendant, il se sentit si joyeux du coup d'épée qu'il avait donné, qu'au lieu de rentrer chez lui, après ce bel exploit, il s'arrêta dans la rue Saint-Honoré, et résolut de finir la nuit dans le tripot où il venait régulièrement vider sa bourse chaque fois qu'elle contenait une certaine quantité de pièces d'or.

De Rochefeuille puisait dans un autre motif la haine cordiale qu'il portait au vicomte.

Une rivalité d'amour l'avait fait naître.

De Rochefeuille, fort avancé dans les bonnes grâces d'une grande dame, la marquise de Châteauneuf, dont la rare beauté faisait tourner toutes les têtes, s'était vu, un beau jour, nettement éconduit, alors qu'il soutenait à la marquise avoir vu entrer chez elle le vicomte de la Bérengeais.

Et c'était le vicomte lui-même qui, sortant d'un cabinet où il s'était tenu caché jusque-là, avait insolemment prié de Rochefeuille de lui laisser le champ libre, en le menaçant de le jeter par la fenêtre s'il refusait de lui obéir.

Furieux, de Rochefeuille avait tiré son épée, mais avant qu'il eût fait un mouvement, deux domestiques s'étaient, sur l'ordre de la Bérengeais, précipités sur lui, tandis que le vicomte rentrait froidement dans le salon où le suivit la dame, qui jugea à propos de s'y évanouir.

Obligé de céder la place, de Rochefeuille s'en était allé la rage au cœur.

On comprend le plaisir qu'il avait dû éprouver en aidant Maurice à enlever au vicomte la femme qu'il espérait épouser.

Maurice pouvait être certain que les deux amis ne négligeraient aucune occasion de contrecarrer les projets de son rival.

En agissant pour lui ils satisfaisaient en même temps leur vengeance personnelle.

Cependant, tout en jetant les hauts cris, le vicomte avait été ramené à l'hôtel d'Armenson.

Bientôt toute la maison fut sens dessus dessous.

— Comment, mon cher vicomte, vous avez été traité de la sorte, s'écriait le comte d'Armenson, stupéfait de l'audace des malfaiteurs qui n'avaient pas craint de s'attaquer à un gouverneur de province; mais cela est incroyable! Dans quel temps vivons-nous, bon Dieu! pour être exposé à se faire tuer ainsi dans les rues de Paris.

— Ah! les pendards, fit le vicomte; je vous jure, mordieu, que je les ferai rouer en place de Grève.

— Mais aussi pourquoi aller croiser l'épée avec des bandits, des...

— Ils m'ont dit être gentilshommes.

— Des gentilshommes, allons donc! cela n'est pas possible.

Tout en discourant, le vicomte ne cessait de se plaindre et de gémir.

— Voyons, dit M. d'Armenson, en se mettant en devoir de prodiguer tous les soins imaginables à son futur gendre. Calmez-vous, je vous disais bien de passer la nuit tranquillement ici, sans courir chez M. le lieutenant de police, que diable! il eût été bien temps demain matin.

— De grâce, ne me parlez plus de tout cela, car il me semble que je suis la victime de quelque complot dirigé contre ma personne!

— Vous n'y pensez pas! qui voulez-vous?...

— Eh! que sais-je moi! en attendant voici mon mariage, avec votre charmante fille, retardé. Vive Dieu! je suis d'une colère épouvantable!

Soudain, un chirurgien qu'on avait fait appeler fit son entrée dans la pièce où on avait transporté le blessé.

Son premier soin fut de demander du linge.

— Qu'on prévienne bien vite Blanche, s'écria M. d'Armenson, elle seule a la clef des armoires où on peut en trouver.

Une fille de service se dirigea vers la chambre de la jeune fille.

— Ne craignez-vous pas que mademoiselle d'Armenson ne prenne pas une part trop vive à l'accident dont je suis victime, vous auriez peut-être dû ne pas l'en instruire.

— Vicomte, ma fille doit être votre femme, et son devoir est d'accourir auprès de vous, lorsque ses soins vous sont nécessaires.

La femme de chambre revint.

— Mademoiselle n'est pas dans sa chambre, dit-elle au comte ; j'ai frappé à la porte à plusieurs reprises et elle ne m'a pas répondu.

— Vous êtes folle.

— Que Monseigneur m'excuse, mais pensant que mademoiselle lisait, ou s'était couchée ainsi qu'elle le fait quelquefois, sans vouloir de mes services, je suis entrée, et...

Elle s'arrêta en hésitant.

— Eh quoi ! fit le comte, voyons ! parle ?

— Et mademoiselle n'était pas là.

— Eh bien ! sotte, qu'est-ce que cela prouve : qu'elle était probablement dans une autre pièce, appelez-la et soyez prompte.

Blanche voyageait sur la route de Saint-Germain, il était donc impossible qu'on la trouvât à l'hôtel d'Armenson.

Impatienté, le comte se dirigea lui-même vers la chambre à coucher de sa fille, il en ouvrit la porte.

Une bougie brûlait sur un guéridon.

Une lettre était posée auprès.

— Qu'est cela ? se demanda le comte.

Et machinalement il prit la lettre entre ses mains, et jeta les yeux sur sa suscription.

« A mon père le comte d'Armenson, » lut-il.

— Une lettre pour moi ! qu'est-ce que cela signifie ?

Et il brisa précipitamment le cachet.

Voici ce que contenait la lettre :

  « Mon bon père ,

» Ne me maudissez pas et pardonnez ma désobéissance à » vos ordres. Je vous ai dit que je ne serai jamais la femme » du vicomte de la Bérengeais, et que mon cœur appartenait » à Maurice ; c'est avec lui que je pars librement, en plaçant

» mon honneur sous la sauvegarde de l'amour qu'il a pour
» moi. Je n'ai pas eu le courage de mourir, que Dieu me
» pardonne d'avoir eu celui de fuir votre présence. »

A la lecture de cette lettre, le comte se crut le jouet d'un
rêve. Il revint vers M. de la Bérengeais.

— Ma fille! ma fille! il me l'a volée, s'écria-t-il, en froissant convulsivement le papier! Oh! c'est infâme!

Et le vieillard se laissa tomber, en gémissant, sur un siége,
et en se cachant le visage de ses deux mains.

IV

UNE PERQUISITION

Huit jours s'étaient écoulés; or, pendant ces huit jours,
les recherches actives ordonnées par le comte d'Armenson et le vicomte de la Bérengeais n'avaient produit aucun
résultat.

Il ne vint pas un seul instant au père de Blanche, la pensée
qu'elle fût cachée chez la parente de Maurice, la seule personne au monde qu'il eût dû soupçonner.

Il est vrai que ce fut peut-être pour cela qu'il ne la soupçonna pas.

Était-t-il probable que les fugitifs se cachassent si près de
Paris?

Quoi qu'il en fût, les jeunes gens ne furent nullement inquiétés au château d'Henricourt.

Maurice avait été obligé d'avouer la vérité à sa tante, lorsque celle-ci l'avait engagé à reconduire dès le lendemain de son arrivée la jeune personne qui l'accompagnait au château qu'elle était, soi-disant, habiter dans les environs.

Or, quoique la baronne eut toujours un trésor d'indulgence à la disposition de son neveu, elle fit un soubresaut en apprenant que la prétendue voyageuse dans l'embarras, n'était autre qu'une jeune fille enlevée.

— Mais, malheureux enfant, tu veux donc me faire mourir de chagrin ; ne sais-tu pas que c'est un crime que tu as commis là ? Et cette petite folle, qui se laisse ainsi enlever ! Elle est charmante avec cela ! mauvais sujet, va ! Oh ! je ne te pardonnerai jamais.

— Ma bonne tante, hasarda Maurice en la câlinant du geste et du regard.

— Oui ! oui ! garnement, cajole-moi bien, maintenant que tu as besoin de moi ; et moi qui pensais que tu étais revenu à Henricourt uniquement pour me voir.

— Oh ! ma tante, croyez bien que mon cœur n'a jamais cessé de vous aimer, et....

— Mais enfin, vaurien ! comment vas-tu te tirer du mauvais pas dans lequel tu t'es plongé ! Voyons, que comptes-tu faire ? Tu ne peux rester caché ici longtemps sans être découvert... Oh ! mon Dieu ! mon Dieu ! quelle folie ! Mais, Monsieur, c'est fort mal, ce que vous avez fait là, et si feu le baron, votre oncle, vivait, il serait le premier à remettre la jeune fille entre les mains de ses parents ; car enfin, elle le mérite. On ne se laissait pas enlever ainsi de mon temps.

— Ma tante, si vous saviez combien elle m'aime...

— Jour de Dieu ! mon neveu, croyez-vous donc que je n'aimais pas feu M. le baron ?

— Mais, ma bonne tante, personne ne s'opposait peut-être à votre union avec lui, et il n'eut pas besoin de vous proposer un enlèvement.

— Vous vous trompez, monsieur, il me le proposa ; d'ailleurs est-ce qu'on ne propose pas toujours ces choses-là aux jeunes filles !

— Alors, vous voyez bien, ma tante.

— Taisez-vous, monsieur, on les refuse.

— En ce cas, ma tante, mademoiselle d'Armenson serait aujourd'hui la femme de M. le vicomte de la Bérengeais, et je n'aurais plus qu'à me passer mon épée au travers du corps.

—Comment, la jeune fille que tu as amenée ici est...

— Mademoiselle d'Armenson : oui, ma tante.

— Ah! s'écria la baronne, en donnant tous les signes de la plus grande agitation, en voici bien d'une autre! Comment, la fille du comte, de ton bienfaiteur, de... Ah! par ma foi, j'étais loin de m'attendre à une pareille chose. Ce n'est pas que je plaigne ce d'Armenson, car je n'ai jamais pu le souffrir.

— Oh! ni moi non plus!

— Mais ce n'était pas une raison pour lui jouer un semblable tour. Oh! par exemple, je voudrais bien savoir quelle figure il fait en ce moment, il doit être furieux. Lui qui regardait les Fresnay avec tant de hauteur.

Et la bonne dame se mit à rire, malgré l'air de sévérité avec lequel elle affectait de parler à Maurice.

Le jeune homme comprit qu'il était presque pardonné: il redoubla de câlineries, alla chercher Blanche, qui se jeta à ses genoux en rougissant, et bientôt il demeura convaincu qu'il avait dans la personne de la baronne une alliée qui les défendrait tous deux de tout son pouvoir.

Restait à savoir la conduite qu'il conviendrait de tenir.

Le premier soin de la baronne avait été de mettre les gens du château dans le secret, sûre d'avance qu'ils se feraient tuer plutôt que de le révéler.

Ceci fait, on délibéra.

Il fut convenu que Blanche demeurerait au château d'Henri-court, mais à la condition expresse qu'elle resterait confinée à l'intérieur, et que, jusqu'à ce qu'il fût possible d'entrer en arrangement avec le comte d'Armenson, elle ne se montre-rait à âme qui vive, se gardant même de se promener du côté du parc donnant sur la grand'route, de peur d'être re-connue par les gens qui y passaient, venant de Paris.

Quant à Maurice, il irait sans plus tarder solliciter de M. de Grammont, vieil ami de la baronne, une sous-lieutenance qu'on ne pourrait lui refuser, de façon à ne pas attirer, par sa présence au château, les soupçons de ceux qui se chargeraient de rechercher la jeune fille.

Chacun souscrivit à cet arrangement conseillé par la prudence, seulement, Maurice qui savait à l'avance que le comte ne lui pardonnerait jamais l'enlèvement de sa fille, s'opposa à ce que personne essayât de le faire consentir à un mariage qu'il n'autoriserait jamais, et déclara qu'il voulait bien s'éloigner pendant le temps qui serait probablement employé aux recherches, mais qu'ensuite son intention était de passer en pays étranger, afin d'y épouser bel et bien celle qu'il avait su tirer des mains de son père.

Une séparation allait donc désunir les deux jeunes gens.

Blanche, tout en reconnaissant la nécessité de se soumettre à cette disposition, ne pouvait y penser sans s'en affliger.

Seule avec la baronne dans ce vieux château, servie par des gens inconnus, elle se trouvait si complétement dépaysée qu'elle était pour ainsi dire frappée de consternation.

Elle commençait à avoir peur de l'avenir.

Et cependant l'accueil qu'elle avait reçu de la part de la baronne était loin de devoir lui inspirer de folles terreurs, puisque celle-ci faisait au contraire tout ce qui dépendait d'elle pour l'aider à se dérober à l'autorité du comte d'Armenson.

Puis Maurice était auprès d'elle.

Et quand l'homme aimé est aux côtés de celle qu'il aime, qu'a-t-elle à craindre et à redouter?

Or, on était arrivé au jour fixé pour le départ de Maurice.

Déjà celui-ci, après avoir fait ses adieux à sa tante, se préparait à prendre congé de la jeune fille.

Mais elle n'avait pu retenir ses larmes, et, prenant les mains du jeune homme, elle le conjura de ne pas la laisser seule.

— Blanche, lui répondit Maurice, faisant un violent effort sur lui-même pour maîtriser son émotion, que craignez-vous? ma tante n'a-t-elle pas promis de veiller sur vous, comme je le ferais moi-même; soyez sans inquiétude,

9

laissez-moi seulement me montrer à Versailles, et dès que chacun sera bien convaincu que je n'ai pu prendre part à votre enlèvement, je reviendrai près de vous, chère Blanche, et cette fois ce sera pour toujours.

— Mais, si on allait vous arrêter ?

— Allons donc ! n'ai-je point cessé de fréquenter l'hôtel d'Armenson depuis le jour où votre union avec le comte de la Bérengeais fut convenue ; croyez-moi, ma Blanche, il n'y a rien à craindre, bientôt nous serons définitivement unis ; en attendant tenez-vous bien cachée, et je défie qui que ce soit de mettre obstacle à notre prochain bonheur.

La jeune fille allait répondre lorsque le bruit de plusieurs chevaux se dirigeant vers la grille du château attira soudain son attention.

Bientôt des pas précipités se firent entendre dans la pièce voisine de celle où se tenaient les deux jeunes gens.

Et un vieillard portant la livrée d'Henricourt ouvrit précipitamment la porte.

— Qu'y a-t-il donc ? demanda Maurice.

— Venez, venez ! leur cria le vieux serviteur en leur montrant une longue galerie qui établissait une communication entre le corps de logis où ils se trouvaient, et la partie du bâtiment affectée aux communs.

— Mais, encore, explique-nous ?

— De grâce, le temps presse, vous n'avez pas un instant à perdre ; suivez-moi, si vous ne voulez être découverts par les gens qui viennent d'arriver ici et qui vous cherchent.

— Oh ! mon Dieu ! mon Dieu ! nous sommes perdus, s'écria Blanche avec terreur.

— Ne craignez rien, mademoiselle, vous ne courrez aucun danger si vous voulez bien vous fier à moi.

— Marchons donc, dit Maurice.

Et prenant la main de la jeune fille, il sortit avec elle précédé de Dominique ; celui-ci les conduisit autour de la galerie, descendit un escalier, traversa une cour.

— Catherine, cria-t-il en passant devant la lingerie, monte avec nous.

Une femme d'une cinquantaine d'années accourut, et bientôt tous les quatre arrivèrent à la chambre qu'habitait le vieux domestique.

— Mais, c'est ta chambre, celle-ci, dit Maurice, je la reconnais.

— Oui, monsieur le chevalier.

— Et pourquoi nous y amènes-tu? nous crois-tu donc plus en sûreté ici qu'ailleurs?

— Je le crois, monsieur le chevalier, mais une autre raison m'y oblige; les gens qui vous cherchent peuvent passer la nuit au château et il ne faut pas que vous y restiez.

— Oh! mon Dieu! fit Blanche, où allons-nous donc aller?

— Rassurez-vous, mademoiselle; M. Maurice sait bien qu'à la ferme des Charmettes vous serez parfaitement à l'abri de toute recherche.

— Sans doute, reprit Maurice, tu m'y fais penser.

— Oui! mais pour cela...

— Eh bien?

— Pour cela, il faudrait que mademoiselle consentît à échanger son costume contre celui de Jacques, mon fils, afin que personne ne la vît traverser le pays, vêtue en demoiselle, et que vous-même, vous prissiez mon manteau et mon chapeau.

— Tu as raison, mais?

— Il le faut!

— Comment? exclama Blanche.

— Il y va de notre sûreté, Blanche.

La jeune fille parut hésiter un moment.

Catherine, la femme de Dominique, joignait les mains.

— Mon homme aime bien M. le chevalier, et, croyez-le, mademoiselle, ce qu'il vous conseille est une bonne mesure de précaution.

— Allons, fit enfin Blanche, puisqu'il le faut, donnez-moi ces habits.

— Merci! Blanche, dit Maurice, habillez-vous donc tandis que Dominique et moi nous ferons le guet dans le corridor.

— J'obéis, répondit la jeune fille.

Les deux hommes sortirent.

Catherine tira d'une armoire le costume complet d'un jeune homme de seize à dix-huit ans, et aida mademoiselle d'Armenson à le revêtir.

Ce fut avec le sourire aux lèvres que celle-ci opéra sa métamorphose, le travestissement qu'elle opérait lui paraissait une si bizarre chose, qu'elle ne pouvait s'empêcher de plaisanter elle-même sur sa nouvelle mine.

—Eh bien, bonne femme, comment me trouvez-vous ainsi? demanda-t-elle à Catherine dès que sa toilette fut terminée.

— Ma fine, sous ces habits de paysan, vous avez toute la tournure d'un gentilhomme, vous paraissez toute résolue et toute décidée.

— Maurice, cria-t-elle en battant des mains, venez.

Le jeune homme rentra et poussa un cri de surprise.

— Mais vous êtes ravissante ainsi, lui dit-il.

Blanche allait répondre, mais Dominique ne lui en donna pas le temps.

— Partons, fit-il en entrant à son tour, il est temps.

— Et que Dieu vous accompagne, ajouta Catherine.

Dominique passa devant eux, et descendit un petit escalier de service, suivi des deux jeunes gens.

On se trouva devant une petite porte qui ouvrait sur la campagne.

Un quart-d'heure plus tard, on arrivait à la ferme des Charmettes.

Pendant ce temps, un homme d'une soixantaine d'années, portant le cordon de l'ordre et ayant tous les dehors d'un gentilhomme de haut rang, entra dans le salon que venaient d'abandonner Blanche et Maurice.

C'était le comte d'Armenson.

Sur l'invitation de la baronne, qui l'accompagnait, en lui faisant avec une froide dignité les honneurs de chez elle, il s'assit après l'avoir courtoisement saluée.

La baronne en fit autant et sembla attendre que le visiteur voulût bien lui apprendre le motif de l'honneur qu'il lui faisait en la venant voir.

Celui-ci commença par interroger d'un regard scrutateur la physionomie de la maîtresse du lieu, et soit qu'il eût hâte de savoir si la tranquillité et le calme qui s'y lisaient étaient affectés, soit au contraire qu'il voulût au plus vite être certain que la baronne était incapable de dissimuler à ce point, il se résolut à aborder la question de front.

— Baronne, lui dit-il, j'ai pour habitude en toutes choses d'aller toujours droit au but.

— C'est d'un caractère franc et loyal, monsieur le comte, répondit la marquise avec un sourire de bonhomie.

— Oui, répliqua le comte impatient, et voici de quoi il s'agit : j'ai un neveu qui est quelque peu votre parent, madame, M. Maurice de Fresnay.

— En effet, je suis sa grand' tante, par alliance, et si la visite dont vous m'honorez a trait à lui, et qu'il soit encore question de quelque nouvelle folie de sa part, n'espérez, en aucune façon, m'intéresser à lui.

— Morbleu, madame, si quelqu'un a à se plaindre de lui, c'est moi.

— Comment cela ?

Le comte hésita un moment, se demandant si la baronne était ou non la complice de Maurice.

Dans le doute, il jugea prudent de ne pas essayer de jouer au plus fin.

— Madame, reprit-il, vous allez le savoir ; M. Maurice, que j'ai admis chez moi comme mon enfant, m'a lâchement volé.

— Que dites-vous, monsieur le comte? j'ai mal entendu?

— Oh ! rassurez-vous, ce n'est pas de l'or qu'il m'a pris, car, s'il eût fait cela, il n'eût commis qu'un crime, et c'est une infamie que je lui reproche.

— De grâce, monsieur, expliquez-vous.

— Oui, madame, il m'a volé le cœur de Blanche, mon unique enfant, et après être parvenu à lui faire partager la coupable passion qu'il prétendait ressentir pour elle, il en est

arrivé à lui faire oublier ses devoirs de jeune fille, à ce point
de fuir avec lui la maison paternelle.

— Oh ciel ! que m'apprenez-vous là ?

— Ce que vous savez peut-être, car Maurice, accompagné
d'une enfant volée à son père, n'a pu trouver un asile ou une
retraite que chez un parent assez faible pour abriter le crime
sans en rougir, ou assez insensé pour croire qu'il parvien-
drait, à l'aide d'une complaisance coupable, à tenir les fugitifs hors de la juste vengeance d'un père irrité.

— Comte !

— Or, madame, toutes les recherches faites jusqu'à ce
jour chez les personnes que je supposais avoir pu prêter les
mains à une semblable action sont demeurées infructueuses ;
c'est donc ici que doivent être réfugiés M. de Fresnay et
celle que je ne dois plus nommer ma fille, et je viens vous
prier de les remettre tous deux entre mes mains.

— Est-ce une gageure, monsieur le comte ? Avez-vous parié
qu'abusant de mon isolement et de mon âge, vous vous ar-
rogeriez le droit de m'insulter impunément ?

— Madame !

— Comme vous, monsieur, je déplore et je blâme l'action
commise par Maurice, mais cela n'autorise pas la dureté des
expressions dont vous venez de vous servir ; j'ignorais avant
votre arrivée l'événement dont vous avez bien voulu m'entretenir, mais, je vous le déclare, si Maurice, mon neveu,
était venu se placer sous la sauvegarde de mon amitié pour
lui, et que j'eusse été assez faible ou assez insensée, vous
l'avez dit, pour le recevoir chez moi, il n'en sortirait que
librement et volontairement.

— Je suis le père de celle qu'il a déshonorée, madame, et,
comme tel, j'ai le droit de me saisir d'elle partout où je la
rencontrerai.

— Oui, mais vous n'avez pas celui de suspecter quiconque
ne vous a donné aucun motif de suspicion.

— Baronne, reprit le comte, décidé à en finir, il est inutile
de discuter sur ce point ; je vous l'ai dit, je marche droit au
but, or, je vous soupçonne d'avoir reçu chez vous ceux que

je cherche, et une dernière fois, je vous prie, en m'excusant toutefois d'avoir été tout à l'heure un peu vif, j'en conviens, de me faire connaître le lieu où ils se trouvent.

— Mais, je l'ignore comme vous, monsieur.

— Alors, madame, j'en suis désolé, mais je vais, aidé des gens qui m'accompagnent, parcourir moi-même chacune des pièces de ce château, et...

— Comment, vous oseriez...

— Oui, madame, et j'espère bien que vous ne me forcerez pas à en venir à cette fâcheuse extrémité.

— Mais, en vertu de quel ordre osez-vous pénétrer ainsi chez moi ?

— De celui du roi, madame.

— Du roi !

— Oui, madame, lisez.

Et le comte, tirant de sa poitrine un parchemin, le mit sous les yeux de la baronne, tout en le lisant à haute voix :

« Nous, Louis, par la grâce de Dieu, roi de France et de
» Navarre, voulant aider de tout notre pouvoir notre féal et
» ami le comte d'Armenson, à rechercher la demoiselle sa
» fille, Blanche d'Armenson, qui s'est enfuie de son hôtel,
» l'autorisons à faire des perquisitions chez toutes les per-
» sonnes qu'il soupçonnera l'avoir recueillie. »

— Vous le voyez, madame, j'ai pris mes mesures, et le plus sage parti à prendre par vous est de m'avouer bien sincèrement la présence des fugitifs ici.

— Monsieur, reprit aigrement la baronne, froissée par la dure nécessité où elle se trouvait d'obéir, puisque vous avez pris des mesures qui vous permettent de violer le domicile d'une femme seule et sans défense, usez donc du pouvoir que vous donnent les ordres dont vous êtes porteur.

Et, faisant une révérence au comte, elle le laissa au milieu du salon et se retira dans sa chambre à coucher.

— Mon Dieu, se disait-elle, en plongeant un regard inquiet sur le parc qu'elle voyait de sa fenêtre, pourvu qu'ils aient eu le temps d'arriver à la ferme.

Mais, soudain, reprenant tout son sang-froid afin de dépister les soupçons du comte, elle s'assit tranquillement devant le feu, laissant M. d'Armenson et son escorte visiter à leur aise toutes les parties du château.

Ce dernier n'hésita pas.

Appelant auprès de lui les domestiques de la baronne, il les somma de déclarer s'ils avaient connaissance de l'arrivée des deux hôtes qu'il poursuivait.

Ceux-ci jouèrent l'étonnement à qui mieux mieux, et force fut au comte de chercher lui-même, guidé par l'un des serviteurs, si le château recélait ou non les deux coupables.

Mais, bien qu'il poussât ses investigations jusqu'à la minutie, ouvrant toutes les portes et ne laissant aucune chambre inexplorée, il ne trouva rien qui pût le mettre sur la trace des jeunes gens.

Il arriva enfin devant la porte d'un petit pavillon caché au fond du parc.

— C'est là qu'ils doivent être, s'écria-t-il, en se frappant le front !

Et il entra.

Le pavillon était vide.

C'était sa dernière lueur d'espoir qui s'envolait.

Il n'y avait plus qu'un parti à prendre, celui de se retirer. Ce fut ce qu'il fit.

Lorsqu'il voulut se présenter de nouveau devant la baronne pour lui présenter ses excuses, celle-ci refusa de le recevoir, à moins, lui fit-elle répondre, que les ordres du roi dont il était nanti ne l'y obligeassent.

Dépité par le mauvais succès de son enquête et piqué du refus de la baronne, le comte ne répliqua rien ; mais, remontant promptement à cheval, il ordonna à ses compagnons de l'imiter et, tous trois reprirent le chemin de l'avenue qui conduisait à la grand-route.

V

L'AUBERGE DU FAISAN D'OR.

Entre Issou et Meulan, sur la route de Rouen, on voyait autrefois une maison de chétive apparence, sur la porte de laquelle se tenait, dans les beaux jours, un homme à mine fleurie et à abdomen rondelet.

Au-dessus de cette porte, se balançait une couronne de feuillage vert ou jaune, plus souvent gris.

C'était là que faisaient halte tous les voyageurs que leurs affaires ou leur plaisir appelaient dans ces parages.

Or, disons que, par ces temps de fronde, on voyageait beaucoup plus souvent par nécessité que par agrément.

Tantôt, c'étaient les courriers expédiés à madame de Longueville par M. de Bouillon, ou des exprès de M. de Turenne à M. de La Rochefoucauld.

Tout le monde frondait, conspirait, complotait, sans même se rendre compte du motif qui le faisait agir.

Bon nombre de gens embrassaient la cause de MM. les princes, uniquement pour avoir le plaisir de passer pour les adversaires politiques de M. de Mazarin.

Nous le répétons, ces petites escarmouches et ces perpétuelles agitations entretenaient continuellement sur les routes une foule de gens, voyageant à la solde des différents partis qui divisaient la France.

Les aubergistes ne s'en plaignaient guère ; car tout homme qui, à pied ou à cheval, marche ou chevauche depuis longtemps, éprouve à la vue d'une hôtellerie l'ardent désir de s'y arrêter, ne fût-ce que pour y prendre un verre de vin, se reposer cinq minutes, ou donner à son cheval le temps de souffler.

C'est pourquoi l'auberge du *Faisan d'or*, c'est-à-dire celle dont nous entretenons en ce moment le lecteur, n'était jamais vide.

Et qu'on ne s'imagine pas que les gens du menu peuple seuls et les soldats porteurs d'instructions secrètes s'y arrêtassent.

Loin de là ; malgré sa façade pauvre, l'auberge était le rendez-vous de tous les cavaliers qui passaient dans les environs.

Nobles ou manants, grands seigneurs et mousquetaires, y trouvaient chacun les rafraîchissements, les mets et la chambre dignes du contenu de leur bourse.

Or, soit que le comte d'Armenson connût la vieille renommée de l'auberge du *Faisan d'or*, soit qu'il se sentît le besoin de se réchauffer, soit, enfin, qu'il ne fût pas insensible aux plaintes réitérées des gens qui l'accompagnaient, et qui, à tous moments, se disaient entre eux qu'ils donneraient bien volontiers un petit écu pour se trouver devant un bon feu et une table bien garnie, au lieu de se trouver sur la grand'route ; toujours est-il qu'en apercevant la couronne de feuillage, indice certain d'un lieu de halte, il piqua son cheval dans la direction de la maison et invita ses compagnons à y entrer avec lui.

Ceux-ci ne se le firent pas répéter deux fois.

Ils n'en étaient plus éloignés que d'une vingtaine de pas, lorsque deux cavaliers que, jusqu'alors, ils n'avaient pas remarqués, et qui semblaient venir à leur rencontre, arrêtèrent leurs chevaux devant la porte, au moment où ils allaient mettre pied à terre.

Les cavaliers sautèrent à bas de leurs montures, et pénétrèrent dans la maison, non sans avoir jeté un coup d'œil curieux sur le comte d'Armenson, qui, le visage à demi caché par son feutre et le manteau qu'il tenait soigneusement rehaussé vers son menton, parut ne pas s'en apercevoir.

Un jeune garçon, d'une quinzaine d'années, vint prendre les chevaux, et les mena à l'écurie.

Après quoi, il fut possible au comte et à ses compagnons de s'introduire dans la maison.

A la vue du comte, l'hôtelier s'empressa d'accourir au-devant de lui.

— Que faut-il vous servir, mon gentilhomme, s'écria-t-il en se frottant les mains ?

— Tout ce que vous demanderont ces messieurs, répondit le comte en désignant les deux hommes.

Ceux-ci s'inclinèrent en remerciant.

— Et pour vous, mon gentilhomme?

— Ce que vous voudrez.

— En ce cas, mon gentilhomme, si vous voulez bien prendre la peine d'entrer ici en attendant que je vous serve une bouteille de vieux vin, vous pourrez vous chauffer, car il y a bon feu.

Et l'hôtelier montrait au comte une porte ouvrant sur une petite pièce qui pouvait servir de parloir ou de salle d'attente; seulement les meubles qui la garnissaient, les rideaux qui en ornaient les fenêtres et la propreté qui y régnait, démontraient que cette chambre était destinée à recevoir les voyageurs de haut rang, c'est-à-dire ceux qui ne peuvent consentir à rester, ne fût-ce qu'une heure, au milieu des gens de toute espèce qui peuplent les auberges.

Le comte ne répondit rien.

Ouvrant la porte, il entra.

Les deux voyageurs étaient déjà assis auprès de la cheminée dans laquelle flambait un feu superbe.

A la vue du survenant, ils se levèrent et le saluèrent.

Le comte leur rendit leur salut, et, s'approchant à son tour du feu, il se chauffa un moment.

— Un mauvais temps, monsieur, dit l'un des deux hommes.

— Très-mauvais, en effet, répondit le comte, et, se retirant de devant la cheminée, il alla s'asseoir devant une table à l'autre extrémité de la pièce.

— Ce gentilhomme n'est pas causeur, reprit l'un des

premiers arrivés, en s'adressant à son camarade, et en parlant à demi-voix.

— Il a peut-être des raisons pour cela, répondit l'autre.

— Que pensez-vous que ce pût être ?

— Ma foi ! mon cher de Rochefeuille, il m'a tout l'air d'un conspirateur.

— Ou d'un espion de Mazarin.

— Après tout, peu importe ce qu'il soit, cela m'est fort indifférent ; mais ce qui m'inquiète davantage, c'est de savoir si votre valet nous fera longtemps attendre sa venue dans ce trou.

— Je ne pense pas, reprit l'autre. Breton est exact et je ne m'étonne que d'une chose ; c'est de ne pas l'avoir vu en entrant ici.

— Mais, si nous nous informions de lui à l'aubergiste?

— Non ! c'est inutile ; s'il nous avait devancés, il se serait arrangé de façon à être vu dès mon entrée.

— En ce cas, attendons.

— D'autant plus que nous ne devons pas être éloignés du but de notre voyage et que nous pourrons facilement arriver avant la nuit.

Le comte jeta un regard du côté des deux hommes.

Au même instant l'hôtelier entra, lui apportant une bouteille de vin.

Après que celui-ci eut déposé le verre et la bouteille qu'il tenait à la main devant M. d'Armenson, il s'approcha des autres voyageurs.

— Ne vous impatientez pas, mes gentilshommes, vous allez être servis dans un instant.

— Bien ! dit Charolles ; dépêche-toi.

L'Aubergiste fit deux pas pour se retirer ; de Rochefeuille le rappela.

— Comment t'appelles-tu, l'ami?

— Merlin, mon gentilhomme.

— Eh bien, maître Merlin, pourriez-vous me dire si nous sommes loin du château d'Henricourt ?

A ce nom d'Henricourt le comte fit un mouvement.

Rochefeuille s'en aperçut.

— A deux lieues, environ, répondit l'hôtelier.

— Bien.

— Dites-moi, n'oubliez pas de me prévenir dès que vous verrez entrer un homme vêtu de bleu, portant une valise sous son bras.

— Oui! mon gentilhomme.

— Et maintenant fais-moi servir à déjeuner, et promptement.

L'hôtelier disparut.

A peine eut-il quitté la chambre que le comte, qui, jusqu'alors, avait été silencieux, prit la parole.

— Messieurs, dit-il aux cavaliers, puisque le maître de céans me paraît vous faire attendre le déjeuner que vous avez commandé, voudriez-vous me faire la grâce de goûter, pour prendre patience, le vin que ce drôle m'a annoncé être du vieux bordeaux.

Nos deux anciennes connaissances, MM. de Rochefeuille et de Charolles, s'entreregardèrent, surpris de la proposition de l'inconnu qui, tout à l'heure encore, semblait bouder comme un huguenot.

Cependant, l'offre était faite si cordialement qu'il était difficile d'y voir autre chose qu'un acte de simple politesse.

Aussi n'hésitèrent-ils pas à accepter.

— Volontiers, monsieur; par ce temps de froidure et de neige, boire au coin du feu est chose la plus sensée à faire.

— Messieurs, je suis ravi de passer l'heure que j'ai à dépenser en votre compagnie. Permettez que j'appelle.

— Holà! maître Merlin, du vin et des verres, cria-t-il.

L'hôte reparut, enchanté de voir les trois cavaliers réunis.

— Pendant qu'ils causeront, pensa-t-il, le déjeuner aura le temps de se faire.

Au bout d'un moment, un vin couleur de feu circulait dans les verres des gentilshommes.

— Par ma foi, ce vin est excellent, dit de Rochefeuille; qu'en pensez-vous, messieurs?

— Je suis de votre avis, répondit le comte, et j'avoue

qu'après une longue route faite à cheval, rien n'est plus propre à restaurer les forces. — A votre santé, messieurs, continua-t-il en élevant son verre.

— A la vôtre, monsieur.

— Et à celle du roi, ajouta de Charolles, en regardant attentivement le visage du comte.

— A la bonne heure, messieurs, reprit le comte, j'ai lu sur votre physionomie que vous ne pouviez tenir que pour Sa Majesté; en vérité, je me demande comment tant de bons et braves gentilshommes peuvent embrasser la cause de messieurs les princes!

— Mazarin est pourtant un grand homme.

— C'est mon opinion; et puisque nous en sommes sur ce chapitre, vous seriez bien aimables de me dire ce qu'il y a de nouveau à Paris, car, depuis quinze jours que je l'ai quitté, il peut s'être passé beaucoup de choses; mais, pardon, je vous demande cela, peut-être vous-mêmes n'en venez-vous pas.

— Hum! hum! grommela Charolles entre ses dents, je l'ai dit, cet homme m'a tout l'air d'un espion; tenons-nous sur nos gardes.

Et il lança un coup d'œil à Rochefeuille, qui y répondit par un autre.

— Ma foi, monsieur, répondit de Rochefeuille, nous l'avons quitté ce matin; aussi pouvons-nous vous donner des nouvelles fraîches. On dit que M. de Longueville est mécontent de M. de Bouillon, et que celui-ci perd peu à peu toute l'influence qu'il avait conquise sur l'esprit de la duchesse.

— Vraiment! j'en suis charmé; et que dit-on de M. de Condé?

— Qu'il ne serait peut-être pas aussi éloigné qu'on pourrait bien le croire de faire sa soumission.

— Vous croyez! mais, cependant, l'Espagne lui tend les bras.

— Erreur, monsieur.

— Tant mieux, morbleu, se battre contre son roi, c'est chose grave, mais contre son pays, c'est pis encore; aussi, je le répète, je tiens pour fous tous ceux qui marchent sous ses ordres ou sous ceux de M. de Turenne.

— Bravo, monsieur!

— Et c'est ce que je disais tout à l'heure à un jeune gentilhomme, que j'ai rencontré ce matin au château d'Henricourt.

— Au château d'Henricourt, dirent à la fois les deux jeunes gens!

— Oui, un fort joli domaine, où je me suis reposé pour y saluer la baronne, une noble dame, que j'ai connue à la cour, il y a quelque vingt ans; mais vous la connaissez probablement, car il me semble que tout à l'heure je vous ai entendu prononcer son nom.

— En effet.

— Connaîtriez-vous aussi son neveu?

— Non, reprit de Charolles visiblement inquiet.

— En ce cas, il n'est pas nécessaire que je vous raconte la triste chose qui lui arrive.

— Qu'est-ce donc?

— Je vais vous le dire. Vous saurez, monsieur....

Le comte s'interrompit.

— Pardon, monsieur, si je ne continue pas, mais il s'agit d'une chose sérieuse, et, en ces temps, il est bon de savoir à qui l'on parle.

— C'est juste.

— Je suis le baron de Saint-André, monsieur, fit le comte en saluant.

— Le chevalier de Rochefeuille, dit celui-ci à son tour.

— Gaston de Charolles, monsieur.

— Vos noms ne me sont pas inconnus, messieurs, et maintenant que je sais à qui j'ai l'honneur de m'adresser, je vous dirai donc que le neveu de madame d'Henricourt était, à ce qu'il paraît, gravement compromis comme partisan de la Fronde, car au moment où j'allais quitter le château, un exempt de la prévôté se présentait pour l'arrêter, et à l'heure où nous sommes, il est probable qu'il est gardé à vue.

— Maurice arrêté!

— Comme je vous le dis.

Rochefeuille venait, malgré lui , de prononcer le nom de son ami ; Charolles s'en aperçut, mais malheureusement il était impossible d'y remédier.

Or, c'était tout ce que voulait le comte ; à peine eut-il entendu ce nom, qu'il ne douta pas que M. de Fresnay ne fût au château d'Henricourt, et que les cavaliers avec lesquels il se trouvait, n'étaient autres que des gens qui se rendaient auprès de lui, probablement dans le but de le servir.

Un sourire de joie passa sur son visage ; cependant il essaya de paraître indifférent.

Au même instant, la porte s'ouvrit, et l'aubergiste fit son entrée avec le déjeuner commandé par Rochefeuille.

La conversation fut interrompue.

— Monsieur, dit de Charolles, en s'adressant au comte, nous sera-t-il permis à notre tour de vous offrir de partager notre maigre déjeuner ?

— Messieurs, ce serait avec le plus grand plaisir que j'accepterais si je n'avais déjeuné avant de me mettre en route ; mais j'ai hâte d'arriver à Paris, et maintenant que le feu de cette cheminée a réchauffé mes membres, je vais prendre congé de vous sans retard.

— Mais, monsieur le baron, quelques minutes de plus ou de moins.

— N'insistez pas, de grâce, messieurs, si vous suiviez la même route que moi, peut-être cela me déciderait-il à vous attendre ; mais, puisqu'une fois sortis de cette auberge nous devons nous tourner le dos, permettez-moi de vous remercier d'avoir bien voulu m'admettre en votre compagnie, et de profiter de ce que le temps paraît se mettre au beau pour continuer mon voyage.

— Puisque vous le voulez absolument, c'est nous, monsieur, qui vous présentons nos devoirs.

Et, se levant, les trois hommes se saluèrent.

Le comte solda la dépense, fit appeler ses hommes, et, sellant lui-même son cheval, il partit.

— Messieurs, dit-il à son escorte, nous reprenons la route d'Henricourt.

Les deux hommes qui avaient eu le soin de se lester convenablement pendant le temps qu'ils avaient passé à l'auberge, étaient tout disposés à aller à droite ou à gauche.

Aussi, sans répondre un seul mot, suivirent-ils le comte, qui mit son cheval au trot.

Restés seuls, de Charolles et de Rochefeuille gardèrent le silence pendant quelques minutes.

On n'entendait que le bruit de leurs fourchettes retentissant sur les assiettes qu'ils étaient en train de débarrasser de leur contenu.

Soudain de Charolles s'arrêta tout court, et, regardant Rochefeuille en face:

— Que pensez-vous de M. de Saint-André, lui dit-il?

— J'allais vous le demander, répliqua le jeune homme.

— Eh bien! à mon avis, c'est quelque chose comme un ennemi.

— Comment!

— J'en suis sûr; avez-vous remarqué qu'il est venu à nous dès qu'il nous a entendu parler du château d'Henricourt?

— En effet!

— Et qu'il a habilement amené la conversation sur ce terrain?

— Ah! diable!

— Voulez-vous connaître mon opinion? eh bien! cet homme n'avait d'autre dessein en causant avec nous, que celui de nous faire parler, et de savoir si réellement Maurice était à Henricourt.

— Mais alors il doit le savoir maintenant, car je me rappelle qu'involontairement j'ai prononcé son nom.

— Oui, et voilà pourquoi il s'est montré si empressé de nous quitter.

— Ah! le traître! cria Rochefeuille en frappant avec colère sur la table, si j'avais pu prévoir cela, il ne serait pas sorti d'ici.... mais au fait, qui nous empêche de courir sur ses traces?

— Y pensez-vous? nous ignorons le chemin d'Henricourt.

— Mais l'aubergiste peut nous y conduire.

— A pied, oui, et il est à cheval.

— Et ce gredin de Breton qui n'arrive pas !

A peine ces paroles étaient-elles prononcées, que le galop d'un cheval se fit entendre, et qu'une ombre passa devant la fenêtre.

— C'est lui! exclama Rochefeuille.

Au même instant, un homme se précipita dans la pièce où se tenaient les deux gentilshommes.

— Drôle ! pendard! coquin! voilà deux heures que nous t'attendons.

— Ah! que voilà bien monseigneur, reprit le nouveau venu, ne lui avais-je pas dit que je serais ici à une heure; or, si monseigneur veut consulter sa montre....

— Voyons, interrompit de Charolles, Rochefeuille sait que tu es un garçon exact, dis-nous vite ce que tu as appris de nouveau.

— D'abord, répondit Breton en montrant une valise qu'il tenait sous son bras, voici la casaque que vous m'avez demandée. Le régiment de Saintonge a pris la campagne de ce côté. Il faut nous tenir sur nos gardes.

— Bien, ceci nous regarde ; dis-nous maintenant ce qui se passe à l'hôtel d'Armenson; M. de la Bérangeais y est-t-il encore?

— Je ne sais; on le dit furieux contre M. le lieutenant de police, qui n'a pu lui faire retrouver sa fiancée. — Mais ce qui est plus grave, et ce que je tiens de l'un des serviteurs de l'hôtel d'Armenson, c'est que le comte s'est rappelé que M. de Fresnay avait une tante au château d'Henricourt, et qu'il est persuadé que c'est chez elle qu'ils sont réfugiés; — on m'a même assuré qu'il était en route pour s'y rendre.

— Le comte d'Armenson dis-tu?

— C'était lui ! s'écria Charolles.

— Qui lui? fit de Rochefeuille.

— Eh! parbleu, M. de Saint-André, notre homme de tout à l'heure!

Rochefeuille paraissait en douter, mais en se rappelant les détails de leur conversation, il demeura bientôt convaincu, ainsi que son compagnon, de la présence du comte.

Restait donc le parti à prendre pour remédier à la sottise faite.

Sans perdre de temps, ils jugèrent que le plus prudent était de voler sur ses traces.

Précédés de Breton, qui connaissait le chemin, ils se mirent donc sans retard à la poursuite du vieillard.

Pendant qu'ils galoppent sur la grand'route, voyons un peu ce que faisaient dans ces parages les deux amis de Maurice de Fresnay.

Deux raisons les avaient attirés dans les environs d'Henricourt.

Le désir de se rapprocher de Maurice et de savoir s'il était en sûreté, et leur participation au coup de main qu'allait tenter madame de Châtillon.

Il ne s'agissait de rien moins que de s'emparer de Vernon et de marcher sur Rouen, qu'on espérait facilement obtenir par la défection du gouverneur.

Mais pour cela il fallait s'assurer le concours de M. de Montaulier, qui tenait Mantes avec une forte garnison.

Or, de Charolles et de Rochefeuille, tout dévoués aux intérêts de madame la duchesse de Châtillon, avaient été chargés par elle de négocier l'association de M. de Montaulier à ses projets; de Charolles se rendait donc auprès de lui; et dans le cas d'acceptation de ce dernier, deux cents hommes campés dans les environs devaient être introduits dans la ville sous la conduite de Rochefeuille, qui s'était fait faire un magnifique costume de guerre, tout prêt à le revêtir si l'affaire tournait bien, ou à le laisser dans la valise de Breton, dans le cas où M. de Montaulier refuserait de s'entendre.

C'était donc en profitant de leur passage, non loin du

château d'Henricourt, que les deux partisans se disposaient à s'enquérir des nouvelles de Maurice.

N'ayant découvert aucune trace du comte d'Armenson, ils allèrent au château, et il leur fut facile d'arriver jusqu'à la baronne, grâce à Breton qui, on se le rappelle, avait conduit les fugitifs et était resté à Henricourt deux jours, avant de ramener à Paris la voiture du vicomte.

Enchantée de recevoir les amis de son neveu, la baronne leur avait appris la visite qu'elle avait reçue du comte; ceux-ci de leur côté, lui firent part de l'étourderie qu'ils avaient commise dans l'auberge du Faisan d'Or.

Il devenait important de prévenir Maurice de ce qui se passait, et au besoin de lui offrir, en cas de lutte, l'appui des gens dont il disposait. On alla donc, escorté du vieux Laurent, trouver les jeunes gens à la ferme qui les abritait, en passant de nouveau par le parc qu'ils avaient traversé dans la matinée.

Mais, cette fois encore, un trop grand empressement devait nuire aux intérêts de ceux qu'ils voulaient protéger.

Voici comment :

Le comte d'Armenson, certain que les fuyards étaient au château, se garda bien d'y aller frapper de nouveau, mais opposant la patience à la ruse, il fit avec soin le tour du domaine, et observant avec attention les empreintes des pas laissées auprès de la petite porte du parc, il comprit que si le gibier était disparu, il était sur sa piste.

De cette découverte à celle de la ferme hospitalière, c'était chose facile, mais ne voulant pas risquer, une seconde fois, d'entrer dans la cage quand les oiseaux seraient délogés, il prit le parti de rester dans le voisinage et d'étudier les lieux avant d'y pénétrer.

Cependant, comme il ne pouvait demeurer à la belle étoile, il s'orienta pour trouver un poste d'observation.

Après quelques minutes de marche, il commençait, ainsi que les deux hommes qui l'escortaient, à pester contre la rareté des auberges, lorsque son attention fut éveillée par un spectacle des plus singuliers.

Sous un grand hangar, attenant à une grange abandonnée, était rassemblée une troupe d'hommes équipés en guerre, sans porter néanmoins aucun uniforme réguler.

Il y avait là pêle-mêle des gens de toutes armes, et surtout des aventuriers à face patibulaire, qui, porteurs d'arquebuses, de mousquets ou de canardières, et coiffés de larges feutres bossués, caressaient fièrement les pointes menaçantes de leurs moustaches, tout en se chauffant devant un bon feu qui brûlait au milieu d'eux.

Des éclats de rire, des cris et des juremenls se croisaient en tous sens, et témoignaient de la joyeuse humeur des personnages, que le comte fut tenté de prendre pour un ramassis de brigands ; mais à quelques mots qu'il entendit, il reconnut avoir affaire à des soldats d'occasion, tels qu'en levaient alors les chefs du parti de la Fronde pour combattre les armées du roi.

Ne se souciant pas de se montrer à eux, M. d'Armenson fit signe à ses hommes de continuer à avancer ; mais, quelques pas plus loin, il rencontra un autre groupe, et bientôt il reconnut que le pays était occupé par une bande de frondeurs.

La situation était périlleuse ; ne sachant comment expliquer sa présence en ce lieu, il allait prudemment battre en retraite, lorsque soudain une grande rumeur se fit autour de lui.

Un des frondeurs venait de l'apercevoir et de signaler son apparition à ses camarades, qui, en un clin d'œil, furent sur pied.

— Qui vive ! cria-t-on à ses oreilles.

Et comme il ne répondait pas, vingt personnes s'approchèrent, et saisissant la bride de son cheval, l'empêchèrent de faire un pas, tandis que d'autres forçaient les deux hommes qui l'accompagnaient à mettre pied à terre.

— Que veut dire ceci ? s'écria le comte en jetant des regards courroucés sur tous ceux qui l'entouraient, suis-je donc tombé aux mains de bandits de grand chemin ?

— Pas le moins du monde, mon gentilhomme, répondit

un des partisans qui paraissait commander aux autres, et si vous êtes, ainsi que nous le supposons, un des amis de M. de Turenne, c'est avec un grand plaisir que nous vous recevons parmi nous ; mais si vous appartenez à Sa Majesté, nous ne pouvons vous permettre d'aller plus loin, tout en regrettant d'être forcés de désobliger un gentilhomme tel que vous.

— Prenez-y garde, messieurs, répondit le comte en se contenant à peine, le beau temps de la rébellion touche à sa fin, et à l'heure qu'il est, les troupes de Sa Majesté achèvent de sévir contre les sujets révoltés qui refusent de rentrer dans le devoir, et au nom du roi, je vous somme de vous disperser et de me laisser continuer mon chemin.

Un concert de railleries accueillit ces paroles, et, malgré leurs protestations, le comte et ses compagnons durent céder devant le nombre, et suivre un détachement de dix hommes, qui reçut l'ordre de les conduire en lieu de sûreté.

VI

LA FERME DES CHARMETTES.

On ignorait aux Charmettes l'arrivée des deux cents hommes formant le petit corps d'armée de Rochefeuille, lorsque Maurice et Blanche vinrent s'y réfugier.

Dès que leur présence fut signalée dans le bois qui l'avoisinait, un vif sentiment d'effroi s'empara des habitants de la ferme. De prime abord, Maurice pensa qu'il s'agissait de son arrestation et de celle de sa compagne; mais, d'après de nouveaux renseignements plus précis, il apprit qu'il n'avait rien à redouter de la part des survenants, qui n'en voulaient qu'aux succès de Mazarin.

Or, partageant lui-même l'esprit d'opposition qui animait alors la plupart des jeunes têtes de l'époque, il vit dans la réussite du coup que préméditait madame de Châtillon, un moyen de mettre une barrière invincible entre Blanche et son père, et déjà il était tout disposé à joindre ses efforts à ceux des partisans, lorsque l'un de ceux qui l'avaient mis dans le secret de leurs opérations, termina en lui disant que le succès de l'entreprise dépendait maintenant du résultat de la négociation que devait tenter de Charolles.

A ce nom, Maurice laissa échapper un cri de surprise.

— De Charolles, dites-vous! Comment! c'est lui qui doit traiter avec M. de Montaulier?

— Sans doute, et nous entrerons dans la ville sous les ordres du capitaine de Rochefeuille.

— Et Rochefeuille aussi! ah! parbleu, voilà qui est singulier, mes deux amis se livrent corps et âme aux projets de madame de Châtillon et ne m'en instruisent pas; mais, s'il en est ainsi, demanda-t-il, comment M. de Rochefeuille n'est-il pas avec vous?

— Nous l'attendons, répondit le futur subordonné de Rochefeuille, sorte de sergent de rencontre, se donnant les allures d'un pourfendeur.

Maurice, enchanté de tout ceci, s'empressa d'aller rassurer Blanche, qui, depuis son départ de l'hôtel d'Armenson, avait été dans un perpétuel état d'alarmes, et lui laissa entrevoir combien l'exécution des plans de ses amis pourrait seconder les siens.

Blanche, aveuglément confiante dans les moindres paroles de celui qu'elle aimait, ne savait qu'adopter avec enthousiasme chacune des résolutions qu'il voulait prendre.

— Oui, mon bon Maurice, puisque, dites-vous, la cause
que défendent MM. de Charolles et de Rochefeuille est
juste, il faut l'embrasser aussi; comptez sur moi, et plutôt que de me séparer de vous, s'il fallait que ma main,
inhabile à tenir autre chose que mon livre d'heures, s'armât
d'une épée, elle ne faiblirait pas.

Le visage de la jeune fille était, en ce moment, magnifique
d'expression.

— Merci! Blanche, dit le jeune homme; avec des paroles
comme celles-là, vous me feriez accomplir des prodiges!

L'entretien des deux jeunes gens fut interrompu par l'entrée de Charolles et de Rochefeuille.

Une double exclamation d'étonnement et d'admiration fut
poussée par les nouveaux venus à la vue de Blanche, qui
leur apparaissait sous son costume de paysan.

Après quelques mots échangés sur leurs mutuels desseins,
Charolles annonça bas à Maurice la visite probable que se
proposait de faire à nouveau le comte d'Armenson.

— Oh! s'écria Maurice, c'est une guerre sans trève qu'il
veut, eh bien! je la soutiendrai jusqu'au bout. Dieu m'est
témoin que j'eusse été un fils soumis et dévoué, mais puisqu'il a préféré à mon saint amour pour Blanche la passion
égoïste du vicomte de la Bérengeais, malheur à lui!

En pressant la main de Charolles dans les siennes, le jeune
homme le remercia du coup d'épée dont il avait gratifié son
rival.

Puis, désireux de s'entretenir avec lui et Rochefeuille, il
les engagea à se reposer un moment à la ferme avant de
partir pour Mantes.

Les deux amis, confiant dans la vélocité de leurs chevaux, qui leur feraient bientôt rattraper le temps perdu,
consentirent à prendre place un moment sous le vaste manteau de la cheminée, et à causer joyeusement de leur ennemi
commun, la Bérangeais.

Mais déjà le bruit de leur arrivée s'était répandu parmi
les hommes qui attendaient leurs ordres, et à peine venaient
ils de féliciter Blanche du courage qu'elle avait déployé

dans les circonstances difficiles qu'elle avait traversées, qu'on heurta à la porte de la pièce et que l'un de ses aventuriers vint demander le capitaine de Rochefeuille.

— Me voici, dit Rochefeuille, qu'y a-t-il?

— Capitaine, je viens vous donner avis que nous avons mis à l'ombre un gentilhomme qui rôdait dans les environs avec deux particuliers qui m'ont tout l'air d'être des exempts de Mazarin, et j'ai tout lieu de supposer que la capture est bonne.

Une même pensée traversa l'esprit des quatre personnages en entendant ces mots.

— Et savez-vous le nom de cet homme? demanda Rochefeuille.

— Oui, capitaine, il nous a dit qu'il se nommait le baron de Saint-André, et qu'il serait charmé de vous voir.

— C'est lui, Maurice; c'est le comte d'Armenson! s'écria de Charolles.

— Mon père, fit Blanche. O mon Dieu! Messieurs, vous allez le rendre à la liberté.

— Ne craignez rien, mademoiselle, reprit de Rochefeuille, je vais moi-même veiller à ce que M. d'Armenson soit mis dans l'impossibilité de nous nuire, sans qu'il ait le moins du monde à se plaindre d'aucun procédé indigne de son nom et de son rang... L'ami, dit-il au soldat, allez prévenir M. le baron de Saint-André que je vais avoir l'honneur de me rendre auprès de lui.

Le soldat sortit.

— Eh bien! qu'allons-nous faire? dit Maurice. M. d'Armenson est en notre pouvoir, et cependant nous ne pouvons user de violence à son égard.

— Oh! mon Dieu! mon Dieu! murmurait Blanche.

— Écoutez, reprit Maurice, je vais tenter un dernier effort; M. d'Armenson sait que nous sommes ici, mais il ne peut rien contre nous. Je veux aller une fois encore lui proposer la paix.

— Oh! oui, Maurice, c'est cela; allez vers lui et que Dieu vous inspire; moi, je vais prier en attendant, afin que...

Elle n'acheva pas, un bruit de tambours vint couvrir sa voix.

— Qu'est-ce cela? interrogea Maurice.

— Nos hommes probablement qui opèrent quelque mouvement, répondit de Rochefeuille. Au surplus, je vais m'en informer.

Et il se disposait à joindre l'action à la parole, lorsque la porte se rouvrit de nouveau pour donner passage au soldat qui était venu leur apprendre l'arrestation de M. d'Armenson.

— Eh bien! qu'y a-t-il? que veut dire ceci? lui demanda de Rochefeuille.

— Il y a, capitaine, que l'avant-garde du régiment de Saintonge est à cent pas du village, et que le reste la suit de si près que l'on voit reluire le mousquet des hommes.

— Malédiction! nous sommes surpris, exclama de Rochefeuille. Venez!

Et, sans tarder davantage, il s'élança dehors, accompagné de Charolles.

— Blanche, rentrons au château; nous ne pouvons rester ici, dit Maurice en s'approchant de la jeune fille. Breton, continua-t-il en s'adressant au laquais de Rochefeuille qui, toujours chargé de la valise, se disposait à suivre son maître, laisse là cette cassette et viens avec nous.

— Me voici, monsieur Maurice, s'empressa de répondre celui-ci, en se débarrassant de son fardeau.

— Un moment, Maurice, interrompit Blanche; je ne quitterai pas cette maison sans être certaine que mon père ne court aucun danger. Sachez donc ce qu'on a fait de lui; d'ailleurs, s'il nous faut encore retourner au château, qui sait si nous ne serons pas poursuivis.

— Oui! vous avez raison, Blanche; je vais m'assurer de ce qui se passe au dehors, et je reviens auprès de vous.

— De grâce, emmenez Breton et revenez vite; car je ne sais ce que j'éprouve, mais, malgré moi, je tremble qu'il n'arrive malheur.

Maurice approuva la jeune fille, et Breton sortit le costume de la valise pour le cas où son maître en aurait besoin.

Bientôt les deux hommes se glissèrent sans bruit hors de l'habitation, laisant Blanche en compagnie de la fermière.

VII

LA CHEVALIÈRE D'ARMENSON.

Au son du tambour, les deux cents hommes de M. de Rochefeuille s'étaient promptement jetés sur leurs armes et rangés en bataille, décidés à se retrancher dans les dépendances des Charmettes et à se défendre vigoureusement.

Rochefeuille s'était résolûment placé à leur tête, et, disons-le à sa louange, il n'avait pas même songé à revêtir le brillant costume qu'il avait commandé pour la circonstance.

Un silence de plomb avait succédé au tapage de tout à l'heure.

L'avant-garde avançait toujours.

Soudain, elle s'arrêta.

De Rochefeuille examinait attentivement.

Bientôt il vit arriver le gros du régiment.

Cependant, lorsque les troupes du roi ne furent plus qu'à la distance d'une portée de fusil environ, elles s'arrêtèrent.

Et celui qui paraissait les commander s'avança, accompagné d'un groupe d'officiers.

De son côté, de Rochefeuille et de Charolles se portèrent à leur rencontre escortés de deux hommes.

Arrivés en face les uns des autres ils se saluèrent.

Soudain, de Rochefeuille fit un mouvement.

Il venait de reconnaître le vicomte de la Bérengeais.

Le soi-disant capitaine comprit qu'il avait affaire, non-seulement à un ennemi des frondeurs, mais encore à un ennemi personnel.

Il allait être difficile de s'entendre.

— Monsieur, lui dit le vicomte avec politesse, auriez-vous l'extrême complaisance de m'apprendre à quel régiment appartiennent les hommes armés que j'aperçois là-bas.

— Monseigneur, répondit de Rochefeuille avec une feinte humilité, au régiment de la Fronde.

— C'est un régiment qui ne se trouve pas porté sur l'état des régiments du roi, celui-là, monsieur ; et pourriez-vous aussi, puisque vous êtes si obligeant, me dire à qui les hommes qui le composent obéissent.

— A des chefs expérimentés, monseigneur, que vous connaissez sans doute. Quant aux hommes qui sont là — et Rechefeuille fit un geste de la main, — c'est moi qui ai l'honneur de les mener au feu.

— Et l'on vous nomme ?

— Le chevalier de Rochefeuille.

— En ce cas, monsieur le chevalier, c'est à vous que je dois faire savoir que si, dans une demi-heure, tous ces gens n'ont pas mis bas les armes et fait acte de soumission, je les ferai fusiller jusqu'au dernier, — en commençant par vous, bien entendu.

— Monseigneur, je vous remercie de l'avis, et en échange vous me permettrez de vous faire savoir, à mon tour, que si le régiment de Saintonge, qui a l'honneur d'être commandé par M. le vicomte de la Bérengeais, inquiète mes hommes, la première balle qui sortira de l'un de nos mousquets ira se loger dans la tête de M. le comte d'Armenson, que nous avons l'honneur de posséder comme otage.

— Comment ! s'écria M. de la Bérengeais, c'est impossible.

— Non ! monseigneur, car cela est.

— Allons donc ! continua le vicomte, le piége est trop grossier ; c'est une ruse qui ne peut prendre.

— Sergent, fit de Rochefeuille en se tournant vers l'un des hommes qui l'accompagnaient, allez dire au lieutenant de Chavry qu'il fasse avancer le prisonnier de dix pas au-delà du hangar, afin que M. le vicomte puisse le reconnaître à son aise.

Le sergent partit.

M. de la Bérengeais ne savait plus trop quel parti prendre, et il ne pouvait comprendre comment M. d'Armenson, qu'il croyait à Paris dans son hôtel, était entre les mains d'une bande de frondeurs, et son étonnement était si grand, que les yeux fixés sur l'endroit qu'avait désigné de Rochefeuille, il ne songeait à rien qu'à voir apparaître celui de la présence duquel il doutait encore.

Expliquons en deux mots celle du vicomte de la Bérengeais.

On se souvient qu'à la suite de la blessure qu'il avait reçue de Rochefeuille, il était revenu à l'hôtel du comte qui lui avait appris la disparition de Blanche. Aussitôt, il s'était mis à la disposition du vieillard pour l'aider dans ses recherches.

Or, grâce à l'or habilement jeté et à la puissante intervention de M. le lieutenant de police, il n'avait pas tardé à savoir, sans que le comte l'en eût instruit, que Maurice était le neveu de la baronne d'Henricourt ; que ses amis de Charolles et de Rochefeuille, qui tenaient pour la Fronde, devaient tenter l'affaire de Mantes ; et, rapprochant dans son esprit le lieu de réunion des frondeurs et la parenté de Maurice avec la baronne, il demanda et obtint le commandement du régiment chargé de pacifier la Normandie, persuadé que tout en battant les partisans de madame de Châtillon, il pourrait bien retrouver les fugitifs, qu'il avait tant à cœur de retrouver.

Et voilà que M. d'Armenson avait pris l'avance sur lui, et s'était malheureusement laissé captiver par ceux-là même qu'il comptait surprendre.

C'était jouer de malheur.

10.

Il s'agissait maintenant de se tenir sur ses gardes.

Au bout d'un instant, M. de la Bérengeais ne put conserver aucun doute; le comte d'Armenson était bien devant ses yeux, entouré de gens qui pouvaient, selon leur bon plaisir, réaliser la menace faite par le capitaine, en fusillant leur prisonnier.

M. le vicomte de la Bérengeais connaissait trop le parti que les frondeurs pouvaient tirer d'un homme comme M. d'Armenson pour croire un instant qu'ils le fusilleraient, au lieu de lui faire verser quelque bonne somme ou de l'échanger contre un des leurs au besoin; aussi, après un moment de réflexion, se contenta-t-il de répondre au chevalier de Rochefeuille :

—C'est bien M. le comte d'Armenson que je vois, en effet, parmi nous ; aussi, pour rendre plus vite ce digne gentilhomme à la liberté, ce n'est plus une demi-heure que je vous donne pour réfléchir, c'est cinq minutes. Allez !

Et le vicomte tourna bride suivi de ses capitaines, tandis que Rochefeuille revenait avec Charolles vers les siens.

— Eh bien ! interrogea Maurice, qui courait à la rencontre de ces derniers ?

— Eh bien ! cher ami, c'est M. de la Bérengeais qui commande les troupes royales, et il paraît très-disposé à mener l'affaire chaudement.

— Toujours cet homme ! exclama Maurice. Oh ! je ne vous quitte pas, mes amis, et cette fois j'espère lui faire expier chèrement tout le mal qu'il nous fait.

On était arrivé au camp; soudain, Maurice passa auprès de M. d'Armenson.

— Ah ! ah ! monsieur, vous voici, fit celui-ci en apercevant le jeune homme, c'est dans les rangs des ennemis du roi que je devais retrouver, en effet, un infâme et un lâche.

— Monsieur ! s'écria Maurice, dont le visage devint affreusement pâle.

— Oui ! lâche, qui n'osant frapper un vieillard au grand jour, lui vole nuitamment son enfant.

— Monsieur ! reprit Maurice avec rage, vous êtes le père

de Blanche et vous savez bien que vous pouvez m'insulter impunément; aussi, malgré vos outrages, c'est à genoux que je vous demande la main de celle qui n'a jamais cessé d'être digne du nom qu'elle porte.

— Assez! interrompit le comte; maudit soit l'enfant qui arme contre son père le bras de son amant.

Maurice allait répondre.

Soudain, une trompette sonna et une voix retentissante traversa l'espace en criant :

— Au nom du roi, bas les armes !

— Mort aux royalistes ! hurlèrent les frondeurs.

— Et pour commencer, dit l'un d'eux, il faut fusiller celui-ci.

Et il désignait le comte qui resta impassible.

— Oui! oui! appuyèrent quelques voix, fusillons-le.

— Messieurs, fit de Rochefeuille, qui, ainsi que l'avait pensé la Bérengeais, n'avait eu d'autre intention, en lui parlant du comte, que de savoir s'il était ou non résolu à livrer bataille à ses hommes, y pensez-vous? Est-ce qu'on tue un homme sans défense ?

Déjà Maurice allait s'interposer pour réprimer cette tentative d'assassinat, lorsque tout à coup un cavalier magnifiquement vêtu vint fondre au milieu d'eux avec la rapidité de la foudre et se précipiter vers le comte en le couvrant de son corps.

— Misérables! vous me tuerez avant de toucher à cet homme, s'écria-t-il.

Un murmure d'admiration se fit entendre et chacun s'empressa autour du nouveau venu, qui, les cheveux en désordre, la bouche frémissante et le regard illuminé par la colère et l'effroi, serrait dans sa main d'enfant la poignée ciselée d'une fine épée d'acier.

— Blanche! exclama Maurice.

— Blanche? répéta le comte en tressaillant.

— Oui! Blanche, qui ne veut pas que vous mouriez, mon père!

— Au nom du ciel! retirez-vous, reprit Maurice éperdu,

vos jours sont en péril, vous ne savez pas que les troupes qui sont là sont commandées par M. de la Bérengeais.

— La Bérengeais! fit la jeune fille avec une expression impossible à rendre. Oh! qu'il vienne, cette épée me sauvera de lui; il verra qu'une d'Armenson ne craint pas la mort.

Blanche ainsi animée par la colère semblait être l'ange des batailles.

Sa présence et les dernières paroles qu'elle venait de prononcer avaient électrisé tous ceux qui tout à l'heure étaient les plus acharnés contre le vieux comte.

—Messieurs! s'écria de Rochefeuille, vous l'entendez, c'est une jeune fille qui réclame l'honneur de frapper la Bérengeais; vive la chevalière d'Armenson!

— Vive la chevalière d'Armenson! répétèrent deux cents voix.

Au même instant, un nouveau son de trompette retentit suivi du même cri :

— Au nom du roi, bas les armes!

Et une décharge de mousqueterie l'appuya.

Nos lecteurs vont savoir comment Blanche se trouvait là.

Après que Maurice l'eut quittée pour aller voir ce qui se passait au dehors, la jeune fille attendit d'abord assez patiemment, mais bientôt, inquiète sur le sort de son père, et ne voyant pas revenir le jeune homme, elle commença à trembler.

Ce fut alors que des cris de mort vinrent frapper ses oreilles.

Dévorée d'anxiété, elle résolut d'aller retrouver Maurice.

Mais n'était-ce pas s'exposer que de s'aventurer, seule, parmi ces soldats grossiers, qui ne manqueraient pas de reconnaître son sexe sous ses habits de paysan.

Elle hésitait; soudain, ses regards tombèrent sur le costume de Rochefeuille apporté par Breton.

Sa résolution fut bientôt prise; elle s'en revêtit.

Cette seconde métamorphose devait lui faciliter un libre passage. Qui donc oserait venir s'attaquer à un gentilhomme?

Une épée était jointe aux vêtements, elle s'en empara et partit.

On a vu l'effet que produisit son arrivée.

Continuons notre récit :

A l'attaque des troupes royales riposta un feu habilement dirigé par Rochefeuille.

Le comte d'Armenson, qu'on avait laissé libre d'agir à sa guise, ne savait que faire.

Troublé par l'audace de sa fille qui affrontait le danger avec un calme stoïque, et se sentant partagé entre le désir de venir en aide aux troupes du roi et la crainte d'abandonner son enfant, dont il eût peut-être appris la mort sans larmes, mais qu'il ne pouvait s'empêcher de défendre au milieu du combat, il allait et venait sans avoir conscience de ce qui se passait.

Il se croyait le jouet de quelque rêve pénible.

Maurice, aux côtés de Blanche, tremblait comme un enfant chaque fois qu'une balle venait à passer non loin de la tête si chère qu'il eût voulu pour tout au monde arracher au péril qui la menaçait.

Après une heure de combat, les troupes royales prirent un avantage marqué, et la bande des frondeurs commença à plier.

Déjà Rochefeuille avait été blessé au bras droit.

Une compagnie de Royal-Saintonge s'avançait pour enlever la position des Charmettes.

Tout à coup, Maurice, qui s'était précipité au secours de Charolles, fit un pas en arrière, chancela et vint rouler aux pieds de son ami pour ne plus se relever.

Un coup de feu venait de l'atteindre en pleine poitrine.

Alors, semblable à une lionne, Blanche, folle de rage et de douleur, s'élança, et, sans que personne pût s'y opposer, elle arriva, renversant tout sur son passage, jusqu'au vicomte de la Bérengeais, qu'elle frappa au hasard de son épée.

L'arme mal dirigée se brisa en deux.

Blanche tomba évanouie.

Le lendemain, les troupes royales reprenaient le chemin de la capitale, enseignes déployées.

Les frondeurs avaient été complétement défaits.

M. le comte d'Armenson, le front soucieux et le regard attristé, accompagnait les vainqueurs, à la tête desquels marchait M. le vicomte de la Bérengeais, qui, de temps à autre, jetait un coup d'œil inquiet sur une litière dans laquelle était couchée une jeune fille, dont le visage était pâle et décoloré.

C'était Mademoiselle Blanche d'Armenson, que le vicomte s'était empressé de rendre à son père, sorti sain et sauf des mains des ennemis de Sa Majesté.

Mais lorsque, quinze jours plus tard, M. de la Bérengeais parla de mariage et rappela au comte son engagement, celui-ci lui dit avec gravité :

— Monsieur le vicomte, tant que j'ai cru que ma fille n'obéissait, en refusant de vous épouser, qu'à un caprice futile, j'ai dû employer toute mon autorité pour la contraindre à se soumettre à mes volontés, mais depuis que je sais que Blanche est décidée à mourir si je tentais de la forcer à nouveau à devenir votre femme, je ne puis me résigner à le faire. Cependant, comme un gentilhomme doit, quand même, tenir la parole qu'il a donnée, et que je manque à la mienne, si vous exigez que je vous offre une réparation par les armes, dites un mot, et je me mettrai à votre disposition ; mais, quoi qu'il arrive, vous n'avez pas à redouter que Blanche unisse sa main à celle d'aucun homme au monde; car dans huit jours elle entrera, selon son désir, au couvent des Augustines.

Le vicomte n'insista pas, et repartit pour son gouvernement de Saintonge.

De Charolles paya de sa tête sa participation à la levée de boucliers tentée par Mademoiselle de Châtillon.

De Rochefeuille put se réfugier en Hollande, et rentra en France quelques années plus tard, après la mort de Mazarin.

. . . .

Avant la révolution de 1789, on voyait s'élever, sur l'ancien emplacement du château d'Henricourt, les murs d'un couvent de femmes.

Souvent, au milieu de la nuit, le voyageur qui passait dans les environs s'arrêtait pour écouter les notes harmonieuses d'une musique, dont les saints échos se répétaient au loin.

C'étaient les religieuses qui chantaient, sous les voûtes du cloître, les hymnes sacrées.

Or, lorsqu'en 1793 le couvent fut démoli, le Cartulaire fut sauvé par des mains pieuses et déposé en lieu sûr.

Il est aujourd'hui en la possession de M. le comte de G..., le savant antiquaire.

C'est un gros registre à tranches rouges, relié en cuir.

Sur la page 48, on lit l'inscription suivante :

« Aujourd'hui, 16e jour de juin, de l'an de Notre-Seigneur, 1688, la vénérable Françoise-Anne-Blanche d'Armenson, de la noble maison des comtes d'Armenson, supérieure et fondatrice du couvent des Honorines, élevé pour la glorification et la sanctification du saint nom de Dieu.

» Est décédée en odeur de sainteté, à l'âge de 54 ans.

» Ses grandes vertus la firent prendre pour modèle, et les sentiments de pénitence qu'elle manifesta pendant tout le temps qu'elle exerça sa sainte autorité durent lui ouvrir les portes du Ciel.

» Pendant vingt-cinq ans, elle mortifia sa chair par l'austérité. »

Blanche d'Armenson est devenue l'héroïne de vingt légendes qui se racontent encore aujourd'hui parmi les paysans, dans les longues veillées d'hiver.

Et dans toutes, elle est désignée sous le nom de la Chevalière.

Dans quelques-unes, on lui prête des pieds fourchus, dans d'autres, des ailes d'Archange.

Ceci est une affaire de goût.

Nos lecteurs savent maintenant la vérité sur la malheureuse fiancée du vicomte de la Bérengeais.

LES MYSTÈRES

DU PONT-AU-CHANGE

LES MYSTÈRES

DU PONT-AU-CHANGE

I

Un dimanche du mois d'octobre 1621, à l'heure où les vêpres venaient de finir, les fidèles sortirent de l'église cathédrale de Notre-Dame, et parurent vivement contrariés à la vue du brouillard qui s'était formé pendant le temps qu'avait duré l'office religieux et qui rendait complétement obscures les petites ruelles étroites et boueuses sillonnant le quartier de la Cité.

C'était à peine si on distinguait à quelques pas de soi les vieilles maisons hautes, noires et lézardées qui se dressaient non loin de l'église, en l'assombrissant, par l'avançage de leurs larges toitures recourbées en auvent qui projetaient continuellement une ombre grise s'étendant jusqu'au sol, couvert en tous temps d'une épaisse couche d'immondices.

Tout en déplorant la mauvaise venue du brouillard, le nombreux assemblage de bons catholiques se dissipa peu à peu en se répandant en diverses directions.

Parmi les dernières personnes qui débouchèrent sur le parvis étaient deux femmes d'âge différent. A leur costume et à leur physionomie, il était aisé de reconnaître qu'elles étaient de condition inégale. L'une d'elles, d'environ seize ans, au maintien modeste autant que réservé, tenait à la main son livre d'heures, et portait le vêtement d'une jeune fille appartenant à la classe bourgeoise.

Son visage portait l'empreinte d'une angélique bonté, et ses yeux bleus, limpides et purs, attestaient la candeur de son âme virginale ; le devoir pieux qu'elle venait d'accomplir donnait à sa physionomie un air de satisfaction et de recueillement qui se traduisait par le sourire de béatitude errant sur ses lèvres fraîchement vermeilles.

A ses côtés marchait une femme d'une cinquantaine d'années, dont le langage respectueux, quoique familier à l'égard de la jeune fille, indiquait assez son état d'infériorité envers elle.

En face de l'épaisse brume qui venait de plus en plus compacte, la vieille femme se lamentait et se désespérait, malgré les encouragements de la jeune fille, qui cherchait vainement à lui faire entendre raison.

— Demoiselle Bathilde, qu'allons-nous devenir avec ce brouillard ?.. Ah ! bonne Vierge !... pourquoi ne sommes-nous pas sorties plus tôt !

— Mais, Gertrude, c'est toi qui as voulu, comme toujours, rester la dernière à l'église.

— Ne savez-vous pas, demoiselle, qu'une jeune fille comme vous ne doit jamais se mêler à la foule, surtout par le temps qui court. Il y a tant de mauvais garçons et de méchants huguenots sans foi ni loi, que bientôt on n'osera plus mettre le pied dehors.

— Allons ! bonne Gertrude, calme-toi, il fait encore assez

jour pour trouver son chemin, en attendant que la nuit vienne.

Et toutes deux se mirent en marche en faisant de grands efforts pour ne pas glisser sur la terre détrempée par l'humidité.

Gertrude avait certes raison de craindre quelque mauvaise rencontre, car les rues à cette époque n'étaient rien moins que sûres, et chaque jour voyait naître un nouveau prétexte de troubles et de collisions.

Les interminables luttes qui s'élevaient à tous moments entre les catholiques et les huguenots se renouvelaient avec une persistance acharnée, depuis la mort du duc de Concini, et menaçaient de se prolonger longtemps encore.

D'un autre côté, les affaires publiques n'étaient pas brillantes ; la domination exercée par le connétable de Luynes, dont la fortune aussi élevée que rapide était une source d'envie pour les uns et de regrets pour les autres, pesait lourdement sur le peuple mécontent, et déjà surexcité par les suites désastreuses des querelles qui s'étaient élevées entre la Régente et le prince de Condé. Tout offrait aux partisans respectifs des diverses opinions qui partageaient la cour et la ville mille occasions de disputes, de duels ou d'assassinats.

Quelques paroles imprudentes, une pensée ou une réflexion trop hautement exprimée, un geste involontaire, c'en était assez pour en venir aux mains, et plus d'une fois, le sol se trouva ensanglanté par ces rixes dignes plutôt des temps barbares que d'un siècle qui recélait tant de germes de civilisation.

Ces motifs de désunion et de discorde étaient encore augmentés par la mauvaise conduite des pages et des laquais dont les excès amenèrent vingt édits, successivement rendus et jamais exécutés, tant par la faiblesse du pouvoir qui n'osait y tenir la main, que par suite de l'intervention en leur faveur des grands seigneurs auxquels ils appartenaient.

Aussi les bourgeois et gens de métier vivaient-ils dans de continuelles alarmes et étaient-ils obligés de se tenir

constamment sur la défensive, en butte aux attaques auda-
cieuses des voleurs de toute espèce qui se répandaient dans
Paris aussitôt la tombée de la nuit, et surtout à la turbulence
sans frein des écoliers. Ceux-ci, continuant comme par le
passé à demeurer armés, commettaient d'incessantes vexa-
tions contre les habitants paisibles, malgré les justes plaintes
de ces derniers, plaintes qui restaient sans effet devant les
priviléges accordés à leurs oppresseurs et largement étendus
par les écoliers eux-mêmes, qui, il faut en convenir, s'ar-
rogeaient fort souvent de leur plein gré, des droits qu'ils
ne possédaient nullement, mais qu'une tolérance coupable
avait laissé établir et passer en usages reçus ayant presque
force de loi.

Bathilde et sa servante, ou plutôt sa bonne amie, comme
elle l'appelait, se dirigeaient vers le quai, lorsque deux
jeunes gens, débouchant de la rue Notre-Dame, marchèrent
derrière elles quelque temps en silence.

A leur pourpoint débraillé, à leur chapeau posé oblique-
ment sur leur tête, on s'apercevait facilement qu'ils appartenaient tous deux à cette espèce de gentilshommes débau-
chés, habitués de tripots et coureurs d'aventures, qui ne dé-
daignaient pas, lorsque la fortune leur était contraire, de
détrousser les passants, et de tirer les manteaux de dessus
les épaules des badauds.

Quoique jeunes, leur visage portait la trace de l'existence
désordonnée qu'ils menaient, et tout trahissait en eux des
gens de sac et de corde comme il en existait tant alors,
grands amateurs d'émeutes et de batailles, offrant leurs bras
et leur courage de risque-tout au parti qui les payait le plus
cher, et soutenant, sans le plus léger scrupule, la cause de
Monsieur le Prince ou celle de madame la Régente, selon
l'occurrence.

Le plus âgé des deux hommes, qui pouvait avoir environ
trente ans, s'avança effrontément vers Bathilde après l'avoir
suivie quelques instants, la regarda en face, puis revint
trouver son compagnon, plus jeune que lui de deux ou trois
ans, et lui dit en élevant la voix :

— René, que ton ami se fasse huguenot, si cette jolie fille ne vient pas l'embrasser sur l'heure!

— Eh! mon cher, répondit celui qu'on appelait René, la demoiselle a trop bon goût pour cela, et si elle pose ses lèvres roses sur ton museau, je consens à embrasser la vieille lanterne qui l'accompagne malgré sa mine rechignée.

Et les deux hommes se prirent à rire bruyamment. Bathilde tremblait et pressait le pas, mais Gertrude, que le mot de vieille lanterne, expression alors fort usitée pour désigner une femme de mauvaise vie, avait singulièrement froissée, s'écria en s'adressant à René :

— Méchant ribaud, est-il honnête de tenir semblable discours devant des bourgeoises! à qui donc pensez-vous parler, ivrognes!...

— Gertrude, tais-toi, je t'en prie, disait Bathilde.

— Oh! oh! sorcière, tu raisonnes, répliqua René; allons, Philippe, à nous les péronnelles.

Et joignant l'action à la parole, les aventuriers se jetèrent au-devant, Philippe, afin d'embrasser Bathilde, René dans le but de jouer quelque méchant tour à Gertrude; mais au moment où Philippe se penchait vers Bathilde, celle-ci jeta un cri. Un jeune homme portant le costume de page, venait de se dresser inopinément entre elle et lui, l'œil étincelant de colère, la bouche frémissante, et s'écria impétueusement :

— Arrière! vous ne toucherez pas à cette femme, et il porta la main à la garde de son épée.

Bathilde enveloppa celui qui lui portait ce secours inespéré, d'un regard où se peignait la plus vive reconnaissance, et rougit de façon à laisser voir qu'il n'était pas tout à fait un inconnu pour elle.

A cette brusque intervention d'un jeune homme, d'un enfant presque, au visage imberbe, Philippe demeura interdit; mais se remettant bientôt, il considéra le nouveau venu et lui dit en frisant la pointe verticale de sa moustache :

— Et qui m'en empêchera, mon petit ami ?

— Moi, Raoul de Melles, répondit le jeune homme.

— Que dis-tu de ceci, René, dit Philippe à son compagnon ; puis s'adressant à Raoul avec un geste d'impatience :

— Allons, trêve de plaisanteries, mon mignon — place ! ou je vous le dis, je me nomme Philippe de Blancfort, et je vais vous tuer !

— En garde donc ! fut la réponse de Raoul.

Et les épées se croisèrent.

En voyant briller les armes, Bathilde détourna la tête, saisit la main de Gertrude que René avait laissée de côté à l'arrivée de Raoul, l'entraîna, et toutes deux disparurent.

Le combat entre Philippe et Raoul ne fut pas long ; les deux hommes étaient pressés d'en finir et s'attaquaient vivement en présence de René, témoin impassible de cette scène. Raoul, plus jeune et plus impétueux que son adversaire, fondit sur lui avec une ardeur fougueuse ; ses coups étaient adroits, mais trop précipités ; il essaya un coup de tierce difficile, Philippe le para avec dextérité et d'un revers sec lui traversa l'épaule. Raoul fit deux pas en arrière et tomba.

Philippe se baissa vers lui pour juger de son état et vit quelque chose de brillant qui sortait de la poche de son haut-de-chausses ; il s'approcha plus près et tira l'objet à lui ; c'était une magnifique chaîne d'or à laquelle était suspendu un médaillon représentant un portrait d'un côté, et de l'autre les armes de la maison de Luynes.

Philippe se retourna pour faire part de cette découverte à René ; mais celui-ci avait jugé prudent, en voyant tomber Raoul, de prendre le large. Philippe songea qu'il ferait bien de l'imiter ; en homme soigneux, il cacha dans son pourpoint la chaîne, et se hâta de disparaître en se félicitant d'une aussi bonne aubaine.

Dix minutes après cette scène, Bathilde rentrait chez son père, maître Palant, changeur, non sans avoir instamment prié Gertrude de taire l'aventure qui leur était arrivée, au grand étonnement de celle-ci qui ne tarissait pas en éloges sur le courage de leur vaillant défenseur. Cependant, habituée à obéir passivement à sa jeune maîtresse, elle se résigna, et personne ne sut le danger qu'elles avaient couru, et l'importance du service que leur avait rendu Raoul de Melles.

II

Le Pont-au-Change était jadis bordé de boutiques exclusivement occupées par des changeurs qui formaient le premier des sept corps de métiers, et jouissaient d'une grande réputation ; mais, en 1331, de graves sujets de plaintes formulées contre eux motivèrent une décision qui les chassa du pont, en les obligeant d'aller chercher fortune ailleurs. Cependant le pont ayant conservé sa dénomination de Pont-au-Change, longtemps après cette disgrâce, quelques boutiques de change s'ouvrirent, et finirent peu à peu par reconquérir la presque totalité de leur emplacement.

Or, celle du changeur Palant dépendait d'une lourde et sombre maison solidement construite et qui avait résisté au débordement survenu en janvier 1616, débordement qui eut des suites terribles, car il fit écrouler une partie des bâtiments élevés sur le pont.

Cette boutique, dont l'extérieur misérable dénonçait le peu de commerce que devait faire celui qui l'occupait, était écrasée par le premier étage formant saillie et paraissant supporter tout le poids des étages supérieurs. Quelques écus rognés couraient çà et là dans la montre-armoire qu'on apercevait du dehors ; elle était loin d'être aussi bien fournie que celle des changeurs récemment établis et qui commençaient à mettre à la mode l'exposition permanente des pièces d'argenterie qu'ils achetaient, contrairement aux usages de leurs vieux confrères qui, par prudence, les renfermaient soigneusement dans l'arrière-boutique.

Le mobilier qui la garnissait répondait à sa triste apparence; un comptoir en chêne, dont la forme massive accusait bien un demi-siècle, était placé vis-à-vis la porte d'entrée; quelques siéges en bois grossièrement sculptés et
tenant le milieu entre le fauteuil et l'escabeau étaient rangés
le long de la muraille : une vieille horloge, appelée coucou,
terminait l'ameublement.

En somme, c'était une piètre demeure, rarement visitée
par la lumière du grand jour, qu'obstruait l'élévation des
maisons construites sur l'autre côté du pont.

Cependant pas un écolier ne passait devant la boutique de
maître Palant sans plonger un coup d'œil curieux dans l'intérieur; ce n'était certes pas afin d'admirer la paire de
petites balances posées au milieu du comptoir, mais bien
pour recueillir un doux regard ou un sourire d'une jolie
fille fraîche comme une rose, qui demeurait assise une
partie de la journée derrière ce comptoir.

Il est vrai que c'était peine perdue, car Bathilde était
aussi sage que belle, et on s'étonnait, en la voyant, de ce
qu'une si charmante personne pût être la fille d'un aussi vi-
lain homme que maître Palant, qui passait dans le voisinage
pour l'être le plus laid, le plus maussade et le plus bourru
du pont.

Le soir même où Bathilde avait été insultée, en revenant
des vêpres, par Philippe de Blancfort, tandis que la pluie
fouettait les vitres et que le vent s'engouffrait avec violence
sous les arches du pont, au grand déplaisir des tire-laines
et des coupeurs de bourse de la bonne ville de Paris, qui pré-
voyaient bien que peu d'honnêtes bourgeois s'aventureraient
d'un temps pareil dans les rues, trois personnes étaient
réunies dans l'arrière-boutique du changeur Palant et entouraient une table sur laquelle s'étalait orgueilleusement une
oie rôtie d'un embonpoint respectable; de plus, chose
inouïe dans les fastes de cette table, deux bouteilles de vin
se prélassaient sur la nappe d'une éblouissante blancheur.
Un bon feu pétillait dans l'âtre et on n'entendait que le

bruit des fourchettes sur les assiettes d'étain, brillantes comme si elles eussent été d'argent.

Le plus âgé de ces trois personnages était un petit homme d'environ soixante ans, gros, court, les lèvres fortement développées et surmontées d'un nez enluminé, dont les bulbules annonçaient chez le digne homme une profonde sympathie pour la liqueur contenue dans la bouteille placée devant lui : M⁰ Tamponnet, notaire royal au Châtelet, — tels étaient son nom et sa profession, — écarquillait ses petits yeux ronds comme ceux d'un chat, à chaque parole que laissait tomber son interlocuteur qui n'était autre que Nicolas Palant, le maître du logis, dont la physionomie sévère et empreinte de dissimulation, contrastait fort avec la mine réjouie du garde-notes.

Quant à la troisième personne, Mˡˡᵉ Bathilde, que nous connaissons déjà, elle ne prêtait qu'une très-médiocre attention à la conversation des deux hommes, et semblait être tout entière à la surveillance du service de la table.

— Ainsi, dit M⁰ Tamponnet en s'adressant à Palant, c'est une affaire convenue, mon cher client, demain je vous enverrai l'acte tout signé ; mais savez-vous bien, ajouta-t-il en achevant de vider son verre et en se renversant avec abandon sur le dossier de son siége, que plus d'un de vos confrères, s'il connaissait votre fortune, changerait bien volontiers son fonds contre le vôtre ; car, et cela me fait plaisir, dit-il avec gaieté, il faut que vous fassiez des affaires d'or pour mettre tant d'argent de côté.

Cette réflexion intempestive du notaire parut contrarier Palant, qui lui répondit en fronçant le sourcil, signe certain d'un vif mécontentement :

— Maître Tamponnet, j'ai besoin d'un homme sûr et discret pour garder mes économies ; mais, continua-t-il en le fixant, un dépositaire bavard et indiscret ne saurait me convenir.

Bathilde qui, depuis le commencement du souper, était restée complétement indifférente aux paroles échangées entre son père et Tamponnet, parut surprise en entendant

ce dernier parler de fortune; elle leva ses yeux sur lui et
attendit quelqu'éclaircissement; mais à la suite de l'injonction faite par Palant au tabellion, celui-ci comprit qu'il avait
dit une sottise et s'excusa tout en balbutiant :

— Mon excellent client, douteriez-vous de moi? Ce que
j'ai dit m'était dicté par l'intérêt que je vous porte... Au
surplus, ce n'est qu'une simple observation, croyez bien
que je n'ai nulle intention d'examiner ou contrôler vos actions.

— Et vous faites bien, répliqua Palant, d'un ton qui ne
permettait pas de discourir longtemps sur ce sujet.

Quoiqu'il fût bien certain pour le changeur que Tamponnet n'avait été qu'étourdi, il n'en demeura pas moins
soucieux, son visage se rembrunit, et le repas s'acheva assez
silencieusement. Chacun des trois convives son_eant à part
lui : Palant, au moyen de rendre le notaire plus circons-
pect; Tamponnet, au proverbe qui enseigne de tourner sa
langue sept fois avant de parler; et Bathilde, à son jeune
défenseur, Raoul de Melles.

Une défiance réciproque et une certaine inquiétude pe-
saient sur tout le monde. Aussi, lorsque neuf heures sonnèrent et que Me Tamponnet fit observer que les clercs tar-
daient bien à venir le chercher, personne ne fut d'avis
contraire.

Une demi-heure s'était écoulée, lorsque la porte communiquant à la boutique s'ouvrit et que deux jeunes gens entrèrent dans la salle.

L'un d'eux, grand et maigre comme une plume ébarbée,
tenait à la main un fallot dont la lueur rougeâtre illuminait
ses jambes grêles. Il s'approcha de Me Tamponnet en se
découvrant et parut profondément étonné de voir son cher
patron tout prêt à se mettre en route, lui qui d'ordinaire ne
pouvait se résoudre à quitter la table!

Son compagnon, dont la physionomie annonçait l'intelli-
gence, profita de l'instant où son collègue aidait Tamponnet à endosser son manteau pour s'approcher de Bathilde;
mais au moment où il tirait de son pourpoint un papier

qu'il se disposait à lùi remettre, au grand étonnement de la jeune fille, Tamponnet se retourna :

— Bellois! que faites-vous là, fainéant! donnez-moi ma canne, qui doit être auprès de la cheminée.

Bathilde s'éloigna, et Bellois, resserrant vivement le papier qu'il tenait, se mit en devoir d'aller chercher la canne qu'il apporta à Tamponnet.

— Maintenant, dit ce dernier aux jeunes gens, passez devant.

Les deux clercs revinrent dans la boutique.

Après avoir enfoncé son feutre sur son front et souhaité une heureuse nuit à Palant et à sa fille, Tamponnet rejoignit ses deux compagnons, et tous trois sortirent en se dirigeant vers la rue du Hurepoix, où était située l'étude du digne notaire.

Aussitôt après le départ des gens de loi, Bathilde laissa la vieille Gertrude faire disparaître les traces du souper et se hâta de monter à sa chambre, après avoir reçu sur le front un baiser de son père, qui demeura seul dans l'arrière-boutique.

La petite chambre qu'occupait Bathilde, située au premier étage, se trouvait placée au dessus de la boutique. Cette pièce, étroite et basse, à laquelle on arrivait par un petit escalier noir, était meublée avec la même simplicité que le reste du local ; mais la plus exquise propreté y régnait, et chaque chose rigoureusement rangée à la place qui lui était assignée, témoignait chez Bathilde de l'ordre et l'entendement des soins du ménage.

En arrivant à sa chambre, Bathilde posa le flambeau qu'elle tenait à la main sur une petite table de bois noir avoisinant son lit, et put donner un libre cours à sa pensée, toute à Raoul.

Elle ignorait l'issue du combat engagé entre lui et Philippe de Blancfort, et l'incertitude où elle était lui causait de vives inquiétudes.

Nous avons dit précédemment que Raoul pouvait bien ne pas être un inconnu pour Bathilde, et c'était la vérité. Plusieurs fois Bathilde avait remarqué qu'un jeune page, aux manières nobles et distinguées, d'une physionomie agréable, ne manquait jamais de lui adresser les œillades les plus éloquentes lorsqu'il passait devant la boutique de son père.

Et il y passait souvent!

Bathilde, qui jusque-là était restée fort insensible aux agaceries des écoliers et aux regards langoureux de messieurs de la bazoche, se sentit malgré elle attirée vers ce jeune page qui paraissait si doux, et elle s'avoua que nul mieux que lui ne réunissait plus d'élégance et de bonnes façons.

Raoul saluait avec tant de grâce, qu'elle ne s'était pas sentie assez impolie pour ne pas répondre à ses saluts, lorsque toutefois elle était seule à la boutique; car Palant n'était pas homme à encourager les amours, et quand un voisin complimentait le changeur sur la fraîcheur et la grâce de Bathilde, Palant remerciait le complaisant voisin; mais si celui-ci ajoutait qu'elle était bientôt en âge d'être mariée, il entrait dans une colère épouvantable, et s'écriait qu'il ferait bon de parler de cela dans une dizaine d'années seulement. Et cependant Palant aimait sa fille aussi tendrement qu'il était susceptible d'aimer; mais, n'ayant jamais connu l'amour, il pensait que, pour une jeune fille, le mariage n'était qu'une obligation envers la société, dont l'acquittement devait s'effectuer le plus tardivement possible.

Bathilde avait seize ans; de vagues désirs qu'elle ne comprenait pas, mais dont elle ressentait l'influence, commençaient à agiter son jeune cœur; il était bien certain que la première parole d'amour qu'elle entendrait ferait éclore en elle le sentiment qui ne demandait qu'à s'emparer de son âme.

Raoul osait à peine lui avouer l'amour qu'elle lui inspirait, mais ses yeux l'exprimaient si bien que Bathilde ne pouvait s'y tromper.

Le jeune homme, en ne craignant pas d'exposer ses jours pour défendre celle qu'il aimait, avait, par cette action, fait un grand pas dans l'esprit de la jeune fille, qui, rappelant à son esprit les événements qui s'étaient accomplis dans la journée, était toute portée à la reconnaissance.

Et ce n'était pas seulement la reconnaissance qui germait en elle, c'était un amour violent, qui allait envahir toutes ses facultés intellectuelles, pour la faire vivre d'une vie nouvelle, inconnue, inondant son cœur de joies et de douleurs.

Bathilde fut effrayée elle-même de cette découverte et elle résolut de cacher à Gertrude, la confidente de toutes ses pensées de jeune fille, cet amour naissant, cette fleur odoriférante dont elle devait seule respirer le parfum, et qui devait rester enfermée en son cœur comme dans un sanctuaire impénétrable.

Ces réflexions et l'inquiétude où la laissait l'absence de nouvelles de Raoul, qui avait peut-être succombé, firent veiller Bathilde plus que de coutume ; cependant elle se disposait à prendre du repos, lorsqu'un bruit inattendu vint éveiller son attention : elle entendit un son semblable à celui produit par la chute d'un corps métallique sur une dalle, elle tressaillit, et ne sachant à quoi attribuer ce bruit, elle eut peur !

Était-ce son père qui avait laissé tomber quelque pièce d'argenterie ? — Mais à cette heure cette supposition était inadmissible. — Seraient-ce des voleurs introduits furtivement dans la boutique ? — Surmontant toute hésitation, elle se dirigea vers l'escalier et le descendit en retenant sa respiration et marchant sur la pointe des pieds.

Elle arriva au bas et aperçut de la lumière par les interstices de la porte communiquant à la boutique. Elle prêta l'oreille ; un bourdonnement de voix confuses se fit entendre, elle ne put d'abord rien saisir, car on s'entretenait à voix basse ; cependant, au bout d'un moment, elle crut reconnaître celle de son père.

Étonnée de la présence d'un étranger à pareille heure, Bathilde remonta vivement à sa chambre, en se rappelant qu'il existait, sous le lit qu'elle occupait, une ouverture qui jadis avait été ménagée dans le plancher, afin d'observer ce qui se passait dans la boutique ; elle ferma en dedans la porte de sa chambre et, se baissant, elle se glissa sous son lit et essaya de soulever le couvercle qui couvrait le judas; mais comme depuis des années il était demeuré hors d'usage, elle ne put y réussir.

Trompée dans son attente et voulant cependant savoir à quoi s'en tenir, elle se releva, et cherchant autour d'elle, elle aperçut un couteau grossier. Elle s'en saisit, et recommença ses efforts; en introduisant la lame du couteau entre le couvercle et le plafond, elle finit par le débarrasser de la poussière qui l'avait presque scellé et l'enleva.

Plongeant son regard dans l'intérieur de la boutique, elle demeura immobile de surprise et d'étonnement.

Une lanterne posée sur le comptoir éclairait Palant et un individu que Bathilde reconnut, avec stupéfaction, être Philippe de Blancfort; les deux hommes parlaient avec animation; devant eux étaient étalés un plat d'argent et la superbe chaine dont Blancfort avait dépouillé Raoul.

— Chevalier, prenez donc garde, s'écria Palant, ne gesticulez pas ainsi, vous avez déjà fait tomber ce plat; vous allez réveiller les gens de la maison.

— C'est qu'en vérité, mon maître, vous devenez intraitable; comment! vous ne voulez me donner que deux cents livres sur tout ceci.

— Ah çà, mon gentilhomme! croyez-vous donc qu'il soit si facile, par le temps qui court, de se débarrasser de pareils objets; surtout, continua Palant, en examinant le médaillon suspendu à la chaîne, lorsqu'ils sont revêtus de chiffres semblables... c'est là, si je ne me trompe, les armes de Luynes.

— Finissons, Palant, interrompit Philippe, donnez-moi les deux cents livres.

Le changeur ouvrit un tiroir, en tira la somme, qu'il remit à Philippe; celui-ci la compta :

— A propos, maître Palant, ne laissez pas traîner tout cela dans votre boutique, il y a tant de filous, que...

— Allez! allez! répondit en souriant Palant, soyez sans inquiétude, c'est mon affaire.

Et il le congédia.

Bathilde ne perdait aucun détail de cette scène à laquelle elle ne comprenait rien ou plutôt qu'elle redoutait de comprendre; elle vit partir Philippe de Blancfort, puis son père se diriger vers le comptoir. Celui-ci prit la chaîne qu'il examina avec une scrupuleuse attention, posa le plat dans un des plateaux de la balance, et un sourire de satisfaction glissa sur ses lèvres; évidemment, il venait de conclure un bon marché.

Tenant entre ses mains les objets qu'il avait achetés, il ne pouvait se lasser de les admirer; enfin il alla vers la porte du fond et l'ouvrit. Bathilde, le voyant se diriger vers l'escalier, ferma le judas, et sortant de dessous le lit ou elle était blottie, elle vint écouter près de la porte de sa chambre; n'entendant rien, elle l'entr'ouvrit.

Palant était baissé au bas de l'escalier; elle avança la tête avec précaution.

Le mur sur lequel s'appuyait l'escalier offrait à sa base et à la gauche des premières marches une cavité de deux pieds environ de profondeur; dans cette espèce de niche était placée une caisse en bois. Palant tira cette caisse, prit dans un coin de l'arrière-boutique un bâton à bout recourbé, et à l'aide d'une petite clé ouvrit une serrure retenant une large barre de fer, qui séparait en deux parties la place où se trouvait ordinairement la caisse en bois. Cette barre relevée, il souleva une trappe.

Un air vif et froid vint frapper son visage.

Saisissant la lanterne qu'il avait déposée sur le bord de la trappe et son bâton, il descendit avec précaution les dégrés d'un étroit escalier en pierre, en prenant soin de serrer contre lui le plat d'argent. Après avoir descendu environ dix marches, il s'arrêta; l'eau baignait le reste de cet escalier qui était construit dans une pile du pont supportant la maison du changeur, et qui se terminait par une grille en fer, entièrement cachée par l'eau.

Posant sa lanterne sur un des degrés qu'il venait de franchir, Palant plongea dans l'eau le bout recourbé de son bâ-

ton, et ramena une longue chaîne de fer qu'il continua à tirer ; au bout de cette chaîne pendait un sac de toile de forte
dimension qu'il amena jusqu'à ses pieds, il ouvrit ce sac
dans lequel se trouvaient pêle-mêle, vaisselle d'argent, ai-
guières, coupes, etc., et il y ajouta le produit de son acqui-
sition ; puis, refermant solidement le sac, il le repoussa dans
l'eau en s'assurant, à l'aide de son bâton, que la chaîne le
retenant était bien fixée à un anneau scellé dans la muraille.

Une fois rassuré sur ce point, il reprit sa lanterne et remonta tranquillement l'escalier souterrain, tout en fredonnant un noël.

Après avoir replacé la caisse de façon à masquer la des-
cente de l'escalier et remis les choses en leur état ordinaire,
Palant, satisfait de lui-même, gagna sa chambre, se coucha,
et dormit d'un sommeil calme jusqu'au lendemain matin.

Bathilde, n'entendant plus de bruit, était sortie sur
le palier ; en voyant son père s'engager dans la trappe
dont nous avons parlé et dont elle était bien loin de soupçonner l'existence, elle demeura saisie de terreur ; un cri fut
sur le point de s'arracher de sa poitrine, mais la crainte
d'être surprise observant son père la rendit muette ; tremblante et ne sachant que penser de tout ce qu'elle voyait,
elle rentra, se promettant bien d'éclaircir ce mystère.

III

Nous avons laissé Raoul de Melles étendu sans mouvement sur le sol, à la suite du coup d'épée dont l'avait gratifié de Blancfort; le sang coulait de sa blessure, et personne n'était là pour lui porter secours.

Cependant au bout de quelques minutes, un jeune homme à la figure débonnaire, vêtu de noir et portant sous son bras un rouleau de papier, vint à passer et recula de trois pas en apercevant un homme couché à terre; cédant pourtant à un mouvement de compassion, il se rapprocha de Raoul.

— Encore un assasinat! exclama-t-il, ou un duel, car c'est un page, si je ne m'abuse.

Et il se baissa pour examiner plus attentivement celui dont il parlait; au même instant, Raoul fit un mouvement et ouvrit les yeux.

— Il n'est que blessé, tant mieux; eh! eh! cria-t-il à Raoul, courage, mon gentilhomme, je vais vous secourir.

Et le brave garçon se pencha sur le corps de Raoul, dont il pansa la blessure avec son mouchoir.

— Allons, cela ne sera rien, dit-il avec satisfaction.

— Merci, mon ami, de vos soins; la douleur a été vive, et je me suis évanoui, mais les forces me reviennent.

Et Raoul essaya de se lever, mais il eut besoin du bras du jeune homme.

— Appuyez-vous sur moi, lui dit celui-ci, ne faut-il pas

s'entr'aider en ce monde; je me nomme Bellois et je suis clerc chez maître Tamponnet, le notaire de la rue Hurepoix. Mes jambes sont à votre disposition, car vous me paraissez un si digne gentilhomme, que je veux vous accompagner jusqu'à votre logis...

— Merci, mon brave ami, merci; mais, je me sens assez fort pour gagner la rue des Marmousets...

Et il essaya de marcher seul; mais il présuma trop de ses forces et de son courage, il chancela.

— Allons, dit-il à Bellois, j'accepte votre offre, mais, je dois le dire, vous êtes un garçon obligeant comme il y en a peu... Quel dommage! exclama-t-il, que vous soyez dans la bazoche; enfin!...

Tous deux arrivèrent bientôt à la rue des Marmousets. Raoul s'arrêta devant une maison qui paraissait tenue aussi proprement que peut l'être une maison honnêtement meublée, comme se plaisait à l'appeler la maîtresse du lieu.

— C'est ici, dit Raoul.

Et, avec l'aide de Bellois, il se disposait à franchir les deux étages qui conduisaient à sa petite chambre.

Mais il avait compté sans madame Marmichon, son hôtesse, petite femme au teint frais, qui venait d'entendre sonner sa trente-cinquième année, et dont le cœur inflammable s'était vivement épris des grâces adolescentes de Raoul.

En le voyant entrer, pâle, défait, et l'épaule couverte d'un linge ensanglanté, elle poussa des exclamations de compassion et de pitié qui révélaient toute l'importance de l'intérêt qu'elle portait au jeune homme.

— Jésus mon Dieu!... Monsieur Raoul blessé, un si honnête gentilhomme!... et si poli, si aimable... pauvre jeune homme... vous vous êtes donc battu?

— Ma chère madame Marmichon, dit Raoul sans prêter la plus légère attention aux doléances de son hôtesse, la clef de ma chambre, je vous prie, car je souffre violemment.

— Vous souffrez!... voilà ce que c'est que de se battre... et si vous aviez été tué!... je ne m'en serais jamais consolée.

Monsieur Raoul, est-ce pour une femme que vous avez eu un duel?

— Mais, madame, je vous en conjure, ma clef.

— Pardon, monsieur Raoul, pardon ; je monte avec vous pour voir si votre chambre est préparée de façon à vous recevoir... ah! mon Dieu! quel événement!

Et madame Marmichon, s'élançant enfin devant les deux jeunes gens, ouvrit la chambre de Raoul où celui-ci entra précipitamment. Il était temps qu'il se reposât, car la marche avait déterminé un échauffement de la plaie qui lui causait de vives douleurs.

— Je vais chercher un chirurgien... dit madame Marmichon; soyez tranquille, vous ne manquerez de rien !

Et l'excellente hôtesse partit au plus vite.

— Maintenant, mon cher monsieur, dit Raoul dès qu'ils furent seuls, me voici chez moi, grâce à votre aide, ne vous retardez pas plus longtemps, je vous en prie, acceptez mes bien sincères remerciements, et croyez que je n'oublierai jamais, foi de gentilhomme, le service que vous m'avez rendu.

— De grâce, mettez-vous d'abord au lit, dit Bellois, ensuite, puisque vous le voulez, je vous quitterai.

Et il se mit en devoir de débarrasser Raoul de son pourpoint.

Celui-ci, avant de le retirer, fouilla dans la poche afin de retirer ce qu'elle contenait. Soudain, son visage se couvrit d'une pâleur mortelle, et il s'écria avec terreur, en retirant sa main de son pourpoint :

— La chaîne !... qu'est-elle devenue !... oh ! mon Dieu! je ne l'ai plus.

Bellois le regarda avec étonnement.

— Qu'avez-vous, dit celui-ci; que voulez-vous dire?

— Oh! répondit Raoul avec un accent de désespoir qui pénétra jusqu'au fond de l'âme de Bellois, je suis perdu. J'étais chargé par monseigneur le connétable de porter une chaîne d'or à quelqu'un... et, dans mon duel, je l'aurai laissé tomber ou elle m'aura été volée.

En disant ces mots, Raoul regarda Bellois, un soupçon traversa sa pensée.

Mais devant l'air d'honnêteté et de franchise qu'exprimait la figure du digne bazochien, il eut honte de sa supposition, et prenant une résolution subite, il s'assit devant une table, écrivit quelques mots, et les remettant à Bellois, qui suivait chacun de ses mouvements avec la plus grande attention :

— Monsieur, lui dit-il, tout à l'heure vous m'avez généreusement offert vos services, eh bien, je les accepte et vous en réclame un. Je suis perdu, je viens de vous le dire, car les suites de tout ceci seront terribles pour moi : or, avant d'être puni de m'être laissé dérober ce bijou qui m'était confié... peut-être même, ajouta-t-il avec amertume, avant d'être puni comme accusé de l'avoir volé moi-même...

Et il frappait son front avec douleur.

— Je désire que ce papier parvienne à une jeune fille... Cette jeune fille, dont je vais vous dire le nom parce que je vous crois loyal et homme d'honneur, vous qui m'avez secouru avec tant de bonté, c'est Bathilde, la fille du changeur Palant, dont la boutique est la quatrième du pont. Je vous en conjure, allez vers elle, et trouvez moyen de lui remettre cette lettre sans que personne le sache, car c'est elle seule, je le répète, qui doit la lire ; une indiscrétion lui serait fatale. Encore une fois, je me fie entièrement à vous.

Bellois demeura saisi d'étonnement en écoutant la confidence de Raoul, confidence qui lui plut médiocrement, car lui aussi soupirait pour les beaux yeux de Bathilde.

Il avait eu l'occasion de la voir et de l'approcher, lorsque, dans l'exercice de ses fonctions, il était chargé par Me Tamponnet de porter chez le changeur quelque acte d'achat ou de prêt à signer ; et, comme tous les jeunes gens, pages ou clercs, laquais ou gentilshommes, écoliers ou désœuvrés, qui apercevaient de loin ou de près la jeune fille, il s'était pris de belle passion pour elle, sans toutefois manifester cet amour autrement que par une timidité extrême qu'il éprouvait lorsqu'il était en sa présence.

Bellois regarda donc Raoul de Melles, d'abord avec dépit en

l'entendant prononcer le nom de Bathilde ; mais, en y réfléchissant, il sentit qu'il ne pouvait guère soutenir une rivalité
d'amour avec un gentilhomme d'aussi bonne mine que Raoul,
qui, d'ailleurs, paraissait être en bon chemin, puisqu'il écri-
vait à celle que lui, Bellois, avait à peine jusque-là osé regarder en face.

La pensée de servir d'auxiliaire à son rival, en se char-
geant de la lettre que lui remettait Raoul, le taquinait bien
aussi un peu, mais Bellois était avant tout homme de parole ;
il s'était mis à la disposition de Raoul, et pour rien au monde
il n'eût manqué à sa promesse. Aussi prit-il la lettre des
mains de Raoul en l'assurant qu'il la remettrait, aussitôt qu'il
lui serait possible de saisir l'occasion de rencontrer Bathilde
seule, et sortit en recommandant à Raoul de ne pas se
mettre martel en tête, ce qui infailliblement retarderait sa
guérison.

Resté seul, Raoul mesura toute l'étendue de sa fâcheuse
position, et certes, cet examen fut loin de calmer ses inquiétudes.

Depuis six mois seulement, il avait quitté sa province du
Quercy pour venir à Paris, comme la plupart des jeunes
gentilshommes de l'époque, dans l'espoir d'arriver à la cour
et de s'y produire aussi avantageusement que pouvaient le
lui permettre sa bonne mine, ses dix-huit ans et une noblesse
de vieille souche.

Grâce à ces avantages et aussi à une lettre de recomman-
tion pour le connétable Albert de Luynes que lui avait donnée son père, le vieux baron de Melles, qui s'était fort dis-
tingué sous le règne précédent par ses services rendus à la
cause catholique, Raoul avait trouvé, chez le connétable
lui-même, le manteau de page et l'espérance de ne pas en
rester là.

Et certes, placé dans de telles conditions, surtout lorsqu'on
possède en outre cent beaux écus, du courage et de l'in-
telligence, on peut prétendre à tout.

Mais malheureusement Raoul avait un défaut, il aimait à
jouer, et de plus, il était amoureux de Bathilde. Or, quant à

la première de ces passions, il en était entièrement guéri par
la perte totale de ses cent écus, mais il avait malheureusement parmi ses camarades gardé sa réputation de joueur.
D'un autre côté, son amour pour Bathilde, chacun l'ignorait;
aussi ne manquait-on pas d'expliquer ses fréquentes absences
de l'hôtel par son penchant pour le jeu, tandis que le pauvre
garçon passait des heures entières à arpenter le Pont-au-
Change, guettant l'occasion d'envoyer un salut et de recueillir un encouragement de Bathilde.

Quelques heures avant sa rencontre avec de Blancfort,
Raoul était de service à l'hôtel du connétable. Ce dernier
venait de recevoir une dépêche qui l'intéressait fort sans
doute, car à la vue de la suscription il brisa précipitamment le cachet, et lut cette seule ligne qui en formait le contenu :

« Un gage de reconnaissance, et on est à votre disposition. »

Un sourire de satisfaction effleura les lèvres du connétable; il parut se recueillir un moment, retira de son cou
une chaîne en or qui suspendait sur sa poitrine un médaillon,
et la posa sur la table placée devant lui; puis ouvrant la porte
communiquant de son cabinet de travail à une pièce où se
tenaient les pages et gentilshommes de sa maison, il interrogea du regard toutes ces têtes jeunes ou vieilles qui n'attendaient qu'un signe ou un mot pour obéir au moindre de
ses ordres.

Après avoir passé cette sorte de revue, son œil s'arrêta sur
un page dont la physionomie insouciante et franche appelait
l'attention et la confiance :

— M. de Melles, dit en élevant la voix le connétable,
venez!

Et il rentra à son cabinet, suivi de Raoul à qui il remit la
chaîne qu'il venait déposer sur la table, en lui disant :

— Monsieur de Melles, je vous crois intelligent et prompt;
partez sur-le-champ rue Saint-Louis en l'Ile, au cabaret de
la Boule-d'Or; vous demanderez M. Thibaut, et vous lui re-
mettrez ceci.

12

— Oui, monseigneur, répondit Raoul.

Et il mit le bijou dans la poche de son haut-de-chausses.

— Revenez me rendre compte de votre mission aussitôt qu'elle sera accomplie.

— Oui, monseigneur.

Et s'inclinant, il salua et partit.

Nous connaissons l'aventure survenue à Raoul, son duel et le vol de la chaîne. On comprend facilement quelles pouvaient être ses inquiétudes.

— Que va dire le connétable? se disait le pauvre garçon; voudra-t-il croire à tout ce qui m'est arrivé? Ah! quelle malheureuse affaire!

— Tant pis, reprit-il après un moment de silence, il faut toujours que le connétable l'apprenne, il vaut mieux que je l'en avertisse moi-même.

Et il écrivit, malgré la douleur que lui faisait éprouver sa blessure, un billet au connétable, où il lui racontait, en termes simples et vrais, le récit de son infortune, en se gardant bien toutefois d'y mêler le nom de Bathilde. Ce fut madame Marmichon, son hôtesse, qui fut chargée de porter cette missive.

IV

La véritable industrie de Nicolas Palant était celle que nous lui avons vu exercer nuitamment : le recel. Sa profession de changeur n'était qu'un manteau propre à l'abriter contre les soupçons, car elle ne lui rapportait aucuns bénéfices ; il n'en était pas de même du commerce illicite qu'il pratiquait dans l'ombre, et qui le mettait à même de placer fort souvent chez Mᵉ Tamponnet de bons sacs de gros écus.

Il avait su tirer un excellent parti de la construction intérieure de la maison qu'il habitait ; les objets qu'il achetait à vil prix, et dont il avait un écoulement facile, étaient cachés en lieu sûr en bas du petit escalier ; aussi demeurait-il parfaitement tranquille sur le sort de ses opérations.

Au reste, Palant avait des complices de choix, il dédaignait les courtauds de boutange, les capons et toute la confrérie de la Cour des miracles ; ses associés étaient tous des gens de bon air, portant épée au côté, plume au chapeau, et ayant tous les dehors des gentilshommes. Il est vrai que quelques-uns même l'étaient bien, tels que le chevalier de Blancfort ; disons aussi pour l'explication de ce fait, qu'on ne doit pas attacher à la complicité de certains d'entre eux la même infamie qu'une telle conduite recevrait de nos jours.

Au milieu de l'état de troubles continuels dans lesquels on vivait, les catholiques avaient pris l'habitude de saccager les maisons des protestants sous le plus léger prétexte de plainte, et de s'emparer des objets de valeur qui leur tombaient sous la main. De leur côté, les protestants ne manquaient pas, quand l'occasion s'en présentait, de mettre au pillage les demeures de leurs ennemis, à titre de représailles, et par suite, de faire le négoce avec les honnêtes marchands comme Palant.

Celui-ci, satisfait du marché qu'il avait conclu dans la nuit avec de Blancfort, était assis dès le matin derrière le comptoir, et frottait une pièce d'argent dont il cherchait à lire le millésime.

Il fut interrompu dans son travail matinal par Bathilde qui vint comme de coutume lui succéder au comptoir, non pas vive et joyeuse ainsi qu'à l'ordinaire, mais triste et préoccupée; la fatigue d'une nuit sans sommeil avait laissé des traces sur son visage.

En voyant son père vaquer tranquillement à ses occupations, elle se demanda si elle n'avait pas été, pendant la nuit qui venait de s'écouler, le jouet d'un mauvais songe, résultant de l'inquiétude à laquelle elle n'avait cessé d'être en proie depuis la veille. Elle se dirigea vers l'escalier, rien n'était dérangé : elle ne savait que penser.

Palant vint à elle, l'embrassa et sortit pour aller, dit-il, s'enquérir des nouvelles de l'armée de madame la Régente, mais en réalité pour savoir si on ne parlait pas de monseigneur le connétable et de la chaîne qu'il supposait lui avoir été dérobée.

Après la sortie de son père, Bathilde jeta de fréquents coups d'œil au dehors; c'était l'heure à laquelle passait habituellement Raoul, et celui-ci ne se montrait pas.

Évidemment il fallait qu'il eût été empêché par un motif bien sérieux, et elle se disait avec terreur qu'elle avait peut-être causé la mort du jeune homme.

Elle n'y tint plus et prit le parti de tout confier à Gertrude, qui l'aimait comme son enfant, et de la prier d'aller savoir des nouvelles de leur sauveur; mais au moment où elle se disposait à l'appeler, quelqu'un entra dans la boutique, et Bathilde reconnut Bellois, le clerc de M⁰ Tamponnet.

— Je désirerais voir M. Palant, dit timidement celui-ci, afin de lui faire signer ce papier, de la part de Mᵉ Tamponnet. Et il regardait autour de lui pour s'assurer qu'ils étaient bien seuls, tout en présentant un papier à Bathilde, qui lui répondit que son père venait de sortir.

— Mademoiselle, continua Bellois, je ne viens pas seulement de la part de M⁰ Tamponnet, mais encore de celle d'une autre personne.

— De qui ?... demanda Bathilde.

— De M. Raoul de Melles.

— Que dites-vous ? s'écria-t-elle vivement. Mais, ajouta-t-elle en rougissant, M. de Melles... je ne le connais pas.

— Si, mademoiselle, vous le connaissez : un brave gentilhomme.que j'ai rencontré hier, l'épaule traversée par un coup d'épée... et, continua-t-il en baissant la voix, qui m'avait prié de vous remettre ceci hier au soir, ce que je n'ai pu faire. Mais j'espère qu'il est temps encore.

Et il présenta la lettre de Raoul.

Bathilde la prit, l'ouvrit, et la lut précipitemment.

Voici ce quelle contenait :

« Mademoiselle,

» Je remercie Dieu de m'avoir donné l'occasion de vous défendre au péril de ma vie ; une légère blessure me retient loin de vous. Un événement qui se prépare prolongera peut-être cette absence. Quoi qu'il arrive, et quoi que vous appreniez, croyez que Raoul de Melles est toujours digne de vous, qu'il vous aime, et pensez à lui.

» RAOUL. »

La lecture de cette lettre énigmatique accabla Bathilde qui crut Raoul en danger de mort ; elle s'adressa à Bellois, et lui dit :

— M. Raoul est-il donc blessé dangereusement ?

12.

— Je ne le pense pas, mademoiselle, mais je crois que ce n'est pas là ce qui l'inquiète le plus.

— Qu'est-ce donc? demanda Bathilde.

— Mon Dieu! ce brave gentilhomme avait été chargé par son maître, monseigneur le connétable, de remettre une chaîne d'or à une personne qui lui était désignée, et, lorsqu'après son duel il fouilla dans la poche de son haut-de-chausses, la chaîne n'y était plus. Il faut qu'il l'ait perdue ou qu'on la lui ait volée.

En écoutant ce récit, Bathilde sentit une sueur froide mouiller son front... une pensée terrible, subite, traversa son esprit; la scène de la nuit se retraça tout entière à sa mémoire et la glaça d'effroi.

— Une chaîne d'or... dites-vous? exclama-t-elle.

— Oui, mademoiselle, et une chaîne de prix, à ce qu'il paraît.

— Mais cette chaîne...

Elle allait parler, mais elle se contint, et reprit d'une voix étouffée :

— Je vous remercie, monsieur, des nouvelles que vous m'apportez, et vous en suis reconnaissante; mais mon père ignore le service que m'a rendu M. Raoul, et...

— Tranquillisez-vous, mademoiselle. Je ne suis ici que le clerc de Me Tamponnet; mais, ajouta-t-il, je ferai en sorte de vous prévenir s'il arrivait quelque chose de nouveau à M. de Melles.

En disant ces mots, Bellois salua profondément la jeune fille et sortit.

Bathilde relut une seconde fois la lettre de Raoul, et une agitation fébrile s'empara d'elle ; elle souffrait de la blessure de celui qu'elle aimait, et le blâmait en même temps d'avoir confié son secret à un étranger. D'un autre côté, elle se demandait avec terreur si la chaîne dont lui avait parlé Bellois n'était pas celle que le chevalier de Blancfort avait apportée à son père ; et malheureusement elle sentait qu'il était difficile d'en douter.

Les suppositions les plus pénibles et les pensées les plus

diverses, se croisaient et se heurtaient dans son cerveau ; elle demeurait anéantie, ne sachant à quel parti s'arrêter, et sentant sa raison prête à l'abandonner.

Une prostration complète succéda à la fiévreuse préoccupation qui l'absorbait, et d'abondantes larmes jaillirent de ses yeux. Tout à coup elle fut arrachée à la douleur par le son d'une trompette qui sonnait au milieu du pont ; bientôt à ce bruit succéda le timbre d'une voix forte et sonore ; Bathilde écouta, c'était une proclamation faite par un crieur.

« Il est défendu à tous marchands, orfévres et changeurs, établis dans la bonne ville de Paris, d'acheter ou détenir, à quelque titre que ce soit, une chaîne en or fin, terminée par un médaillon aux armes de monseigneur le connétable Albert de Luynes, ce bijou ayant été dérobé dans la journée d'hier. Il est enjoint à toute personne, noble ou roturière, qui s'en trouverait possesseur, de la remettre incontinent aux mains du prévôt de l'hôtel de monseigneur le connétable. Les délinquants seront punis des galères. »

La voix se tut, et la trompette sonna de nouveau.

Bathilde se sentit défaillir, chaque mot de cette proclamation était entré dans son cœur comme la pointe acérée d'un poignard.

Le doute n'était plus possible, et la teneur de la lettre de Raoul s'expliquait clairement.

La jeune fille envisagea avec terreur la cruelle alternative dans laquelle elle se trouvait placée ; d'un mot, elle pouvait justifier celui qu'elle aimait, mais ce mot était la condamnation de son père ; aussi, rejetant loin d'elle cette pensée, elle sentait la terrible impossibilité de sortir de cette position horrible, qui lui était rendue plus pénible encore par la découverte qu'elle avait faite de la source de la fortune de son père, qu'elle aimait sincèrement, et dont maintenant elle craignait de rougir en prononçant le nom.

Elle maudissait la connaissance de ce fatal secret qui lui enlevait toute espérance de bonheur en ce monde et lui torturait le cœur, en ne lui permettant pas de remédier au mal qu'il avait causé.

En proie à ces sombres pensées, Bathilde vit rentrer son père le visage tranquille, et affectant tous les dehors d'un homme qui vient d'apprendre une nouvelle dont il n'est pas fâché d'avoir connaissance, mais qui lui est complétement indifférente.

— Oh ! oh ! fit-il en rentrant dans sa boutique, à ce qu'il paraît qu'il y a du nouveau aujourd'hui.

— Est-ce que vous connaissez les détails, dit au même instant une tête chauve, ridée, osseuse, supportée par un corps d'homme sec et ratatiné, qui avait entendu les derniers mots du changeur, et qui s'était glissé furtivement chez lui dès qu'il l'avait vu ouvrir la porte de sa demeure.

— Oui, voisin, on prétend qu'un coquin de page de monseigneur le connétable lui a dérobé un bijou de prix. J'espère bien qu'il sera pendu !

— Et ce sera justice, monsieur Palant.

— Mais conçoit-on, reprit Palant, que, dans notre métier, on soit exposé à acheter honnêtement à de semblables fripons... Ah! Dieu garde d'un tel malheur les changeurs du Pont!

— Est-ce qu'on soupçonne quelqu'un qui l'aurait acheté ?

— Je ne sais... mais, en tous cas, je suppose qu'on punira d'une façon exemplaire le coupable... Car voyez-vous, voisin, il vaut mieux être pauvre comme je le suis... que de s'enrichir avec de tels moyens.

— Ah! vous avez raison... répondit le voisin en prenant congé de Palant impassible.

Bathilde, devant l'assurance et le calme impudent de son père, demeura confondue; et elle comprit qu'implorer sa générosité et lui révéler la connaissance qu'elle avait de sa culpabilité, c'était attirer sur elle et sur Raoul toute sa colère.

Elle dissimula la douleur dont elle était navrée, et conçut le projet de voir Raoul, de s'informer près de lui des circonstances du vol dont il avait été victime, pour aviser ensuite selon ce que son amour et son courage lui diraient d'entreprendre.

Bathilde n'ignorait pas les obstacles qu'elle aurait à surmonter pour arriver au but qu'elle se proposait d'atteindre ; mais puisant sa force dans la pureté du sentiment qui la faisait agir, elle songea que c'était un devoir impérieux pour elle de tenter de sauver l'honneur de celui qui subissait la peine d'un crime commis par un autre, et qu'elle devait se mettre à l'œuvre sans hésiter.

V

Afin de bien comprendre l'accès de colère auquel' se livra le connétable en recevant la lettre apportée à l'hôtel de Luynes par madame Marmichon, il est nécessaire d'indiquer en quelques mots l'importance qu'il attachait à la mission dont il avait chargé Raoul de Melles.

La chaîne que celui-ci devait porter au cabaret de la Boule-d'Or, était destinée au baron de Marnac, qui avait été un des plus zélés partisans du duc de Concini, et qui, depuis l'assassinat de celui-ci, s'était retiré à Bordeaux, où il avait essayé de former un parti composé de gentilshommes mécontents du frein que leur imposait le connétable de Luynes, et qui ne demandaient qu'une occasion de faire éclater leurs ressentiments.

Or, de Marnac avait complétement réussi dans son projet et plusieurs de ces gentilshommes, gens résolus, devaient se rendre à Paris, afin de provoquer un soulèvement et de tenter le renversement du connétable.

Mais parmi les gens qui s'étaient jetés avec empressement dans cette affaire, il s'était glissé nombre d'ambitieux que leurs noms ou leur influence avaient placés à la tête du complot ourdi par de Marnac qui se trouva peu à peu relégué au dernier rang des conjurés.

Cette position infime blessa profondément son amour-propre, et examinant froidement la médiocre part qui lui reviendrait dans les bénéfices à recueillir après le succès de l'entreprise, il jugea qu'il serait infiniment plus profitable pour lui de passer à l'ennemi, et il résolut de vendre au connétable tous les détails du plan de ses coassociés. Deux jours après avoir pris cette belle résolution, de Marnac, sous le nom de Thibaut, vint occuper une chambre du cabaret de la Boule-d'Or, et commença par informer secrètement le connétable de l'existence du complot, se réservant dans une prochaine entrevue de lui en donner tous les détails, si toutefois il pouvait être certain de ne courir aucun risque de châtiment, se reconnaissant pour l'instigateur.

Non-seulement le connétable accueillit avec joie les premières ouvertures que lui fit de Marnac, mais il promit à celui-ci une somme d'une certaine importance, en payement de ses révélations.

De Marnac accepta cette récompense, but de ses désirs, et il se mit en devoir de dévoiler les noms des conjurés. Cependant, en homme prudent, il jugea qu'il serait bon d'avoir un gage pouvant servir à le faire reconnaître au besoin des gens du connétable, s'il était obligé de figurer dans l'action, car il avait été arrêté qu'on donnerait le temps aux conjurés de se réunir à Paris et de commencer l'exécution de leur projet, afin de les saisir tous d'un seul coup; or, nous avons vu qu'à la réception de la lettre lui demandant ce gage, le connétable n'avait pas hésité à lui faire remettre la chaîne d'or qu'il portait habituellement.

Cet envoi n'étant pas parvenu aux mains de Marnac, celui-ci devait naturellement supposer que le connétable refusait de conclure le marché, et, dans ce cas, son premier mouvement serait de mettre sa personne en sûreté, et le connétable se trouvait dans l'impossibilité de déjouer le complot, non qu'il s'en inquiétât, mais c'était une occasion pour lui de connaître et de punir ses ennemis, et cela n'était pas à dédaigner.

Comme on le voit, monseigneur le connétable de Luynes avait de fortes raisons pour être courroucé contre Raoul de Melles, qui avait peut-être détruit toutes ses espérances. Aussi, en recevant son message, donna-t-il l'ordre d'amener devant lui, mort ou vif, Raoul, qui devait immédiatement être retenu prisonnier au palais, jusqu'à plus ample information, afin de demeurer sous la main du connétable et de ne pouvoir communiquer au dehors, car la pensée de celui-ci flottait entre deux hypothèses : ou Raoul avait joué la chaîne, l'avait perdue, et, dans ce cas, il devait être sévèrement puni ; ou il faisait lui-même partie du complot tramé contre lui, et il importait qu'il devint un instrument pour le connétable, qui se servirait de lui pour connaître le nom de ses complices.

Raoul, le visage affreusement pâle, le bras bandé, entra, soutenu par deux de ses camarades, dans le cabinet du connétable.

La physionomie de celui-ci exprimait le plus vif mécontentement.

Raoul devina qu'il avait commis une faute dont il ne connaissait pas encore toute l'étendue.

— C'est vous, monsieur, qui avez osé m'écrire ceci ? dit le connétable en montrant à Raoul sa lettre.

— Oui, Monseigneur, répondit le jeune homme, que ce début était loin de rassurer.

— Ainsi vous prétendez qu'on vous a dérobé la chaîne que je vous avais remise... mais savez-vous bien, monsieur, que tout ceci pourrait bien n'être qu'un mensonge !

— Monseigneur ! reprit Raoul, dont l'œil s'illumina d'un éclair, j'ai dit la vérité ; je me suis battu, et à la suite de la blessure que j'ai reçue, la chaîne m'a été enlevée, je n'ai rien de plus à ajouter.

— Et quel était le motif de ce duel ?

— Un misérable attaqua brutalement devant moi deux bourgeoises inoffensives, et j'ai cru qu'il était de mon devoir de les défendre...

— Le devoir d'un gentilhomme est de ne sortir son épée du fourreau que pour le service du roi ; rappelez-vous ceci, monsieur, dit le connétable, intérieurement satisfait des réponses de Raoul, de la sincérité duquel il ne doutait pas ; et

non, continua-t-il, de croiser le fer contre le premier aventurier qui court les rues. Connaissez-vous au moins le nom
de cet adversaire ?

— Monseigneur, il m'a dit être gentilhomme et se nommer Philippe de Blancfort.

— C'est différent, reprit le connétable ; mais n'importe,
vous avez mal fait, monsieur, très-mal fait, et je dois vous
punir....

Raoul s'inclina sans répondre ; mais cet interrogatoire le
fatiguait péniblement, et il fut plus d'une fois obligé de faire
appel à tout son courage pour ne pas tomber, tant il souffrait
de sa blessure.

Le connétable s'en aperçut.

Il sonna ; deux gardes entrèrent.

— Conduisez M. de Melles dans une des chambres du
grand pavillon, et faites appeler auprès de lui un chirurgien.

Puis s'adressant à Raoul :

— Allez, monsieur, lui dit-il, nous reprendrons plus tard
cet entretien.

Et il congédia le jeune homme, qui sortit précédé de deux
gardes.

La chambre qui lui était destinée était située sous les
combles d'une aile de bâtiment attenant au principal corps
de logis et spécialement affectée, au logement des gentilshommes dont un service extraordinaire exigeait la continuelle présence à l'hôtel de Luynes. Une fenêtre en ogive,
garnie de trois barreaux en fer, éclairait cette pièce, meublée
avec la plus grande simplicité.

En entrant dans cette chambre, Raoul éprouva un dou-
loureux serrement de cœur. Il songea qu'il était prisonnier
et retenu loin de Bathilde pour un temps dont il ignorait la
durée, mais qui pouvait être long ; et cette privation de
voir celle qu'il aimait l'affligeait profondément.

Absorbé par ses pensées, ce fut à peine s'il remarqua
l'arrivée du chirurgien envoyé par le connétable, et qui,
après avoir examiné la blessure, déclara que, malgré son

13

peu de gravité apparente, elle exigeait toutefois un repos absolu.

Cette recommandation était à peu près inutile, car, après la sortie de l'homme de l'art, Raoul, vaincu par la fièvre et les émotions produites par les divers évènements de la journée, ne tarda pas à tomber dans un assoupissement profond; mais son cœur seul sommeillait, son imagination lui représentait teujours Bathilde, dont la blanche image, perçant les ténèbres léthargiques du sommeil, apparaissait au jeune homme comme une suave et angélique vision.

Le lendemain, sa blessure n'offrait aucune crainte sérieuse; mais, si le jeune homme était rassuré sur ce point, il n'en était pas de même relativement à l'issue de l'affaire de la chaîne, dont il craignait fort un dénouement fâcheux pour lui.

Sans nouvelles de Bathilde, il ignorait si Bellois avait rempli la commission dont il l'avait chargé, et maudissait le destin qui l'avait si fatalement séparé de celle qu'il aimait.

Ces vives préoccupations eurent pour effet de prolonger l'état fiévreux dans lequel il était. Cependant, grâce à sa jeunesse et aux bons soins qu'il reçut, peu de jours après son installation à l'hôtel de Luynes, il était sur pied et en pleine voie de guérison.

Le temps lui semblait bien long !

Il attendait que le connétable statuât sur son sort, et les jours s'écoulaient sans lui apporter aucune décision.

Raoul commençait à désespérer des lenteurs qui rendaient sa situation insupportable.

Ce n'était pas la captivité qu'il subissait qui lui était odieuse; il obéissait plutôt à une consigne donnée en restant dans la chambre qui lui avait été assignée, qu'à la force d'un emprisonnement dont il n'eût pu s'affranchir.

Nulle surveillance n'était exercée à son égard.

Le connétable savait que Raoul était gentilhomme et presque soldat; en cette double qualité, il était bien dans

·· 'nement incapable d'abuser de sa presque liberté d'action pour tenter de se soustraire à la punition de sa faute.

Ce qui le désolait, c'était l'incertitude du sort qui lui était réservé.

Or, dans la soirée du quinzième jour de sa détention, c'est-à-dire le 23 octobre 1621, Raoul se promenait à grands pas dans sa chambre, ne sachant comment chasser l'ennui qui l'obsédait.

Il faisait froid, et pourtant la tête du jeune homme était en feu ; l'impatience et la colère se peignaient sur son visage.

Soit qu'il eût voulu donner un autre cours à ses pensées, soit qu'il eût eu besoin d'air pour rafraîchir son front, il s'approcha de la fenêtre et l'ouvrit.

Jetant alors un coup d'œil distrait au dehors, il considéra pensif le magnifique panorama que son regard embrassait.

La vue planait sur l'espace compris entre le Louvre et la pointe de la Cité ; la Seine roulait silencieusement au milieu de la ville, et, se faisant jour au travers de gros nuages gris poussés par le vent, elle semblait un long reptile glissant au fond d'un ravin.

Le silence n'était interrompu que par le cri de veille des gens du guet et par le son des cloches des nombreuses églises qui sonnaient onze heures.

Raoul contemplait immobile ce superbe tableau : la bruyante cité dormait et semblait gardée par une armée de clochers pointus qui entouraient les vieilles tours de Notre-Dame, dont la masse imposante se détachait, large et sombre, au-dessus des croix de fer des clochetons et des toits aigus, comme la forteresse destinée à les protéger tous.

Mais les yeux du jeune homme, après s'être arrêtés un moment sur l'antique métropole et sur les édifices qui l'environnaient, se reportaient toujours vers le Pont-au-Change, et, malgré l'obscurité et la distance, ne voyaient que la maison de Palant.

C'était là que reposait Bathilde, doucement endormie dans

sa petite chambre ; peut-être à cette heure le nom de Raoul errait-il sur ses lèvres.

Et, tout entier à l'extase où le plongeait la vue de cette maison, Raoul ne sentait pas que la bise soufflait avec violence en écartant ses cheveux, et que le froid de la nuit devenait plus intense.

La vie semblait s'être arrêtée en lui ; seule, son imagination errait dans les champs de l'espace, en cherchant à lire dans ceux de l'avenir.

La tête dans ses mains, le jeune homme rêvait à des joies immenses et à des heures de bonheur ; soudain, ramené à la réalité par une lueur qui s'éleva dans la direction du pont Marchand, il regarda plus attentivement, en essayant d'en distinguer la cause, et se demandant s'il n'était pas encore sous le coup d'une illusion.

Le feu venait de se manifester sur le Pont-Marchand.

Dominé par la terreur que lui inspirait la vue de ce spectacle terrible, Raoul était resté à la fenêtre pour s'assurer que c'était bien l'incendie qui projetait au loin sa lueur rouge s'élargissant de plus en plus.

Soudain, il distingua des flammes qui jaillirent impétueusement, et s'enroulèrent avec promptitude autour du pont.

Des cris se firent entendre, les rues s'emplirent de monde.

Bientôt le pont Marchand ne fut plus qu'un immense brasier.

En présence des dangers que couraient les habitants du pont, Raoul s'indignait de ne pouvoir voler à leur secours, et dévorait du regard les progrès du feu activé par un vent d'ouest qui précipitait l'embrâsement.

Pendant quelques instants, la fumée obscurcissant le théâtre de l'incendie, Raoul ne put rien voir ; mais tout à coup les flammes, s'élevant avec une nouvelle impétuosité, furent violemment poussées par un coup de vent, et allèrent mordre les piles du Pont-au-Change, séparé du pont Marchand par une distance de quelques toises seulement.

Un cri de terreur s'échappa de la poitrine du jeune homme ;

il se précipita vers la porte de la chambre, l'ouvrit, renversa tout ce qui se trouvait sur son passage, et avec la rapidité de l'éclair, il s'élança sur le quai, sans que personne se fût aperçu de sa fuite de l'hôtel, tant chacun était occupé à porter secours aux incendiés.

VI

Bathilde, décidée à sauver Raoul, mit Gertrude dans le secret de son amour pour lui, et lui raconta le vol dont celui-ci avait été victime en la défendant contre Philippe de Blancfort. Elle eut soin de faire entendre à la bonne femme qu'il était de leur devoir à toutes deux d'essayer de réparer le mal, puisqu'elles en étaient la cause involontaire; et, sans lui révéler ce qu'elle savait touchant le recel opéré par son père, elle lui apprit que le chevalier de Blancfort s'était emparé de la chaîne, et qu'il était indispensable que Raoul eût connaissance de ce fait, qui pouvait puissamment aider à le mettre à même de se justifier.

Gertrude demeura tout d'abord frappée d'étonnement en entendant Bathilde lui parler de son amour pour Raoul; elle ne pouvait supposer que l'enfant qu'elle avait bercée sur ses genoux fût déjà devenue une jeune fille, dont le cœur virginal sût répondre aux battements d'un autre cœur.

Mais Bathilde avait avoué cet amour en termes si charmants, avec des expressions si naïves et si vraies, qu'elle ne pouvait même songer à le combattre, et, d'ailleurs, la pauvre enfant avait ajouté :

— Si tu ne me secondes pas, Gertrude, si tu ne veux pas m'aider à sauver Raoul, j'en mourrai.

Devant une semblable menace, la vieille femme était restée saisie d'effroi :

— Mourir, vous! s'écria-t-elle, et c'est à moi que vous dites cela, à moi qui vous aime comme mon enfant. Oh! rien qu'en parlant de la sorte vous me faites venir des larmes plein les yeux.

Bathilde l'embrassa.

Gertrude promit de tout faire pour la prompte réussite de ses projets.

Cette union formée, il s'agissait de bien prendre garde d'éveiller les soupçons de Palant ; or Bathilde avait eu le soin de dire à la servante que son père avait tout intérêt à perdre Raoul, et celle-ci n'avait pas songé à s'enquérir du motif.

Il fut convenu que Gertrude se présenterait chez Raoul afin de s'informer de l'état de sa santé, de le prévenir de l'intérêt que lui portait Bathilde, et de lui donner les renseignements que celle-ci possédait.

Bathilde eût bien voulu l'y accompagner, mais la vieille femme lui avait fait comprendre qu'une démarche de ce genre pourrait donner lieu à des interprétations fâcheuses ; et force lui avait été d'y renoncer et de s'en rapporter au dévouement de Gertrude.

Celle-ci s'acquitta de son message, elle alla rue des Marmousets ; mais elle revint toute triste, apprendre à Bathilde que Raoul avait quitté la chambre qu'il occupait chez madame Marmichon, pour suivre les gardes du connétable qui étaient venus l'arrêter, et que depuis il n'avait pas reparu.

A l'annonce de cette nouvelle, un véritable désespoir s'empara de la jeune fille qui perdit tout-à-fait courage : Bellois n'était pas revenu, il ne fallait pas songer à pénétrer à l'hôtel de Luynes ; aucun moyen de communiquer avec le prisonnier ne restait donc à Bathilde. Peu à peu, sourdement minée par la douleur, elle perdit la fraîcheur de son teint, le doux éclat de son regard, et tomba dans une mélancolie profonde.

Palant remarqua le changement survenu dans la santé de sa fille et s'alarma de la tristesse continuelle qui s'était étendue sur son front, ainsi que de la trace des larmes qu'il surprenait dans ses yeux.

Étonné d'un semblable état de choses, plusieurs fois le changeur adressa à Bathilde quelques questions touchant son apparence maladive; mais la voix de son père la faisait tressaillir, et c'était à peine si elle osait lui répondre pour le rassurer en lui disant en secouant la tête :

— Ne vous occupez pas de moi, mon père, je me sens mieux et bientôt je ne souffrirai plus.

Dans d'autres moments, vingt fois elle eut la pensée de se jeter aux genoux de Palant et de le supplier de rendre Raoul à la liberté en lui restituant la chaîne, mais la crainte et la timidité qu'elle éprouvait en sa présence paralysaient sa volonté.

Chaque jour, elle cherchait le moyen à employer pour ressaisir cette fatale chaîne, et le temps se passait dans la formation de projets irréalisables.

En dernier lieu, elle avait remarqué que son père portait toujours sur lui une clef qu'elle supposait fort être celle de la trappe; et, résolue à y descendre elle-même, elle eût donné tout au monde pour avoir cette clé en sa possession.

Or, le soir du quinzième jour de l'arrestation de Raoul, Bathilde, en marchant dans l'arrière-boutique, heurta du pied un objet qui offrit de la résistance.

Elle se baissa et ramassa la clef tant désirée.

Une lueur d'espoir illumina son cœur qui battit à se rompre dans sa poitrine.

Cette clef, qu'elle serra précipitamment dans son corsage, rien n'indiquait qu'elle dût ouvrir la trappe, mais Bathilde sentit en elle un pressentiment qui l'avertit qu'elle ne se trompait pas; et, dans sa joie, elle remercia Dieu de lui avoir permis de tenter le salut de celui qui était injustement accusé.

Ce fut avec une fiévreuse impatience qu'elle attendit l'heure de pouvoir essayer la précieuse clef.

Lorsque chacun fut couché dans la maison du changeur, Bathilde, la respiration haletante, descendit de sa chambre à pas de loup, alluma la lanterne et tira la caisse masquant la trappe.

Au moment d'introduire la clef dans la serrure, elle eut peur, sa main trembla, mais bientôt, maîtrisant son émotion en pensant à Raoul, elle ajusta la clef.

C'était bien celle qui s'y adaptait.

La barre tourna, elle souleva la trappe, et descendit en la refermant sur elle.

Après avoir franchi quelques marches, elle demeura stupéfaite à la vue de l'eau qui l'empêchait d'aller plus loin. Cependant elle se dit que cet escalier devait contenir quelque cachette, et elle examina scrupuleusement chaque marche, chaque pierre, et ces recherches infructueuses lui brisaient le cœur. Tout-à-coup elle se sentit oppressée péniblement; une fumée noire emplissait l'escalier; des cris, des gémissements arrivaient jusqu'à elle; elle voulut remonter, et poussa un cri de détresse en apercevant la flamme qui commençait à percer la trappe.

Éperdue, elle se jeta en arrière, son pied glissa.

Elle tomba à la renverse dans l'eau.

Par un bonheur providentiel, sa main, en cherchant à s'accrocher au mur, rencontra la chaîne qui tenait le sac renfermant les bijoux; et, grâce à cet aide, elle put demeurer debout sur une des marches, ayant le corps dans l'eau jusqu'à la ceinture, et remonter en attirant à elle le sac qu'elle ouvrit précipitamment.

Le premier objet qui frappa ses regards fut la chaîne d'or.

Oubliant tout ce qu'elle venait de souffrir, Bathilde ne pensa plus qu'à Raoul; et, prenant la chaîne dans sa main contractée, elle la cacha dans ses vêtements.

Elle voulut se diriger de nouveau vers le haut de l'escalier, mais les cris devenaient plus rapprochés.

Elle entendit la voix de son père.

Sa tête s'égara.

La fumée épaississait toujours et menaçait de l'étouffer; elle essaya de faire un pas, un pan de mur s'écroula avec fracas.

Bathilde tomba évanouie sur les décombres de l'escalier.

Cependant au bout d'un moment, elle crut distinguer, au milieu d'un bruit confus, une voix qui l'appelait.

Elle tressaillit et voulut crier, mais sa gorge resta muette.

13.

La voix se rapprochait.

Une barque s'avança, et celui qui la montait, bravant la pluie de feu et la chute des blocs fumants provenant de l'écroulement des bâtiments élevés sur le Pont-au-Change devenu la proie des flammes, s'approcha de la jeune fille, l'enleva, et, franchissant à grand'peine les débris amoncelés sous l'arche, gagna le bord, au moment où une énorme poutre enflammée écrasait le changeur Palant, qui venait chercher un abri sur les marches de l'escalier secret que sa fille venait de quitter.

De tous côtés les secours arrivaient, les troupes et le peuple quittaient les différents quartiers de la ville pour se rendre sur le lieu du sinistre, et bientôt le connétable de Luynes parut sur la berge accompagné des gardes de sa maison, afin d'encourager par sa présence les hardis travailleurs, qui s'élançaient courageusement au milieu du feu, pour arracher quelques victimes à la mort.

Parmi eux se trouvait Bellois qui, à l'aide de quelques personnes, parvint à retirer Palant affreusement blessé de dessous la poutre qui l'avait renversé, et il l'amena près de Bathilde qui gisait sans connaissance sur le sol, à quelques pas de l'endroit où était le connétable.

Raoul, à genoux auprès d'elle, lui prodiguait les soins les plus empressés.

Soudain elle revint à elle, et son regard rencontrant celui de son libérateur, elle tendit les mains vers lui :

—Raoul, lui dit-elle, tenez, voici la chaîne... pardonnez-lui.

Au même instant, le connétable reconnut le page :

— Vous ici, monsieur ! s'écria-t-il.

— Pardonnez-lui, monseigneur, il n'était pas coupable, reprit Bathilde en montrant Raoul, qui, la chaîne entre les mains, se demandait avec étonnement comment la jeune fille s'était trouvée en possession de cet objet.

Un gémissement se fit entendre.

C'était Palant qui essayait de balbutier quelques mots.

En voyant son père expirant, Bathilde, les yeux baignés de larmes, s'élança vers lui, tandis que le connétable s'approchait pour entendre le changeur qui semblait l'implorer.

— Ma fille a dit vrai, monseigneur; ce jeune homme est innocent, j'ai acheté cette chaine au chevalier Philippe de Blancfort; c'est moi qui dois être puni.

Il n'en put dire davantage, une dernière convulsion contracta les muscles de son visage, et la vie s'échappa de son corps.

. . . .

Deux jours après cet événement, Bathilde entra au couvent des Carmélites, dont elle sortit dix-huit mois plus tard pour épouser Raoul de Melles qui, en restituant la chaine au connétable, reçut son pardon et la permission de quitter son service.

Ce fut Bellois qui rédigea le contract.

Quant à Blancfort, il disparut, sans qu'on sût jamais ce qu'il était devenu.

Dans le déblaiement du Pont-au-Change qui fut ordonné par le parlement, afin de rendre à la Seine son cours naturel qui avait été forcément intercepté par l'immense amas de matériaux, provenant de la démolition de la presque totalité des maisons garnissant les deux ponts, on trouva le cadavre de Marnac et ceux de cinq autres personnages portant tous au poignet un nœud de ruban noir, qui ne pouvait être qu'un signe de ralliement.

On informa contre un certain nombre de leurs amis comme prévenus d'être les auteurs de l'incendie, mais, faute de preuves suffisantes, on dut abandonner les poursuites commencées, et se borner à reconstruire les ponts incendiés.

FIN

TABLE

Imprimerie L. TOINON et Ce, à Saint-Germain.

Extrait du Catalogue de la Librairie P. BRUNET

31, RUE BONAPARTE, A PARIS

TROIS ANS

D'ESCLAVAGE

CHEZ LES PATAGONS

RÉCIT DE MA CAPTIVITÉ

PAR A. GUINNARD

DEUXIÈME ÉDITION

Un volume avec carte et portrait gravé sur acier

PRIX : 3 FR. 50 CENT

SÉRIE A 2 FR. 50 C. LE VOLUME

MAISON A LOUER

Par Charles DICKENS

CONTES ÉNIGMATIQUES

Par HAWTHORNE

Traduits par BÉNÉDICT-HENRY REVOIL.

1 volume

LA

CHAMBRE ROUGE

PAR

Madame la Comtesse de BASSANVILLE

1 volume

LA

BRETAGNE

PAYSAGES ET RÉCITS, PAR EUGÈNE LOUDUN

Un volume

RÉCITS

DES LANDES ET DES GRÈVES

PAR

Théodore PAVIE. — Un volume

LE BIVOUAC DES TRAPPEURS

PAR

BÉNÉDICT-HENRY RÉVOIL

1 volume

LES TROIS FIANCÉES

PAR

Emmanuel GONZALÈS. — 1 volume

L'HOMME D'ARGENT

Par Amédée GOUET. — Un volume.

LES

BOHÈMES DU DRAPEAU

Types de l'armée d'Afrique,

Par Antoine CAMUS

ZÉPHIRS, TURCOS, SPAHIS, TRINGLOS

Vignettes par J. DUVAUX. — 2ᵉ édition, 1 vol.

UN

VOYAGE A NAPLES

SCÈNES DE LA VIE NAPOLITAINE

PAR

MADAME LA COMTESSE DE BASSANVILLE.

1 volume

LA

FILLE DU CABANIER

PAR

ÉLIE BERTHET

1 Volume. — (En préparation)

LE

ROI DE RATONNEAU

PAR

BERLIOZ D'AURIAC

(EN PRÉPARATION)

LA

PUPILLE DU DOCTEUR

PAR

G. D'ÉTHAMPES.

1 volume

———————

CAIN ET CIE

ROMAN DE MOEURS

PAR

Berlioz d'AURIAC. — 1 vol.

(EN PRÉPARATION)

———————

LA

NOBLESSE DE NOS JOURS

PAR

Amédée GOUËT. — 1 volume

LA LÉGION ÉTRANGÈRE

DEUXIÈME SÉRIE

DES BOHÈMES DU DRAPEAU

Par Antoine CAMUS. — 1 volume

LE

RÉFRACTAIRE

PAR ELIE BERTHET

1 volume (En préparation).

QUAND LES POMMIERS

SONT EN FLEUR

Nouvelles et Fantaisies, par Bathild BOUNIOL

Un volume

CE QU'IL EN COUTE POUR VIVRE

ROMAN DE MOEURS CONTEMPORAINES

Par BERLIOZ D'AUBIAC. — 1 vol.

LES

EXPLOITS D'UN MARQUIS

Par MOLÉRI. — (EN PRÉPARATION)

Un volume

JÉROME LE TROMPETTE

ÉPISODE DE LA GUERRE DE CATALOGNE (1810)

PAR L. DE BEAUREPAIRE. — 1 vol.

MANJO LE GUERILLERO

(SUITE DE JÉROME LE TROMPETTE.)

Par le même. — 1 vol.

LA BELLE DRAPIÈRE

PAR ÉLIE BERTHET

1 Volume. — (EN PRÉPARATION)

UN VOYAGE A PÉKIN

SOUVENIRS DE L'EXPÉDITION DE CHINE (1860-61

PAR G. DE KÉROULLÉE

Attaché à l'ambassade extraordinaire de France en Chine (1860-61).

Un volume

LES

SALONS D'AUTREFOIS

SOUVENIRS INTIMES

PAR MADAME LA COMTESSE DE BASSANVILLE

Préface de M. Louis ÉNAULT

PREMIÈRE SÉRIE

MADAME LA PRINCESSE DE VAUDEMONT-ISABEY

MADAME LA COMTESSE DE RUMFORT

MONSIEUR DE BOURRIENNE

Un volume

—

LA

BOURGEOISE D'ANVERS

PAR

Constant GUÉROULT

1 volume

LE

DOUANIER DE MER

PAR

ÉLIE BERTHET

1 volume

LES

DRAMES DE L'AMÉRIQUE

DEVANT FORMER UNE COLLECTION

DE 18 JOLIS VOLUMES GRAND IN-18 A 2 FR. LE VOLUME

RICHE COUVERTURE ILLUSTRÉE EN COLUEURS

La Sirène de l'Enfer — L'Ange des Prairies

Les Écumeurs de Mer — Un Gil-Blas mexicain

Le chef des Ottawas

La Fille du pionnier — La Ceinture d'or — Le Trappeur

Bil-Biddon — La tribu des Sioux

La fiancée du Squatter — Blanc et Rouge

L'aventurier Kil-Karson

Le Chasseur du Kentucky — Les fils de l'Oncle Tom

Les captives — L'Oncle Ézéchiel

L'enfant d'adoption — Les fantômes du désert

LES

ENFANTS DE LA NEIGE

PAR

AMÉDÉE AUFAUVRE

1 volume

LE

FIL DE LA VIERGE

PAR

AMÉDÉE AUFAUVRE. — 1 volume

———

LES AMOURS A COUPS D'ÉPÉE

PAR

GOURDON DE GENOUILLAC

1 volume

LES MASQUES NOIRS

DRAMES ET NOUVELLES

Par Amédée AUFAUVRE. — 1 volume

OTTO GARTNER

ROMAN INTIME

Par MARIN DE LIVONNIÈRE

1 volume

UN

REVENANT DE CALIFORNIE

PAR ÉDOUARD AUGER

1 Volume. — (EN PRÉPARATION.)

CŒURS DE FEMMES

PAR

ÉMILE RICHEBOURG

1 volume

UN

GENTILHOMME CATHOLIQUE

ROMAN DE MŒURS CONTEMPORAINES

Par Ch. D'HÉRICAULT. — 1 VOLUME

LE

MOUTON ENRAGÉ

PAR

G. DE LA LANDELLE. — 1 vol.

LES

MYSTÈRES D'UN MÉNAGE

PAR

AMÉDÉE AUFAUVRE. — (EN PRÉPARATION)

LES

QUARTS DE NUIT

Contes et Récits d'un vieux Navigateur

PAR

G. de la LANDELLE. — 1 VOL.

JEAN-LE-SEPTEMBRISEUR

HISTOIRE DE CHAUFFEURS (1797)

Par AMÉDÉE AUFAUVRE. — 1 volume

(EN PRÉPARATION)

UN PHILOSOPHE

Par MARIN DE LIVONNIÈRE. — 1 VOL. — (EN PRÉPARATION)

LES

COUSINES DE L'INTROUVABLE

Par le même — 1 volume

SOUVENIRS

D'UNE

VIEILLE CULOTTE DE PEAU

LES ÉTAPES DU PÈRE LA RAMÉE

Un volume

LE

METIER DE SOLDAT

1 VOL. — (EN PRÉPARATION)

VOYAGE

AUTOUR DE LA CHAMBRÉE

Zigzags militaires, par un Troupier.

1 VOLUME (EN PRÉPARATION)

EN PREPARATION:

UN VOLUME NOUVEAU CHAQUE SEMAINE

———

BIBLIOTHÉQUE DE NOUVELLES

DÉLICIEUX VOLUMES IN-18

IMPRIMÉS AVEC LUXE SUR BEAU PAPIER GLACÉ ET SATINÉ

1 franc chaque volume

IMPRIMERIE L. TOINON, ET Cᵉ A SAINT-GERMAIN.

www.ingramcontent.com/pod-product-compliance
Lightning Source LLC
Chambersburg PA
CBHW070451030726
47503CB00004B/992